그렇게 아버지가 된다

그렇게
아버지가
된다

지금처럼 평범하고 서툴렀던

조선시대 아버지들이

붓끝으로 전하는 이야기

박동욱 지음

Humanist

들어가는 말

내 나이쯤 되는 사람들은 아버지를 어떻게 떠올릴까? 사람마다 차이는 있겠지만 나에게 아버지는 어렵고 힘든 존재였다. 아랫목 이불 속에 있던 아버지의 밥그릇과 월급날에 내밀던 누런 봉투는 어떠한 권위보다 높았다. 친구 같은 아빠는 한참 뒤에야 나온 이야기다. 어릴 적 아버지와 택시를 함께 타면 아버지는 진가를 발휘하셨다. 운전기사에게 길을 요리조리 정해주는 모습은 경외스럽기까지 했다. 세상의 모든 길을 아는 듯이 아버지는 그렇게 우리를 인도했다. 내가 그때의 아버지 나이가 되어서야 아버지도 가보지 않은 길이 더 많았다는 것을 알게 되었다. 아버지도 그 길이 막막했다는 것을 한참을 지나서야 나는 알았다.

아이가 한창 어릴 때 아버지는 가장 바쁘다. 아이에게 있어서 아버지가 가장 필요한 유년기에 아버지는 부재할 수밖에 없다. 유년기를 공유하지 못한 아버지와 자식의 거리는 남은 세월 모두를 투자

해도 좁히기 힘든 간격을 만들어놓는다. 아이가 같이 놀자고 할 때는 아버지가 시간이 없고, 아버지가 같이 놀자고 할 때는 아이가 시간이 없다. 그래서 그런지 가족의 해체에서 가장 피해를 입는 쪽은 언제나 아버지였다. 아버지는 의무를 다하지만 권리를 누릴 수 없는 존재로 전락했다. 아버지가 아버지의 자리를 회복하는 것도 행복한 가족을 만드는 중요한 요건임에 틀림없다.

조 스티븐슨(Joe Stevenson)이라는 이종격투기 선수가 있었다. 1982년생으로 젊은 나이지만, 벌써 40번을 넘게 싸웠을 정도로 베테랑인 UFC 라이트급 파이터이다. 네 아이의 아버지인 그의 별명은 '빅 대디(big daddy)'다. 그는 공식 석상에서도 "아이를 위해 경기에 나선다."라고 말하기도 하고, 이기고 난 후 인터뷰에서는 "오늘 밤에는 아이들과 파티를 즐길 것"이라고 말하는 등 자녀들에 대한 사랑이 각별한 것으로 유명하다. 그가 경기장에 들어설 때 눈빛을 보면 참 눈물겹다. 분유값을 벌기 위해 싸우는 아빠다. 사연은 다들 다르겠지만 아버지는 자식을 위해 피와 땀을 흘리기 마련이다.

뒤늦게 아이를 낳으며 조선시대 아버지는 어땠을까 하는 궁금증이 들었다. 근엄하고 엄숙한 사극에나 나오는 아버지의 모습이 제일 먼저 떠올랐다. 옛 자료를 모아보니 가족에 대한 글이 나오기는 했지만 대개는 죽음으로만 가족을 떠올리고 있었다. 그래서 이 책에 실린 많은 자료는 상실의 체험이 주를 이룬다. 언제나 가족이란 상실해야만 기억되는 슬픈 존재일지도 모른다. 좀 더 상세한 이야기들을 다루기 위해 그들의 신상을 조사하고 문집 저편에 가라앉은 사연들을 찾아냈다. 때로는 그들의 이야기와 함께 즐거웠고 행복했으며 마음 아팠다.

이 책은 조선시대 아버지 13명의 이야기를 담았다. 아이가 태어나면 그들은 행복했고 아프면 그들은 더 아팠으며 죽게 되면 그들은 무너져 내렸다. 또, 유배지에서 아이와 떨어져있던 아버지들은 가장의 책임을 다할 수 없는 자신의 무기력함에 힘겨워했다. 아버지를 아버지라 부를 수 없었던 서자들도 아버지와의 정이야 다를 것이 없다. 천연두 등 예기치 않은 질병에 걸려서 갑작스레 아이가 세상을 떠나면 세상을 살아갈 희망마저 함께 놓아버렸다. 세상이 아무리 변했어도 그 옛날의 아버지도 지금과 다를 바 없는 똑같은 아버지였다.

《문헌과 해석》모임에서 3년여 동안 발표하고 연재했던 원고다. 좋은 발표 기회를 갖게 되어 행복했다. 여러 선생님들의 날카로운 지적도 원고의 정리에 큰 도움이 되었다. 진심으로 감사하고 고마운 마음이다. 앞으로는 가족이라는 주제의 연장선에서 조선시대 부부의 이야기를 발표하고 연재하려 한다.

세상살이 어느 것 하나 내 뜻대로 되지 않지만 자식을 갖는 것이야말로 정말 그렇다. 아이를 갖고자 마음을 먹었지만 여러 사정으로 늦게 아이를 얻었다. 아이가 태어나던 순간을 똑똑히 기억한다. 그 낯설고 생경하지만 근원적인 뭉클함 말이다. 그렇게 나는 아버지가 되었다. 내가 아버지가 될 수 있게 해주어 아이에게 참으로 고맙다. 아이를 행복하게 만들기 위해 현재의 불행을 강요한다면 그것은 결국 아이를 불행하게 만드는 것이다. 나는 이 아이가 참 좋다. 이 아이를 정말 행복하게 키우고 싶다. 이 세상의 모든 사랑을 담아서 내 아들 유안이에게 이 책을 바친다.

2017년 10월 12일
가을이 짙어짐을 느끼며 쓴다.

차례

텅 빈 집에

차마

들어서지 못하고

이양연

아이들은 삶을 헝클어뜨리지만

아주 달콤하게 헝클어뜨리기 때문에

아버지의 자원을 줄이기보다는 오히려 새로운 용기를 준다.

– 앙토냉 질베르 세르티양주, 《공부하는 삶》 중에서

눈밭에 처음 길을 내듯이

눈을 밟고 들판을 걸어갈 적에	穿雪野中去
모름지기 어지러이 걷지를 마라.	不須胡亂行
오늘 아침 내가 남긴 발자국들이	今朝我行跡
마침내 뒷사람의 길이 되리니.	遂爲後人程

〈들판에 내린 눈[野雪]〉

이 시는 서산대사 또는 백범 김구의 작품으로 알려져 있지만 사실 이양연(李亮淵, 1771~1853)[1]의 작품이다. 서산대사의 시라고 한다면 구도의 길을 성성하게 걷는 승려의 선시로 읽히고, 김구 선생의 시라고 한다면 독립운동의 길을 오롯이 걷는 독립투사의 시로 읽힌다. 이렇게 선사나 독립투사의 작품으로 읽힐 만큼 이 시는 어딘가 예사롭지 않다. 이양연은 고작 183제 211수의 시를 남겼지만, 나는 조선시대 가장 인상적인 시인 중 한 사람으로 꼽는 데 주저하지 않는다. 쉬운 시어로 시를 썼지만 그의 민요시와 민중시는 절창이어서다.

아무 좌표도 없는 들판에 혼자 서 있다. 때로는 눈밭에 하염없이 주저앉고 싶지만, 처음 남겨진 자신의 발자국이 누군가에게는 본보기가 될 테니 아무렇게나 걸을 수도 없는 노릇이다. 선사나 독립투사도 그럴듯하지만 이 짧은 시에서 가장의 버거운 무게를 짊어진 외로운 아버지의 모습이 겹쳐지는 것은 나만의 느낌일까.

이양연은 본관이 전주(全州), 자가 진숙(晉叔)이고, 호는 임연재(臨淵齋)·산운(山雲)이다. 그에게는 유년의 아픔이 있다. 네 살 때 생부가, 또 열세 살 때 양부가 세상을 뜨는 바람에 마음의 안정을 찾지 못한 채 청년기를 방황으로 흘려보낸 것이다. 게다가 이양연은 변변한 관직에도 오르지 못했다. 세상에서 아무런 성취를 얻지 못한 만큼 가족에 대한 애착은 더욱 강했다. 그는 유독 가족 사랑이 남달라 믿을 것도 가족뿐, 위로가 되는 것도 가족뿐이라고 여겼다. 부인과는 3남 1녀를 두었는데 인욱(寅昱), 인익(寅翊), 인장(寅章)과 송지선(宋持善)에게 출가한 딸이 있었다. 그러나 그에게는 자식과의 각별한 정마저 그리 오래 허락되지 않았다.

옹중(翁仲)의 쇠로 만든 얼굴에다가	翁仲鐵面目
미륵(彌勒)의 돌로 만든 간장(肝腸)이라도	彌勒石肝腸
내 슬픔 끌어안게 할 것 같으면	若使抱吾悲
바로 응당 마르고 미칠 것이네.	便應瘦且狂

〈슬픔[悲]〉

옹중은 구리로 만든 우상이고, 미륵은 돌로 된 부처이니 감정이 있을 리 만무하다. 그런데도 자신처럼 슬픔을 갖게 된다면 바짝 마르고 미칠 일이라 했다. 도대체 얼마나 아픈 일을 겪었기에 이렇게 극단적인 표현을 했을까? 이와 비슷한 감정을 토로한 시 한 편을 더 살펴보자.

맑디맑은 강물에 머리를 감고	濯髮淸江水
만 번을 빗질해도 빛깔은 바뀌지 않네.	萬按不移色
누가 알리오. 하룻밤 근심이	誰知一夜愁
올올이 흰머리로 물들일 줄을.	能使箇箇白

〈시름[愁]〉

　　맑은 강물은 마치 아무 일도 벌어지지 않은 평온한 날들을 의미하는 것 같다. 아무 일도 일어나지 않는, 조금은 지루한 일상들이 바로 행복한 시간임을 사람들은 종종 잊는다. 무엇이 벌어지지 않아서 아쉬워하지 말고 아무 일도 벌어지지 않음에 감사한 마음을 가져야 한다. 그러나 감당할 수 없는 아픔이 오면 어제와 다른 내가 된다. 마치 만 번을 빗질해도 그대로였던 머리털의 빛깔이 하룻밤 사이 큰 근심거리로. 온통 하얗게 새어버리는 것처럼 말이다. 〈슬픔〉과 〈시름〉에는 슬픔과 수심의 실체가 등장하지 않는다. 그를 이토록 비통에 젖게 한 것은 도대체 무엇이었을까?

두 달 만에 아내와 아들을 잃다

지난해 바로 오늘 이 저녁에는	去年今日夕
내 발길 바다에서 돌아왔을 제	我行歸自海

| 집 가득 웃고 맞던 사람들 중에 | 滿堂迎笑人 |
| 두 사람이 이제는 있지를 않네. | 二人今不在 |

<병신년(1836) 3월 4일[을미년(1835) 늙은 아내와 둘째 아들을 사별하였으므로
이렇게 짓는 것이다][丙申三月四日(乙未 喪老妻及仲兒 故云)]>

1835년은 그에게 견디기 힘든 한 해였다. 두 달 간격으로 아내와 아들을 잃은 그날로부터 1년이 지난 셈이니 아픔이 아물기에는 턱없이 짧은 시간이다. 65세라는 노년에 겪은 상처와 참척의 아픔은 자신의 운명을 원망하기에 충분해 보인다. 통상 죽은 이를 애도하는 시에는 죽음을 상징하는 시제나 시어를 사용하기 마련이다. 그러나 어쩐 일인지 그의 시에서는 도망(悼亡)이나 망실(亡室), 곡자(哭子)나 망아(亡兒)와 같은 시제를 찾아볼 수 없다. 보통 시제를 통해 만시임을 밝힌 다른 이들의 시와는 대조적이다. 이는 가까운 가족의 죽음을 끝내 인정할 수 없는 심리적 저항으로 보인다. 사랑하는 사람의 죽음은 언제나 시간을 역방향으로 돌린다. 미래는 상실되고 과거는 현실이 된다. 작년 이맘때만 해도 자신을 반갑게 맞아주던 아내와 자식이 이제는 꿈처럼 사라지고 없다.

지난해에 뒷밭으로 놀러갔다가	去年遊後圃
넌 풀숲에서 배를 주웠더랬지.	君得草間梨
수건으로 닦아서 내게 준 것을	手巾拭與我
나는 또 손자에게 주었더니라.	我以與孫兒

그렇게 아버지가 된다

《산운집(山雲集)》에는 〈동산에서 감회가 있어서[園中有感]〉로,
《임연당별집(臨淵堂別集)》에는 〈병신삼월사일(丙申三月四日)〉이라는
제목으로 실린 글이다. 자식의 죽음을 다룬 곡자시에 해당하지만 그
어디에도 자식이 그립다는 말 한마디 나오지 않는다. 시에 그려진
풍경은 수채화처럼 아름답다. 아들은 풀숲에 떨어진 배를 주워 아버
지에게 건네고, 할아버지는 그것을 다시 손자 손에 쥐어주었다. 동산
이야 작년과 다를 바 없다지만 가장 사랑했던 아들 인익은 그 자리
에 없다. 작년은 이미 스러져버린 시간이지만 여전히 살아 있고, 지
금 이 공간의 현재는 다 죽고 사라져버렸다. 공간은 그곳을 공유했
던 이들과 함께 있을 때 가치를 지닌다. 추억만 할 수 있고 추억을
만들 수 없는 공간이란 그래서 가슴 시리다. 사랑하는 자식이 없는
것 빼고는 그대로지만, 모든 것이 낯설기만 하다.

너는 나를 믿어주었지만

아! 대체로 딸이 아버지를 우러르는 것은 자기를 사랑하는 사람
중에 아버지만 한 사람이 없고, 현명하고 지혜로움도 자기 아버지
만 같은 이가 없다고 여기기 때문이다. 오직 아버지 말만 믿고 따

라서 혹 아버지 된 자가 그 아이를 처리함에 바른 도를 얻지 못하여 딸에게 낭패를 당하게 하더라도 딸은 도리어 아버지를 원망하지 않고 아버지에게 하소연하기를 그치지 않는다.

　네가 네 아버지를 믿는 것이 거의 이보다 더 심함이 있었지만 네가 일생 동안 곤란을 겪었던 것은 네 아버지 탓이었다. 그렇지만 일찍이 조금도 얼굴에 고까운 기색을 드러내지 않으면서 항상 아버지가 잘 지도해주기만을 바랐더랬다. 네가 병들자 오직 네 아비만이 너를 살릴 수 있다고 생각하고 나에게 기대하고 왔지만 치료하는 도중에 부적절한 조치로 인해 너를 죽게 했다. 네가 더욱이 차마 아버지를 잊지 못해서 임종 때에도 내 손을 어루만지며 사랑하여 손을 놓지 않았다. 네 아비 된 사람이 이 지경에 이르렀으니 도리어 마음이 어떠했겠니? 어떤 사람이 "화와 복, 삶과 죽음은 운명 아닌 것이 없다." 했다. 그러나 하늘과 사람은 둘이면서도 하나인 것이니, 사람의 일이 이와 같았기 때문에 천명이 마침내 이와 같은 것이다. 네 운명이 불행하게 된 것은 내가 사람의 일을 잘 처리하지 못했기 때문이니, 너에 대해서 어찌 부끄럽고 한스러움이 없겠는가? 곧 마음속에 하나의 덩어리가 되었으니 죽기 전에는 깨뜨릴 수 없을 것이다. 아![2]

〈죽은 딸인 송씨 아내에 대한 제문[祭亡女宋室文]〉

　딸을 위한 제문이다. 딸은 자신을 예뻐할 사람도 아버지가 제일이고, 현명함이나 지혜로움도 아버지가 최고라고 믿는다. 딸은 곤욕

　　　　　　　　　　　　　　그렇게 아버지가 된다

지난해에 뒷밭으로 놀러갔다가

넌 풀숲에서 배를 주웠더랬지.

수건으로 닦아서 내게 준 것을

나는 또 손자에게 주었더니라.

을 당하더라도 아버지 탓으로 돌리지 않고 끝내 하소연하며 아버지를 찾았다. 자식의 이 객관적이지 않은 믿음이야말로 아버지가 아버지가 될 수 있는 힘일 것이다. 내게도 아버지는 그런 존재였다. 나의 아버지는 언제나 길을 잘 찾으셨다. 아무리 낯선 곳을 가도 거짓말처럼 길을 잘 찾곤 하셨다. 아버지만 믿고 있으면 편하게 집에 데려다줄 것만 같았다. 그러나 아버지가 되고 보니, 아버지의 삶은 길을 찾는 것과는 달랐다. 삶은 낯설었다. 아버지가 어느 길모퉁이에선가는 한참 헤매곤 했다는 사실을 나는 나이가 먹어서 알게 되었다.

이양연과 딸은 더더욱 사이가 각별하여 딸이 아버지를 따르고 의지함이 다른 부녀 사이와는 사뭇 달랐다. 어떤 사연이 있었는지 분명치 않지만 딸아이가 자신 탓에 고생을 했던 모양이었다. 고생을 시키지 않았더라도 언제나 잘해주지 못한 기억만 남기 마련이다. 그 무엇이든 해줄 수 있는 시간이 허락되지 않을 때, 지나온 모든 일은 자책과 회한으로 고통스럽다. 게다가 병이 심해지자 아버지 품으로 찾아와 치료를 간청했지만 끝내 아무런 도움도 되지 못한 채 죽음에 이르게 했다. 죽는 순간까지도 아버지를 원망하지 않고 사랑하는 마음만을 고이 간직하며 눈을 감았다.

딸아이의 생전 고생도, 병상에서의 미흡한 치료도 모두 마음 아프다. 좀 더 잘 입히고 잘 먹이지 못한 것이 못내 아쉽다. 품 안에 있을 때 잘 건사하지 못한 기억들은 아프게 가슴을 후빈다. 좀 더 용한 의원과 좋은 약재를 쓰지 못했던 일도 후회막급이다. 천명은 인사에 말미암는 것이라며 이 가혹한 운명을 모두 자신의 박복한 인사 처리

탓으로 돌려 자책할 뿐이다.

아버지 임연옹(臨淵翁)은 정유년 3월 21일 무술에 죽은 둘째 아들 계구당(戒懼堂)의 연궤(筵几: 신주를 모셔 두는 곳)를 치우게 되어, 상식(上食)을 올리며 술 한 잔을 따르고 고하노라.

아! 익(翊)아 내가 너를 잃은 것은 하늘이 나를 버린 것이다. 너는 내 책을 잘 읽었지만 지금 너는 없구나. 아! 너의 병은 죽지 않을 수 있었으나, 내가 약을 잘못 써서 네가 죽었구나. 남들이 죽고 사는 것은 명이라 하나 내가 어찌 한스럽지 않겠는가. 너의 나이는 자식을 둘 만했는데 자식이 없었고, 너의 재주와 성품은 큰일을 성취할 수 있었으나 성취가 없었으니 내가 어찌 슬프지 않겠는가! 네가 임종할 때 탄식하여 말했다.

"사내가 여기에서 그쳐야 하는 겁니까? 어머니의 상복을 입은 채로, 아버지에게 슬픔을 드렸으니 불효입니다."

마침내 감지 못한 눈을 만져주었지만 눈을 감게 할 수는 없었다. 너의 슬픔과 한이 앞으로도 영원히 지속되어서 다시는 그칠 날이 없을 것이다. 아! 네가 매번 내 꿈속에 들어올 때마다 상복 차림으로 나타났으니, 죽은 자는 연상(練祥)[3]의 변제(變制)[4]가 없어서 그러한 것인가? 그렇지 않으면 애통함이 맺혀 없어지지 않아서 그러한 것인가. 상을 마치면 길례(吉禮)[5]가 되는 것이지, 영원히 상복을 입은 귀신이 될 수는 없는 것이다. 그래서 지금 검은색 관대로 너의 궤연에 시설을 하고 타이르노니, 이제부터는 혹시

라도 평상시 옷차림으로 꿈속에 들어온다면 너의 영혼이 있어서
능히 나의 말을 생각한다는 것을 알 수 있을 것이다.⁶

〈죽은 아들인 인익에 대한 제문[祭亡子寅翊文]〉

조선시대의 평균연령은 30대에 불과하다. 장수를 하면 할수록
필연적으로 피붙이의 죽음을 볼 확률은 점점 늘어날 수밖에 없다.
사랑하는 사람의 죽음을 차례로 볼 수밖에 없는 장수는 요절보다도
오히려 더 잔인하다. 기억될 의무만 있는 사람과 기억할 의무만 있
는 사람의 간극은 죽음처럼 넓다. 이양연은 여든세 살에 세상을 떴
으니 참척과 사별의 아픔을 남들보다 더 많이 겪어야 했다.

이양연이 예순다섯 살이었던 1835년에는 부인과 둘째 아들 인
익을, 그 이듬해에는 둘째 며느리를 잃었다. 일흔다섯 살이었던 1845
년에는 맏아들인 인욱이 죽었고, 정확한 시기는 확인할 수 없지만
딸의 죽음 역시 목도했다. 이런 아픔들은 고스란히 그의 산문과 시
에 남아있다. 둘째 아들을 잃고는 〈죽은 아들인 인익에 대한 제문[祭
亡子寅翊文]〉과 〈인익유사(寅翊遺事)〉를, 딸을 잃고는 〈죽은 딸인 송씨
아내에 대한 제문[祭亡女宋室文]〉을 썼다. 시도 여러 편 남겼다.《산운
집(山雲集)》속 감회류(感懷類)에 배치된 작품들이 거기에 해당한다.

위의 제문은 1837년 인익의 대상 때 지은 것으로 보인다. 아들
을 잃은 가혹한 운명에 하늘이 너무도 야속하다. 아들의 나이로는
자식이 있어야 하고, 재주로는 큰일을 이루기에 부족함이 없었는데
아무것도 남기지 못하고 세상을 떴다. 그런데 아들은 어머니 상중에

세상을 뜬 것이 몹시도 한스러웠는지 상복 차림으로 자꾸만 꿈에 나타난다. 꿈에서라도 보는 것이 다행이라지만 상복을 벗은 평상시 모습이라면 위안이 될 것 같다. 그러니 제발 다음번 꿈에는 생시처럼 빛나던 젊은 모습으로 찾아와주기를 바라고 있다.

슬픔을 피하다

문에 들어서려다 다시 나가서	入門還出門
머리를 들어 두리번거리네.	擧頭忙轉矚
남쪽 언덕에는 개살구나무 꽃	南岸山杏花
서쪽 물가에는 해오라기 대여섯 마리.	西州鷺五六

〈슬픔을 피하다[躱悲]〉

아들과 아내를 잃었으니 집에 돌아와도 문에 들어서기가 싫다. 집에는 온통 가족의 흔적뿐이다. 눈물이 핑 돌아서 일부러 다른 곳으로 눈을 돌린다. 남쪽으로 고개를 돌리니 함께 산보하며 바라보았던 살구나무에 꽃이 피어 있다. 간신히 참았던 눈물이 다시 터져 나오려 한다. 그래서 다시 서쪽 물가로 고개를 돌렸더니 해오라기 몇 마리가 오순도순 정답게 먹이를 찾고 있다. 참고 있던 눈물이 끝내 터져 복받친 설움을 토해냈으리라. 아픔을 암시하는 시어를 사용하지 않고 단순한 장면만 제시하여 극도로 절제된 슬픔을 환기시켰다.

살아 이별 그대여 울지를 마오.	生離君莫啼
그래도 함께 저 달 볼 수 있으니	猶得共看月
다만 이 세상에 있기만 해도	但使在人世
만 리를 떨어진들 슬퍼 않으리.	萬里吾不悷

가을 풀은 서리를 원망을 말라	秋草莫怨霜
가을에 죽는 것은 새로 사는 길이니	秋殺亦生道
도리어 땅속에서 살아가나니	却從地中生
이 인생이 풀만도 같지 못하네.	人生不如草

〈마음이 상하다[傷懷]〉[7]

　　이별은 언제나 낯설다. 언제든 만날 수 있다는 희망만 있으면 기다리는 시간의 길고 짧음이야 참을 만하겠지만 기다려도 만날 수 없으니 그야말로 영영 이별이다. 내가 지금 보고 있는 저 달을 너는 볼 수 없고, 내가 기다리는 기다림을 너는 알지 못한다. 하찮은 저 풀들도 마찬가지다. 죽은 듯 보이다가도 봄이 되면 어느새 되살아나 웃자라 있으니, 내가 사는 이 인생은 풀만도 못한 것 아닌가. 때때로 운명은 가혹하게 한 개인을 괴롭힌다. 삶이란 능동이 아니라 피동이고, 가역이 아니라 불가역이다. 그러니 주어진 운명을 거부할 수도, 뒤집을 수도 없다. 애초부터 부활이나 소생은 인간에게 허락되지 않

그렇게 아버지가 된다

았다. 소설 《방황하는 칼날》에서도 "자식 잃은 부모에게 남은 인생은 없다."라고 하지 않았던가. 친족의 죽음 앞에 미래, 기대, 희망은 매정하게 묶음 처리될 수밖에 없다.

오래도록 밝을 달 바라보리라

일생을 수심 속에 지나왔더니　　　　　一生愁中過
밝은 달 바라봄은 부족했었네.　　　　明月看不足
만년토록 길이길이 마주할거니　　　　萬年長相對
이번 길 나쁘다고만 하지 못하리.　　此行未爲惡

〈위독[病革][8]〉

　　자식을 잃은 부모는 아침에는 그나마 견딜 만하다가도 저녁이 되면 도저히 버틸 수 없다고들 한다. 돌아오지 않는 가족은 돌아올 시간이 되면 생생한 현실이 되어 괴롭힌다. 부모가 자식을 위해 목숨을 바치는 것은 본능이다. 자식이 없으면 이 세상에 살아갈 이유나 존재할 이유도 사라지기 때문이다. 부모는 자식을 위해 몸을 던질 수 있을 만큼 강하지만, 자식 없이 혼자 남겨져 살아갈 용기는 없을 만큼 나약하기도 하다.
　　이양연은 자식들이 사라진 그 공간에서 무엇을 생각하고 그리

위했을까. 강렬한 추억의 힘은 삶의 의지를 꺾기에 부족하지 않다. 더 이상 추억을 만들 수 있는 대상의 부재, 그리고 남은 자의 슬픔. 나와 너의 교집합이 없는 시간들은 남겨진 사람의 시간들을 모조리 공집합으로 만들어버린다.

산운 이양연은 변변한 관직도 없었고 사회적인 명성도 없었다. 그렇기에 가족은 그에게 잃어버릴 수 없는, 그래서 꼭 지켜야 할 대상이었다. 하지만 그의 소소한 행복마저 하늘은 허락하지 않았다. 그는 가족들을 연이어 떠나보내야만 했다. 가족을 사랑하고 가족에게 사랑받았지만 예기치 않은 불행에 그는 아프고 또 아팠다.

대단한 성공이나 성취가 없는 소시민은 지금도 어디에서든 찾아볼 수 있다. 가장의 소임을 묵묵히 하다가 어느 순간 직장에서 용도 폐기 당한다. 경제력이 상실되면 가장의 위치도 급격하게 흔들린다. 사회와 가정 그 어느 곳에도 아버지의 자리는 없다. 사회에서는 실패자였어도, 가정에서 아버지의 온전한 자리가 있다면 그는 실패자가 아니다. 가정에서 버림받는다면 사회에서의 성취나 성공과 관련 없이 실패자이다. 그러므로 이양연은 실패한 사람이 아니다. 운명이 그를 가족과 함께 있게 하지 못했지만, 그는 언제나 가족들과 함께 있었다.

밝은 달빛을 볼 여유도 없이 수심에 잠겨 있던 시간들이 파노라마처럼 펼쳐진다. 생각해보면 가족을 잃은 뒤의 삶은 죽음만도 못한 시간들이었다. 이제 죽음은 성큼 가까이 와 있다. 죽으면 그토록 그리워했던 가족들과 다시 만날 수 있으니 그저 슬프고 두렵기만

한 것도 아니다. 살아서는 멈췄던 그 추억과 기억들이 오래도록 이어질 것이라 생각하면 이 세상을 미련 없이 훌쩍 떠날 수 있을 것만 같다. "아빠가 너무도 오랜만에 안아주지. 오래도록 안아주마."

더 이상
일기를
쓸 수 없었네

유만주

서로 사랑을 하고 서로 미워도 하고

누구보다 아껴주던 그대가 보고싶다.

가까이에 있어도 다가서지 못했던

그래 내가 미워했었다.

- 인순이, 〈아버지〉 중에서

세상의 모든 것을 기록하다

사람의 죽음은 통상 제문이나 묘지명, 만시로 기억된다. 그러나 여기 일기에 적은 드문 기록이 있으니 바로 그 유명한《흠영》이다.《흠영》은 유만주가 21세부터 죽기 전까지 13년 동안 쓴 일기로, 이 당시에 수많은 일기가 쓰였지만 이 기록만큼 한 개인의 내면을 상세히 엿볼 수 있는 기록은 흔치 않다.

　　유만주(兪晚柱, 1755~1788)는 자가 백취(伯翠)이고 호는 통원(通園)·흠고당(欽古堂)·흠영(欽英)·봉해백(蓬海伯)·홍도후(鴻都侯) 등이다. 유한준(兪漢雋)의 아들이며 특별한 관직 없이 평범하게 살았다. 유만주는 오재륜(吳載綸, 1731~1771)의 딸 수양 오씨(首陽 吳氏, 1752~1773)와 혼인하여 맏아들 구환(久煥, 1773~1787)을 얻는다. 그러나 수양 오씨가 구환을 낳은 지 18일 만에 세상을 떠나자 1774년 박치일(朴致一, 1734~1801)의 딸 반남 박씨(潘南 朴氏, ?~1833)를 후처로 맞았다. 반남 박씨와의 사이에서는 돈환(敦煥, 1787~1806)과 갑아(甲兒, 1781~?), 진아(辰兒, 1784~?) 등 1남 2녀를 두었다.[1] 여러 명의 자녀가 있었지만 그중에서 가장 아픈 손가락은 맏이 구환이었다. 유만주는 구환에 대해 많은 기록을 남겼는데, 그가 신앙처럼 써 내려갔던 일기를 그만둔 이유도 구환의 죽음 때문이었다. 자식이 많이 아프거나 먼저 죽었을 때 부모가 느끼는 고통은 상상을 초월한다. 아이는 늘 아팠고, 불길한 예감은 적중했다. 그는 아이의 투병과 죽음의 과정을 꼼꼼히 기록해두었다.

아침에 첫아이가 《몽훈》을 떼었다. 우리나라 풍속 중에, 어린이가
읽기로 한 책을 다 읽은 날이면 칭찬을 해주며 떡이며 약밥, 과일
등속을 주어 격려하는 일이 있다. 우리 집은 가난하고 검소한지라
그런 풍속을 따를 수 없기에 황명정옥(皇明政玉) 한 개, 《삼국지독
법수상》 한 권, 관동지방에서 만든 종이 한 장, 큰 비단종이 한 폭,
남경(南京)에서 만든 다고(茶膏) 세 알, 그림을 새긴 데다 붉은 안
료를 채워 넣어 무늬를 만든 조그만 상자 하나, 황양목을 깎아 만
든 문진 하나를 주었다.

《흠영》, 1780년 6월 22일

어릴 때부터 아이는 몸이 자주 아팠다. 아프면 공부를 소홀히
할 법도 한데, 아이는 한 권의 책을 떼었다. 익히 들어왔던 책거리라
는 행사 말고 책을 다 읽은 아이에게도 격려의 의미로 선물을 주곤
했던 모양이다. 여러 가지로 형편이 좋지 않아 남들만큼 해주지 못
했지만 성의껏 아이에게 선물을 챙겨주었다.

희(熙)에게 편지를 썼다. "요사이 어떻게 지내는지요. 《천파집》을
보여주시면 좋겠습니다. 저희 아이는 공부한 것이 거칠어, 그대에
게 맡겨 대략이나마 글을 읽도록 하는 게 가장 좋을 듯합니다. 그
래서 내일 아침에 보내려 하고 있습니다. 그렇지만 그대가 그 아

이의 글을 이미 읽으시고 자질이 허약하다는 것을 알고 계실 터이니, 차후에는 너무 다그치지 마시고 그저 느긋이 점점 마음을 어루만져 바깥으로 치달리지 않도록 하시면 깨닫지 못하는 사이에 절로 도움이 되는 바가 있지 않을까 싶습니다."

희가 《천파집》을 보여주며, 이렇게 편지를 썼다. "아이는 바탕이 아름다워, 저 스스로도 아끼고 사랑하거늘, 구두를 떼어주며 글을 가르치는 일이야 어찌 감히 사양하겠습니까? 다만 어른을 모시고 있는지라 틈이 잘 나지 않아서 저 혼자 글을 읽는 것도 뜻대로 못한다고 걱정하고 있는 중입니다. 어린이를 가르치는 일은 틈나는 대로 해서 될 일이 더욱 아닌데, 근실히 부탁하신 마음을 저버리지나 않을까 걱정입니다. 지금은 또 걱정스러운 일이 있어서 마음을 안정시키지를 못하니 훗날을 기다려야겠습니다.

《흠영》, 1786년 9월 12일

유만주는 아이의 교육에 신경을 많이 썼다. 학용품을 사주기도 하고,[2] 직접 《맹자》를 과제로 내주기도 했으며,[3] 서당을 정하여 《논어》를 읽히기도 했다.[4]

그러다 자신의 처남인 오연상의 형 오희상에게 구환을 보내어 공부를 가르쳤지만 그 기간은 그리 길지 못했다. 구환의 큰어머니가 병약한 어린애를 남의 집에 보낸 것을 마뜩지 않아 해서 결국 1786년 9월 25일 아이는 집으로 돌아오게 된다.

이름을 바꾸고 소생을 기대하다

아이는 늘 아팠다. 세상에 아픈 아이를 가진 부모만큼 슬픈 존재도 드물다. 무엇이든 다 해주고 싶은 것이 부모의 당연한 마음인데, 뚜렷한 병증 앞에서 아무것도 해줄 수 없는 무력한 존재가 되기 때문이다. 1775년 6월부터 7월까지는 구환이 홍역으로 매우 위중한 지경까지 갔다. 아내는 아이를 낳고 한 달도 되지 않아 출산 후유증으로 세상을 떴기에 아이의 모든 간병은 갓 20살을 넘긴 아버지 유만주의 몫이었다. 위급한 고비를 잘 넘긴 뒤의 안도감은 1775년 7월 4일 "첫아이가 이제야 움직이고 논다."라는 기록에서 찾아볼 수 있다.

> 아침에 경저에서 종이 와서 지난 1월 7일에 어머니가 보내신 편지를 받고, 첫아이가 마마에 걸렸다는 소식을 이제야 알게 되었다. 편지를 보낸 날 반점이 생겨나고 있었다고 하니 날짜를 계산해보면 오늘은 고름이 잡히는 첫날이 된다. 채비를 하여 내일 아침에 출발해야겠다.
>
> 《흠영》, 1779년 1월 12일

어릴 때는 홍역으로 애를 먹였던 아들이 뒤에 천연두를 앓게 된다. 천연두는 관농이 되어야 살 수 있으니 이날이 삶과 죽음의 중대한 기로가 되는 셈이다. 아버지는 만사를 제쳐놓고 부리나케 길을 나섰다. 1779년 1월 18일 기록을 보면 도중에 우연히 가족이 보낸 편지를 지닌 종을 마주쳤다고 한다. 마침 어제 보낸 편지를 받아 급히 펼쳐보니 천연두가 완치되었다는 희소식이 들어 있었다. 유만주는 마음을 졸이고 계실 자신의 아버지에게 곧바로 편지를 보냈다. 다음 날인 1월 19일 일기에는 "말이 다리를 절룩거려 간신히 집에 돌아왔다. 바깥채에서 조금 지체하다가 들어가서 첫아이를 보니 막 마마딱지가 떨어지려 하고 있었다."라고 나온다. 담담한 듯 무심한 한 줄의 기록이지만 왠지 만감이 교차하는 것 같다. 일주일 동안 미친 듯 말을 달렸기에 말의 다리에 탈이 난 건지, 아니면 원래 다리가 온전치 않았던 말을 급한 마음에 어르고 달래며 험한 길을 달려온 건지 알 수는 없다. 그러나 아이의 무사함 하나만 바라며 달려왔을 아버지의 간절함과 안도감이 그 한 줄에 빼곡히 차 있는 듯하다.

구환이 아침에 갑자기 횟배앓이로 몹시 괴로워했다. 안회산(安蛔散: 회충약)을 먹게 했다. 멀구슬나무 뿌리와 산사 열매, 오매, 사군자 열매, 말린 생강, 귤껍질, 모과, 후추 등을 넣어 만든 약이다.

어떤 사람이 말하길, 가공하지 않은 꿀에 뽕나무버섯을 넣어서 푹 달인 것을 공복에 예닐곱 홉 복용하고 따뜻한 구들에서 땀을 내고 점심으로 메밀 숭늉 한 그릇을 먹으면 횟배앓이가 뚝 그친다고 한다.

《흠영》, 1783년 8월 29일

유행병이야 어쩔 수 없다지만 아들은 선천적으로 허약한 체질이었다. 아이는 항상 아팠고 아버지는 늘 마음을 졸였다. 유만주는 아들의 병록을 자세히 기록했는데, 병록을 작성한 이유는 의원에게 아들의 증세를 신속하게 전달하기 위해서였다. 지금이야 회충약이 좋아져서 큰 문제가 아니지만 그 옛날 횟배앓이는 몹시 괴로운 일이었기 때문에 그 병에 대한 고민은 해가 바뀌어도 계속되었다. 유만주는 횟배를 앓을 때 아이에게 어머니의 소변을 먹이면 효과가 신통하다는 이야기를 듣기도 하고,[5] 의원 조씨에게 횟배앓이 증세에 대해 의논하기도 했다.[6] 구환은 횟배앓이뿐만 아니라 코피를 심하게 쏟기도 했는데,[7] 더위를 먹어 설사 증세와 함께 사흘 연이어 코피를 흘리기도 했다.[8] 코피에 대한 기록은 여러 번 나오는 것으로 보아 그 정도가 심했던 모양이다.

> 구환의 이름자 가운데 '구(久)'를 '교(敎)'로 바꿀 의논을 하고 자전을 찾아보았다. 이어서 돈(敦), 경(敬), 민(敏), 정(政) 등 여러 이름자를 골라두었다.
>
> 《흠영》, 1787년 1월 26일

원래 구환의 자는 장천(長倩)[9]이라 했다가 뒤에 원시(元視)[10]로 바꾸었다. 장천은 초목이 푸르고 무성하게 자란 모습을 말하는 것이며, 원시는 《노자》의 '오래 살고 오래 본다'는 말에서 따온 것이다. 원시라는 자에는 아들의 무탈한 성장을 바라는 간절한 염원이 담겨

그렇게 아버지가 된다

있다. 1787년에 들어서면서 구환의 병세는 눈에 띄게 나빠져 매일 일과처럼 의원을 집으로 불러들였다. 속이 타들어가던 유만주는 이름이 화복과 관련되어 있다는 믿음으로 아들의 이름까지 고친다. 그러나 교환으로 바꾼 이름을 남들이 사용했던 기록은 남아있지 않다.

결국 세상을 떠나다

초경에 여러 증세를 급히 기록하여 의원 홍씨에게 다음과 같은 편지를 썼다. "낮부터 초저녁까지 설사를 했는데 오후부터는 조금 그쳤고, 헛소리하던 것도 조금 그쳤는데 헛손질은 때때로 합니다. 미음은 십여 차례 먹였고 약은 두 차례 먹였는데 연달아 먹이면 뱃속이 꽉 차는 것 같습니다. 자는 것도 아니고 깨어 있는 것도 아니니 필시 혼수상태에 빠진 것입니다. 가슴 윗부분으로는 윤기가 있고 얼굴과 등에는 땀이 약간 나며 배부터 발까지는 보송보송하게 말라 있습니다. 기침은 간간이 합니다. 초경 이후로는 낮에 비해 몸에 열이 더 많이 나며 항상 입을 벌리고 숨을 쉬는데 어제보다 더 숨이 가쁘며 약간 흐느끼는 것 같은 모습을 한 적이 두 번 있습니다. 헛소리는 웅얼거리는데 소리가 잘 들리지 않을 정도로 작고 손을 떠는 증세는 전에 비해 유독 심합니다. 이 종이 뒷면에 답장을 써주고, 통근 시간이 풀리자마자 곧바로 탈 것을 보낼 테니 자세히 진단하고 약을 의논해주십시오."

병실에 들어가지 않고 밤새도록 소식만 들으면서 밖에서 배회했다. 이미 어쩔 수 없다는 것을 안다. 할 수 있는 것이라곤 병록을 적는 일밖에 없는가? 병록이라고 또 요긴한 것을 파악해 쓰기가 쉽겠는가? 참된 사실을 말하고 진실을 인정하는 자가 결국은 바보인가? 얼마나 그르친 끝에 오늘에 이른 것인가? 사람의 마음이 이다지도 신령하지 못한 것인가?

《흠영》, 1787년 5월 11일

4월 들어 병세는 급격하게 나빠졌다. 갑작스레 복통을 호소하기도 했다. 밥을 먹다가 회충 한 마리를 토했고 얼마 있지 않아 또 한 마리를 토했다. 설사를 하다가 혈변을 쏟기도 하고 밤에는 고열에 시달리며 헛소리를 했다.[11]

5월 11일에는 드디어 헛손질까지 하는 지경에 이르렀다가 마침내 혼수상태에 빠졌다. 직감적으로 병세가 심상치 않다고 판단을 하여 병록을 적은 편지를 의원 홍씨에게 보낸다. 의원을 기다리며 할 수 있는 일이라곤 아무것도 없다. 아이는 사경을 헤매는데 그저 병록을 끄적거리고 있을 뿐이다.

교환의 병 때문에 새벽 제사에 참여하지 않았다. 정말 차마 보고 들을 수가 없다. 아침에는 윗사랑채에 가 있었다. 들어 아는 데서

그렇게 아버지가 된다

멀리 벗어나 있고 싶다. 정말로 이단(異端: 여기서는 불교)에서 말하는 것처럼 전생의 원한을 이번 생에 갚는 것일까? 아니면 그렇지 않은가? 스스로 따져보면 자하(子夏)는 공자의 제자 가운데 이치에 달관한 자임에도 자식을 잃고 나서 눈이 멀었다. 그러니 이런 일이 참으로 견딜 수 없는 것임을 비로소 알게 된다. 자하처럼 훌륭한 사람도 벗어나지 못하는 것이다. 돌아와서 연(淵: 오연상)의 편지와 장모님의 한글 편지를 봤는데 우황고(牛黃膏)를 써보라고 강력히 권했다. 의원 정씨의 말이라는 것이다.

동정(東亭: 임노의 집)에 나갔다가 부슬비를 맞으며 총총히 돌아왔다. 동네의 호(浩)를 급히 만나 온회양(溫回陽)의 처방을 알려달라고 했다. 그는 "인삼을 써서 되겠는가? 그저 욱(旭)에게 얼른 가서 물어보게."라고 말했다. 돌아와서 아버지께 말씀 드리고 욱에게 갔으나 만나지 못했다.

큰어머니가 나와 보셨을 때에는 이미 목숨을 건질 수 없는 상태에 있었다. 지켜본다는 자들이 모두 나무 인형이나 마찬가지니 아이가 정확히 언제 떠났는지도 모른다.

초저녁에 머리를 풀고 곡을 하여 초상이 난 것을 알렸다.

《흠영》, 1787년 5월 12일

아이의 병이 예사롭지 않아서 제사에도 참석치 않았다. 이때 이미 아이의 처참한 상황은 차마 보고 들을 수 없는 상태였다. 그런 아이를 마주하고 있는 것이 힘들어 아버지는 아이 곁을 떠나 윗사랑채에 가 있었다. 도무지 인정할 수 없는 현실을 잠시라도 외면하지 않고서는 견딜 수 없어서였다. 다른 가족들도 다를 바 없이 끝까지 적절한 치료법을 찾으려 무진 애썼다. 사람들을 만나 또 다른 치료 방법을 의논하고자 외출했다 돌아와 보니 아이는 언제인지도 모르게 이미 세상을 떠난 뒤였다. 그렇게 유만주는 자식을 잃었다.

무덤으로 가는 길

축시(丑時)에 빈소(殯所)를 열어 발인하고, 새벽종이 칠 무렵 동대문으로 나갔다.

왕십리에 이르렀을 때 아버지께서 복통이 또 심하시어 집에 돌아가 조섭하시라고 말씀드렸다. 이내 이홍(履弘) 형과 함께 출발하여 살곶이에서 배를 타고 보니 강물이 아득하여 바다와 같았다. 마장에 늘어선 나무들도 그저 우듬지만 드러나 있었다. 그리고 또 먹구름이 몰려오고 사방이 어두워지더니 소나기가 뱃전을 때렸다. 겨우 광나루에 이르러 배를 타니 또 비가 어두컴컴하게 쏟아져, 아득하기가 마치 거대한 바닷물에 떠 있는 것 같았다.

물을 건너고 나니 길이 또 극히 나빴다. 상여가 뜻대로 나아가지 못해 또 고생을 했다. 수(粹: 유만주의 외종 가운데 한 사람)가 일처리를 잘할 줄 모르는지라 길가에 상여를 멈추어두고 조심 좀 하라

고 주의를 주었다. 겨우 게내(고덕천을 말한다)에 이르러서 점심을
먹고 저물 무렵에야 산 아래로 다가갔는데, 콸콸 흐르는 계곡물을
몇 번이나 건넜는지 모른다.

산 아래에 도착하니 벌써 캄캄해져서 길도 보이지 않았고 계곡
물도 앞을 가로막은 데다 여기저기 바위가 울쑥불쑥 솟아 있어 상
여꾼들이 불평을 하며 나아가려 들지 않았다. 그래서 상여를 산기
슭의 풀섶에다 세워두고 상여꾼들에게 술을 대접하는 한편 횃불
을 켜라고 재촉했다. 이윽고 횃불을 켜고 모여서 마침내 위에 덮
은 것을 벗기고 횃불을 비추어 상여를 인도하기로 했다. 이윽고
길을 찾아 나아갔다. 나는 걸어서 뒤따라갔다. 겨우 산 위에 올라
상여를 내려놓고 제를 올리고 곡을 했다. 이윽고 이홍 형과 함께
밤을 샜다.

《흠영》, 1787년 6월 24일

장지로 가는 풍경이다. 아들을 묻으러 가는 길은 내내 악전고투
의 연속이었다. 날씨마저 궂었던 그날의 심정은 "거대한 바닷물에
떠 있는 것처럼 아득했다."라는 표현에서 얼마나 황망하고 아득한
마음이었는지 짐작할 수 있다. 계곡물을 몇 개나 넘을 만큼 길은 험
했다. 게다가 일처리를 맡아보는 유만주의 외종이 일에 서툴러 여간
어려움을 겪은 것이 아니었다. 산 아래에 이르고 보니 날이 져서 깜
깜해졌다. 상여꾼의 불평도 만만치 않아 술을 먹여가며 다독거렸다.
횃불까지 동원하여 산행을 한 끝에야 겨우 목적지에 도달했고, 거기

서 곡을 하고 밤을 새웠다. 이 당시의 정경은 마치 명계(冥界)로의 여정처럼 매우 음습하고 처절하다. 아버지로서 갔던 그 길은 어쩌면 자신의 저승길보다 더 슬프고 힘들었는지도 모른다.

광주(廣州) 선산으로 가는 길을 나섰다. 아침에 출발하여 저녁에 도착했다. 나는 네가 보고 싶은데 어째서 다시는 볼 수 없나? 문득 이렇게 황폐한 산의 풀섶 이슬 사이로, 말을 타고 종을 부리며 구불구불 길을 가고 물을 건너 찾아와야 하는 건 어째서냐? 나에게 보이는 네가, 얼굴 모습이며 말소리가 아니라, 황폐하고 싸늘하고 메마르고 적막한 무덤으로 문득 변해버린 것 또한 어째서냐?

올해 너에게 관례를 치러주고 너를 혼인시켜 아내를 두게 하고 너에게 《시경》을 공부하게 하고, 너를 네 외가에 보내 《대학》이며 《중용》을 배우도록 할 생각이었다. 예전에 생각했던 것 가운데 하나도 이뤄지지 않았지만 몽상에 잠겨 있으면 예전에 생각했던 것이 눈앞에 나란히 늘어서니 이 과연 무슨 일이냐?

아마도 너의 병은 처음부터 꼭 죽어야 하는 병은 아니었을 것이다. 애초에 꼭 죽을 병이 아니었는데 결국 너를 죽게 했으니 어질지도 못하고 자애롭지도 못한 나의 잘못은 참으로 저 밝은 하늘과 저 두터운 땅속까지 사무친다. 내가 이제 무슨 말을 스스로 할수 있을까? 네가 죽은 후 달이 지나고 계절이 바뀌었는데 너의 혼령을 내 꿈에서 만나 볼 수 없으니 아마도 사람이 한 번 죽고 나면 아득히 텅 비워져 다시 흔적을 남기지 않으며 혼령이 서로 이어지

교환의 병 때문에 새벽 제사에 참여하지 않았다.

정말 차마 보고 들을 수가 없다.

아침에는 윗사랑채에 가 있었다.

들어 아는 데서 멀리 벗어나 있고 싶다.

고 이끌어 주는 일 따위는 애초부터 없는 것이기 때문일까?

어떤 사람은 나의 인생관이 황로술(黃老術)과 비슷하고 성격은 신불해나 한비자에 가깝다고 하는데, 그 탓에 내가 다시 생각하고 그리워하지 않기에 유독 너의 영혼에 감응하여 닿을 수 없는 것일까? 아니면 살아있는 동안 엄마 얼굴을 알지 못했던 네가 죽고 나서 엄마를 보아 즐겁고 기쁜 나머지, 죽지 않은 나 같은 건 생각할 겨를도 없게 된 걸까?

나는 위로는 정자, 주자와 같은 학문이나 한유, 구양수와 같은 문장이 없기에 너의 뜻을 환히 드러내고 너의 행위를 현창하여 후세에 전하고 사람들이 애석한 마음을 갖게 하지도 못한다. 그리고 아래로는 자하처럼 눈물로 넘쳐나는 정이 없기에 밑바닥까지 슬퍼하고 속 시원히 통곡하지도 못하면서 두려움에 잠긴 채 어물어물 세월을 보낸다. 천고를 돌아보아도 겨우 오계자 한 사람을 찾아서 배울 수 있을 것 같으니 내가 몹시도 아둔하다 하겠다.

아아! 만약에 네가 하늘로부터 받은 목숨이 정말 열다섯 해밖에 안 되고, 네 병이 꼭 죽어야 하는 병이었다면 비록 화타와 완과 편작과 창공이 번갈아 진찰하고 의논을 해도 정말 어쩔 수 없었을 것이다. 그렇다면 내가 비록 지극한 정으로 서러워하거나 또한 그런 정을 갖지 않거나 무슨 상관이겠느냐? 다만 내가 밤낮으로 슬퍼하고 한스러워하는 것은, 참으로 내가 남을 위해 한 행동들이 착하지 않았기 때문에 너의 천수를 갉아먹도록 했다는 점이다. 너 또한 장차 숨이 끊어지게 될 때 그 점이 반드시 애통하고 한스러웠을 것이다. 그런가? 어찌 그렇지 않겠는가.

아아! 나는 끝내 알 수가 없다. 내가 비록 게으르고 소홀하며 네가 비록 아득한 저승에 있지만, 어째서 꿈속에 나와 한번 알려 주지 않아 나로 하여금 누구에게도 물어보지 못한 서러움을 영영 안고 살아가며 삶을 해칠 지경에 이르도록 하는 거냐?

슬프고 슬프구나. 너는 뜻이 정대하여 사특한 일은 범한 적이 없었고, 너는 행실이 반듯하여 어긋난 일이라곤 한 적이 없다. 너는 배움에 집중했기에 점차 향상되었고, 너는 재주가 도타웠기에 경망스럽고 부박한 자들과는 같지 않았다. 나는 늘 네가 자라면 무언가 해낼 거라 생각했으니 그건 바로 너에게 이 네 가지 훌륭한 점이 있기 때문이었다. 어찌 이 네 가지가 너의 앞길을 막는 게 되고, 나는 진정 허망한 생각을 하고 있었던 거라 믿었겠느냐?

아아! 세상의 운수가 점점 쇠퇴하고 풍속과 기운이 점차 흐려지고 있는 중에, 너는 이런 아름다운 것들을 가지고 한번 세상에 나타난 것이니, 너는 참으로 죽어야 할 이유가 있었다 하겠으며, 너는 결국 죽지 않을 수 없었을 것이다. 정말로 이러하다면 네가 비록 나처럼 박복한 인간의 자식으로 태어나지 않고 고명하고 번창한 가문에 태어났다 하더라도 너의 삶을 온전히 지켜낼 길이 없었을 것이니 약을 제대로 먹거나 잘못 먹거나 하는 구구한 일들은 너를 살리고 죽이는 것과 별 상관이 없었을 것이다. 그렇다면 너는 무엇하러 한번 나타나 잠깐 머물다가 돌아가서, 나로 하여금 누구에게 묻지도 못할 서러움만 영영 안고 살아가며 삶을 해칠 지경에 이르도록 한 거냐? 아아! 내가 이제 너를 어찌해야 하느냐? 나는 이제 너를 어찌해야 하느냐?

《흠영》, 1787년 8월 14일

이렇게 저렇게 생각을 달리 해봐도 아이의 장지를 찾아가는 지금의 현실이 도무지 받아들여지지가 않는다. 아이를 위해 계획했던 관례, 혼사, 공부 등 앞으로의 모든 일들은 물거품으로 돌아갔다. 애초부터 죽을병이었다면 체념하기 쉬웠을지도 모르나, 불행하게도 내 아이의 병은 그랬던 것 같지는 않으니 결국 자책은 일과처럼 자리 잡았다. 먼저 세상을 떠난 엄마와 만나 행복한 시간을 보내느라 꿈에도 한번 찾아오지 않는 건 아닐까 생각하는 아비의 마음이 참으로 절절하고 슬프기 그지없다. 삶을 해칠 지경이라는 반복된 표현에서 아버지는 살아도 살고 있는 것이 아님을 알 수 있다. 너를 어찌해야 하느냐, 아버지는 묻고 또 묻는다. 그러나 누구도 이 서러운 질문에 답을 해주지는 못했다.

꿈속에서라도 너를 만나리

아침에 적는다.

아아! 밤에 나는 꿈을 꾸었다. 뜰을 거닐고 있었는데, 역시 예전에 살던 곳은 아니었다. 대청에 앉아 흘긋 보니 갑자기 네가 내 앞에 와있는 게 보였는데, 모습은 아픈 기색이 역력했다. 평상복을 입고 꿇어앉아 있는데 손이 몹시 앙상하여, 나는 나도 모르게 네 손을 잡았다. 너는 문득 잠은 잘 주무시는지 여쭈었고, 나는 나도 모르게 다가가 너를 안고서 엉엉 울음을 터뜨렸다. 막 울면서도, 비록 꿈속이긴 하나 네가 이미 죽었다는 걸 알고 있었기에, 다시 너를 보게 되어 놀랍고 기뻤다. 그렇지만 또 네가 살아있을 때처럼 너를 오래 볼 수 없다는 것도 알았다. 이런 탓에 정말 나도 모르게 엉엉 울음을 터뜨렸고 밭은 소리로 울다가 깨어났다. 깨어나니 이미 눈자위에 그렁그렁한 눈물이 베개를 적시고 있었다. 놀랍고도 뼈에 사무친 나머지, 일어나 앉아 흐느끼는데 파루 소리가 막 끝나고 이제 날이 밝으려 하고 있었다.

아아! 네가 죽고 난 후 너를 꿈에 본 것은 고작 한두 번이었다. 오늘 꿈에서처럼 네 모습이 또렷하고 생생하며 처음의 기쁨과 나중의 슬픔이 이토록 절실했던 적은 이전에는 없었다. 아마도 세월이 점점 더 오래 지날수록 내가 너를 잊어버려 이 마음을 쏠 데가 없게 되었기에 네가 어쩔 수 없이 꿈으로 이어준 것이 아닐까.

아아! 서럽구나. 나는 네가 이제부터 오래오래 내 꿈에 들어왔으면 한다. 간단없이 나타나고 희미하지 않게 나타나서 무슨 말이든 다 하고 매일매일 오너라. 때로는 죽은 걸 잊고 살아있는 것처럼 여기며 즐거워하고 기뻐해도 좋고, 이미 죽은 줄 알고 있으며 슬퍼하고 아파하고 통곡해도 괜찮다. 내가 비록 어질지 못하지만 네가 어찌 저승에서 탓하겠으며, 내가 비록 자애롭지 못하지만 네가 어찌 저승에서 한스러워하겠느냐? 내 마음이 비록 목석처럼 아둔하지만 너는 빼어나고 영특한 아이이니 우리가 서로 감응하여 이어질 수 있다는 걸 생각할 수 있겠지.

아아! 아침저녁으로 상식(上食: 제상에 밥을 올림)하는 것은 시속의 예법인데 그나마 미성년의 죽음에 대해서는 하지 않는다 한다. 그러나 나는 그것을 차마 하지 않을 수가 없고, 지금껏 나는 차마 그만두자고 청할 수도 없으며, 차마 참례(參禮)할 수도 없어서, 그저 삭망(朔望: 초하루와 보름에 지내는 제사)에 곡만 했을 뿐이다. 오늘 새벽에는 이제껏 얻지 못한 꿈을 꾸었기에 밥을 차려놓고 곡을 하여 나의 아픔을 조금 풀었다만, 어버이의 마음에 슬픔을 끼쳤으니 또한 내 불효의 죄가 늘어났을 뿐이다. 아아! 아프구나. 밤에 또 꿈에 들었다.

《흠영》, 1787년 9월 29일

1787년 9월 29일의 기록이다. 이제 기댈 곳이라곤 꿈속에서의 재회뿐이다. 꿈속에서도 아이는 아팠다. 꿈속이란 것도, 아이가 죽었다는 것도 이미 알고 있는 슬픈 만남이지만 아버지와 아이는 손을 마주 잡았다. 한참 울다가 잠에서 깨고 나서도 흐느껴 울다가 날을 새고 말았다. 그리고 이내 서러운 고백을 토해낸다. 이렇게 아프고 슬퍼도 좋으니 제발 꿈속이라도 매일매일 찾아와 달라고. 자식의 죽음에는 원래 상식을 올리지 않는 게 맞지만, 그는 예법에 어긋나더라도 따스운 밥 한 끼를 먹이고 싶어 모른 척 상식을 올렸다. 죽은 자식이라도 해줄 수 있는 건 뭐든 하고 싶은 게 아버지의 마음이다.

　　아들이 등장한 꿈에 대한 기록은 1787년 5월 25일에 처음 나온다. "밤에 꿈을 꾸었다. 교환은 성 아래의 옛집에 있었는데 역시 막 아플 때였다. 나는 곁에서 병구완을 하다가, 유모를 시켜 가까이 있던 화롯불을 치우게 했다. 그러다 어느덧 깨어났다." 그다음 날 일기를 보면 행여나 그 꿈을 잊어버릴까 황급히 종이에 기록했다고 적혀 있다. 그 뒤로는 1787년 10월 13일의 기록에 "밤에 큰 채에서 잤다. 꿈에 죽은 아이를 보았는데 역시 평상복 차림이었다. 나는 아이를 안고 뜰과 대문 사이를 오갔다. 그 애가 죽은 줄도 깨닫지 못하고."라는 내용이 나온다. 1787년 11월 17일에는 "밤에 꿈을 꾸었다. 죽은 아이의 손을 잡고 아침에 남쪽 성문을 나서려는데 가시나무에 막혀 가지 못했다. 다시 빙 돌아서 샛길로 가려는데 너무 비좁았다. 이윽고 잠에서 깼다."라고 했다. 아이와 가고자 하는 길은 막혔거나 좁았다. 유명을 달리한 부자에게 꿈속에서조차 교통의 자유는 허락되지 않았다.

너도 아이를 잃고 나도 아이를 잃고

유만주는 아들에 대한 복(服)이 끝나는 1787년 12월까지만 일기를 쓰기로 작정을 한다. 마지막 일기는 1787년 12월 14일인데, 유만주는 1788년 1월 29일 《흠영》의 초고를 정리하지 못한 채 세상을 떴다. 마치 죽은 아들을 잊지 못해 만나러 가듯 서둘러 세상을 떴다. 그러나 유만주 역시 누군가의 아들이었으니, 또 다른 한 명의 아버지가 똑같은 아픔을 겪게 되었다. 연암 박지원과 산송을 겪었던 것으로 유명한 유한준이다.

> …… 너의 책들은 책상 위에 쌓여있었고 일기의 초고들도 상자에 넘쳐있었지. 정리하여 정사(淨寫)한 것이 10에 2~3 정도였고 그렇지 않은 것이 7~8정도였다. 이 칠팔 할은 문건이 뒤섞여있고 날짜도 뒤죽박죽이었다. 종이는 다 떨어지고 글자는 잘 보이지 않으니 궁구하여 볼 수가 없었더니라. 내가 정신이 없고 성품은 경솔한데다가, 또 글자가 눈에 들어올 때마다 눈물이 이미 솟아나와 종이에 떨어지니, 이 때문에 종이가 문드러졌지. 책을 놓아버리고 차마 읽을 수가 없었으며 덮어버리고 차마 열어볼 수가 없었다. 그러나 이것은 모두 너의 정신과 지업(志業), 명리(名理)와 언론(言論), 지취(識趣)가 모인 바이다. 그러니 내가 어찌 차마 그대로 두고 거두지 않을 수 있겠느냐? 맹세컨대, 잘 정리하여 한 질을 이루고 상자에 갈무리하여 돈아(敦兒)가 자라기를 기다리겠노라. ……**12**

유한준, 〈종자 만주에 대한 제문[祭從子晚柱文]〉

그렇게 아버지가 된다

아들은 떠나면서 아버지에게 일기는 완성하지 못한 책이니 부디 태워 없애달라고 부탁한다. 하지만 아버지는 책을 잡고 울면서 "내 아이의 정신·지업·명리·언론·지취가 모인 것이다. 책이 비록 완성되지 않았지만 어찌 버려둘 수 있겠는가?" 하고 서하(西河) 임노(任魯)에게 정리하도록 부탁하니 모두 50편으로 한 질을 이루었다.[13] 아들은 없애달라고 했지만 아버지는 아들의 마지막 부탁을 끝내 들어줄 수 없었다.

어린 나이에 얻은 자식은 늘 아팠고, 그것을 보는 아버지의 마음도 항상 아팠다. 병록을 꼼꼼히 기록하며 아들의 회복을 간절히 바랐지만 아들은 끝내 아버지의 바람을 외면했다. 아버지는 존재의 이유처럼 꼼꼼히 기록하던 일기도 아들의 죽음과 함께 그만두었다. 일기만 끝난 것이 아니라 그는 마음속에서 이미 삶의 기록도 멈추려는 생각을 품었는지도 모른다.

그는 기록하던 일기를 그만두고 얼마 지나지 않아 아이를 따라갔다. 더 아플 일이 없는 아들과 더 슬플 일이 없는 아버지가 함께 어디선가 오순도순 이야기를 나누고 있을 것만 같다. 그리고 여기 손자도 잃고 아들도 잃은 한 사람이 있다. 남은 것이라고는 휘갈겨 놓은 일기의 초고뿐이지만 아비는 원고를 수습하여 책으로 엮는다. 차마 보기 힘든 내용들이었지만, 보지 않고 또 남기지 않고는 견딜 수 없는 기록이었다. 순식간에 손자와 아들을 모두 잃어버린 유한준의 아픔이 아들 유만주의 아픔보다 덜하다고는 할 수 없을 것이다.

끝내 들려주지 못한 이야기

이야기

안
정
복

바쁜 사람들도

굳센 사람들도

바람과 같던 사람늘도

집에 돌아오면 아버지가 된다.

– 김현승, 〈아버지의 마음〉 중에서

언제나 근엄한 아버지

이미 불혹을 넘긴 우리 나이 또래들에게 아버지에 대한 기억이란 그리 특별할 게 없다. 아버지는 언제나 무뚝뚝하고 근엄한 표정에 쉽게 다가설 수 없는 존재였다. 아침저녁 인사 외에 따로 대화를 나누었던 기억도 드물다. 아랫목 이불 속에 신줏단지마냥 모셔두던 아버지의 밥그릇과 액수와 상관없이 너무나 당당하게 내밀던 누런 월급봉투는 산처럼 크고 높은 권위의 상징물이었다. '친구 같은 아빠'가 넘쳐나는 요즘엔 감히 상상조차 하기 힘든 모습이다.

조선시대 아버지는 어땠을까. 조선의 아버지들이 남긴 편지를 통해 그 면면을 들여다본 적이 있다. 당대 문인과 예술가 들이 주로 일상적인 안부, 생활 태도에 대한 조언, 공부와 인간관계에 대한 가르침 등을 담아 아들에게 보낸 편지들이었다. 사소한 문제까지 살갑게 의논하는 편지도 있었지만, 한탄하고 꾸짖는 내용이 대부분을 차지하고 있었다.

그중 실학자였던 안정복(安鼎福, 1712~1791)의 편지는 특히 인상적이었다. 《순암집(順菴集)》에는 아들인 안경증(安景曾, 1732~1777)에게 보낸 여덟 통의 편지가 실려 있다. 아주 가혹하게 자식을 채근하는 내용을 담고 있다.

집에서는 중처럼 지내야 하고　　　　　　　　　　居家如釋子

마을에선 아낙처럼 처신하여라.	處鄕如閨婦
아낙네는 늘 남을 무서워하고	閨婦恒畏人
중은 가난 싫다 않는다더군.	釋子不嫌貧
담박하고 거기다 근신하여야	淡泊而謹愼
집안이든 바깥이든 근심 면하리.	出入免憂懼
네게 훈계하노니 경계하여서	戒爾又自警
소경이나 면하길 바랄 뿐이노라.	聊欲代矇瞽

〈자식에게 보이다[示家兒]〉

안정복은 아들에게 집 안팎에서 중이나 아낙네처럼 조심스러운 처신을 주문하고 있다. 안정복은 안경증과 권일신(權日身)에게 시집 간 딸까지 두 명의 자식이 있었다. 가족들에게 남긴 몇 편의 시에서도 편지만큼이나 훈도와 훈계를 아끼지 않았다. 그러나 특히 아들에게 채근하고 훈계하는 편지를 많이 보냈다. 단 한 번도 사랑한다거나 자랑스럽다는 말을 쓰지 않았다. 그는 아들을 사랑하기는 했을까?

안일에 빠지는 것은 독을 마시는 것 같다

부부의 사이는 온갖 복의 근원이다. 처음을 삼가는 도리는 조심하지 않을 수가 없다. 예로써 공경함을 모두 잊고, 갑자기 서로 함부로 친하게 대하면 바로 금수가 되고 만다. 이름을 망치고 가문을 실추시킴이 항상 여기에서 말미암으니, 어찌 삼가지 않으랴!《중용》에서는 "군자의 도리는 부부에서 비롯된다."라고 했다. 남명(南冥) 조식(曺植, 1501~1572)은 일찍이 이렇게 말했다. "사람은 평상시에 처자식과 함께 거처하면 안 된다. 비록 자질이 뛰어난 사람도 타성에 빠져서 성취할 수 없게 된다." 허후(許厚, 1588~1661)는 그 아내와 더불어 서로 대하기를 손님처럼 했다. 늙어서도 점점 더 지극해져서 여태껏 사람들이 이를 칭찬해 마지않으니, 이것이 가장 본받을 만하다. …… 지금 내가 너를 보내는 것은 시속에 따라 처가에서 맞아 청하는 예를 치르기 위해 그런 것이 아니다. 윤장(尹丈)이 다행히 한 이웃에 계시는지라, 네가 훈도를 받게 되기를 바라서일 뿐이다. 마땅히 날마다 문안을 드리면서《논어》읽은 것을 아침저녁으로 배우기를 청하도록 해라. 집에 있을 때처럼 멋대로 들락거리며 빈둥빈둥 날을 보내 이 기간을 헛되이 보내서는 절대로 안 된다. 한 번 선배 어른들에게 예모 없는 사람으로 여겨지면 앞으로는 발붙일 곳이 없게 될 테니 조심해야 한다.

첫째, 거처에서는 모름지기 공경스러워야지, 건방지거나 태만해서는 못쓴다. 말은 모름지기 꼭 맞고 합당해야지, 시시덕거리며 시끄럽게 떠들면 안 된다. 둘째, 모든 일은 겸손하고 공손해야 한다. 기운을 돋워 남을 능멸해서 스스로 치욕을 불러들여서는 안 된다. 셋째, 술 마시며 함부로 굴어 학업을 폐해서는 안 된다. 또한 말실수를 해서 자신을 잃고 남을 거스를까 걱정되니, 특히나 깊이 경계할 것이다. 넷째, 남의 허물이나 악행 및 다른 집안의 장단점과 옳고 그름을 말해서는 안 된다. 와서 알려주는 사람이 있더라도 또한 대꾸하지 마라. 다섯째, 교유하는 사이에는 더욱 마땅히 깊이 가려야만 한다. 비록 동학이라고 해도 또한 친하고 소원한 구별이 없을 수가 없다. 이는 모두 마땅히 선생에게 청하여서 가르침을 들어야 할 것이다. 대저 무릇 돈후하고 충성되며 신의로워 능히 내 허물을 나무랄 수 있는 사람이 유익한 벗이다. 아첨하고 경박하며 오만스럽고 제멋대로 굴어 사람을 악으로 이끄는 사람은 나쁜 벗이다. 이로 미루어 찾는다면 또한 절로 열에 다섯 일곱쯤은 합치될 것이고, 다시 물어서 살핀다면 백에 하나도 실수하는 법이 없을 것이다. 다만 품은 뜻이 낮고 평범해서 능히 자신을 이겨 선을 따르지 못할까 염려된다. 그렇게 되면 유익한 벗은 멀어지지 않으려 해도 점점 더 멀어지고, 나쁜 벗은 가까워지려 하지 않아도 날로 친하게 된다. 이는 모름지기 통렬하게 점검하여 바로잡아 고쳐야만 한다. 조금씩 습관이 들어 스스로 소인의 영역으로 내달아서는 안 된다. 이렇게 한다면 비록 어진 스승이나 어른이 있다 해도 또한 자신을 구해 건져줄 길이 없게 된다. 여섯째, 다른 사람의 아름다운 말이나 착한 행실을 보거든 공경하고 사모하여 이를 기록해두어라. 남의 좋은 글로 나보다 나은 것을 보거든 빌려와서 꼼꼼히 살펴보고 혹 베껴두어 이를 자문하고, 그와 똑같이 된 뒤에야 그만두리라는 마음을 가져야 한다.

위의 여섯 조목은 주자께서 자식을 가르친 글이니, 날마다 마땅

히 외우고 생각하여 체득해서 행하도록 해라. 낡은 종이 위에 적힌 진부한 말로 보아서는 안 된다.[1]

<신행길을 떠나는 학아에게 써서 주다[書與塁兒 後改名景曾 口丁卯]>의 일부분

안정복이 36세 때인 1747년에 당시 16세로 장가를 들기 위해 신부 집으로 떠나는 아들 경증에게 준 편지다. 조선시대 처가살이는 관행에 가까웠다. 첫아이를 출산할 때까지 처가에 사는 일도 적지 않았다. 어린 아들이 행여 처가에 가서 몸가짐을 바로하지 못해 실수를 할까 봐 걱정하는 아버지의 마음이 잘 드러나 있다.

어린 나이에 정욕에 빠지게 될 것을 가장 염려했다. 부부가 성에만 집착할 때의 폐해는 적지 않다. 이 문제는 요즘에도 부자 간에 말하기 어려운 부분인데 직접적으로 단단히 조심을 시켰다. 아직도 어리기만 한 아들을 부모 옆에 두지 못하고 뚝 떼어놓기가 마음이 쓰이긴 했던 모양이다. 처가에서 태만에 빠지지 말고 그 기간만이라도 윤씨 어른을 찾아가 훈도받을 것을 권했다. 무엇보다도 예전에 주자가 큰아들에게 준 <큰아들 수지에게[與長子受之]>의 일부 내용을 간추려 여섯 조목으로 된 훈계를 내린 점이 재밌다. 언행과 몸가짐, 교우에 대한 도리 등 험난한 세상살이에 대한 충고와 조언은 지금도 새길 만한 것이 많다.

네가 몹시도 답답하구나

하인이 와서 편지를 보고서야 근래 시봉(侍奉)과 잠자리 및 음식에 다른 일이 없음을 알았다. 오래 쌓였던 염려가 족히 위로가 되는구나. 다만 새집이 벌써 기울어졌다면, 너희들이 몸을 둘 곳이 없겠다. 본래 부지런하지 않은 뜻으로 또 황황한 처지를 당하고 보니, 문학에는 뜻이 없이 단지 놀기만 일삼고 있겠구나. 먼 곳에서 이런 생각을 하고 있자니 근심과 탄식을 어찌 말로 다하랴. 너는 평소 해묵은 병을 지녔고, 심력 또한 몹시 나약하다. 비록 능히 밤을 새우고 낮이 다하도록 힘을 쏟지는 못한다 해도, 늘 염두에 두어 날마다 부지런히 애쓴다면 뛰어나지 못할까 봐 걱정할 것이 없다. 이 뜻을 반드시 네 숙부에게 말해서 내 뜻을 함께 깨닫게 하고, 예사로운 나무람으로 보아 넘겨서는 안 된다.

《시경》을 읽는다면 읽는 방법을 이미 네 숙부에게 보낸 편지에서 말해두었으니, 또한 모름지기 이같이 하면 될 것이다. 너희가 마침내 단호한 결심이 없이, 매양 쏜살같이 지나가는 세월이 마치 너희를 위해 머물러 주기라도 할 것처럼 여긴다면 이는 반드시 그렇지가 않다. 옛사람이 "궁한 집에서 구슬피 한탄하나, 후회한들 장차 무슨 소용이리오?"라고 한 말은 실로 경험에서 우러나 깊이 음미해본 말이 아닐 수 없다. 이제 윤창희(尹昌喜)의 편지를 보니, 그 사람은 타고난 재주와 성품이 너희들에 비해 몇 배나 되는데도, 글 속에 다급해하는 뜻이 담겨있어 느껴지는 점이 많았다. 내가 이곳에 오고 나서 많은 인물들을 보았다만, 너희 나이에 너희 같은 사람은 없었다. 속마음이 답답해도 누굴 향해 말해보겠느냐?

무릇 배우는 사람은 반드시 그 의리를 궁구해야 하고, 글을 짓는 사람은 반드시 그 지름길을 따져보아야 한다. 그런 뒤라야 내 것이 되어 다른 갈림길로 현혹되지 않게 된다. 일과를 세워 하는 공부는 가장 긴요하고 또 중요하다. 옛사람이 "날짜로 헤아리면 부족해도, 햇수로 따져보면 넉넉하다."라고 말한 것은 참으로 맞는 말이다. 하루 사이에는 얻은 것이 비록 적지만, 오늘과 내일이 여러 날 쌓이게 되면 그 얻은 바가 어떠하겠느냐? 바라건대 너희들은 한번 옛 습관을 바꾸어서 일상생활 사이에 반드시 엄하게 과정을 세워서 부지런히 힘써 게을리하지 않아야 한다. 이렇게 한다면 이 마음이 또한 의지하여 설 바가 있어, 오로지 제멋대로 뒤집어지는 지경에 이르지 않게 될 것이다.[2]

〈학아에게 보낸 답장[答兒書 庚午]〉의 일부분

1750년 외직에 나가있을 때 보낸 편지다. 안정복이 자식을 위하고 사랑하는 마음에는 의심할 나위가 없다. 그러나 편지는 격려와 칭찬은 배제한 독려와 책망뿐이다. 자식의 자질이 부족한데도 게으름을 피우는 것 같아 마뜩지 않다는 내용 일색이다. 외지에 나가있어 자신의 손길이 닿지 않으니, 직접 훈도하지 못하는 아쉬움이 더

더욱 컸던 것 같다. 매일 일과로 공부하는 습관을 놓치지 말 것도 주문했다. 생략된 부분에는 아주 구체적으로 《시경》 읽는 법과 문장 공부를 위해 《통감강목》과 《고문초》를 읽을 것을 권했다.

> 찬 날씨가 더욱 깊어가는구나. 어머님 모시는 일 외에 잠자리와 음식은 어떠하냐? 나는 객지에서 추위를 맞아 고생이 말이 아니다. 체증 또한 심해서 글 읽기에 몹시 방해가 된다. 답답함을 어찌 말로 다하겠느냐? 네 숙부와 조카들은 어떤 책을 읽으면서 이 겨울을 헛되지 않게 보내고 있더냐? 너희들이 점차 나이가 들어가는데도 또한 독서가 귀하게 여길 만한 것인 줄을 알지 못하니 가엾이나 이을 수 있겠느냐? 어찌 내가 쓴소리 하기를 기다린단 말이냐? 모름지기 삼가고 힘쓰도록 해라. 네 누이 또한 몽매한 채 무식하게 내버려 두어서는 안 된다. 네 누이에게 날마다 《내범(內範)》을 한누 술씩 가르쳐서 조용히 깨우쳐주도록 해라. 올겨울 안에 많이 가르쳐서 반드시 글 뜻과 글자를 알게 하는 것이 좋겠다. 또한 아울러 한글도 가르치도록 해라.[3]
>
> 〈학아에게 부치다[寄學書 壬申]〉

1752년에 쓴 편지다. 혹한에 추위와 체증으로 고생하는 정황을 말하고 자식과 동생의 공부를 걱정했다. 딸에게 여자로서 마땅히 행해야 할 몸가짐과 마음가짐을 적은 《내범》을 가르치고, 아울러 한글을 익히게 하라고 당부했다. 여전히 그의 편지는 아들을 다그치는 내용만을 담고 있다. 단 한 번의 칭찬 없이 편지마다 '너 때문에 탄식한다'는 말이 빠지지 않는다.

사랑하고 아꼈기에 더욱 다그치고 격려했던 그는 아들이 세상을 떠나고 나서야 뒤늦게 숨겨놓았던 속내를 풀어놓았다. 살아생전 아버지의 진심 어린 속마음을 들어보지 못했던 아들은 그 깊은 사랑을 알지 못한 채 눈을 감은 건 아닐까. 보이는 것이 사랑의 전부는 아니지만, 표현하지 않으면 보이는 것만 보게 된다. 부모의 보이지 않는 사랑은 제 새끼를 낳아야만 그제서야 보이게 마련이다. 그러니 부모는 기회만 되면 자식에게 사랑을 표현해야 한다. 사랑이란 표현하는 것이고 확인하는 것이다. 표현하지 않고 확인하지 않으면 사랑도 때로는 오해와 야속함에 자리를 내주게 된다.

너를 잃고 나는 쓴다

지극한 정은 간격이 없는 것이거늘 어찌 글을 써서 표현할 수 있겠는가. 부자의 친함은 한 기운이 서로 이어진 것이다. 그러니 비록 유명(幽明)의 길이 다르고 생사의 형체가 다르더라도 지닌 뜻이 있으면 저절로 서로 느껴 통하게 된다. 그러므로 아비가 자식을 제사하고 자식이 아버지를 제사하는 글이 옛날에도 많지 않았으니, 대개 그 지극한 정을 언어와 문자로 표현할 수 없기 때문이다. 그러나 이제 네가 죽어 돌아가는데 내가 상여를 따라가지 못하여 너로 하여금 홀로 돌아가게 하니 어찌 한마디 말이 없을 수 있겠는가. 아, 애통하도다. 너의 아름다운 문학과 효순한 성품은 이 아비만 인정한 것이 아니고 고을의 여러 벗이 칭송하는 바였다. 너는 어려서부터 일찍이 자제(子弟)된 자로서의 허물됨이 없었고 아울러 단정하고 조신하는 행실과 겸손하고 삼가는 지조를 지녔으면서도 싸고 감추고 숨기고 요약해서 조금도 남 앞에서 우쭐대는 뜻이 없어, 있으면서도 없는 듯이 하고 가득 차있으면서도 비어있는 것같이 했다. 이는 내가 귀히 여기는 바로써 남들은 알지 못하는 것이었다. 타고난 자품에 대해 말하면 인(仁)에 가깝고 그 성정에 대해 말하면 정(靜)에 가깝다. 인하고 정한 사람이 반드시 장수하는 것은 천리가 본디 그러한 것이거늘, 이제 네가 이에 이르니 하늘의 뜻을 실로 헤아리기 어렵다. 이것이 다 네 아비의 업보에 관계된 것이 아니겠는가.[4]

〈죽은 아들에 대한 제문[祭亡子文(丁酉)]〉의 일부분

1777년 아들을 잃은 직후에 쓴 제문이다. 편지와는 분위기가 사뭇 달라졌다. 너 때문에 못 살겠다던 탄식이 너 없어서 못 살겠다는 한탄으로 바뀌었다. 조선의 아버지들은 자식이 죽은 뒤에야 그 깊이를 알 수 없는 사랑과 속마음을 표현하곤 했다.

자식의 제문은 차마 쓸 수 없는 글이다. 그러나 차마 쓸 수밖에 없는 것은 자식에 대한 깊은 사랑을 달리 표현할 길이 없어서다. 안

만약 한 번 울어서 이 슬픔을 덜어버릴 수 있다면

한 줄기 두 줄기 아니 천만 줄기에 이르러

눈물이 말라 피를 흘리더라도 꺼리지 않을 것이나,

그렇지 않기에 이 슬픔을 덜지는 못하고 한갓 때로

가슴을 쓸어내리며 눈물을 훔칠 따름이다.

정복은 아들이 남들이 칭찬할 만한 준수한 아이였음을 전면에 내세우며 자신만이 알 수 있는 아들의 장점을 하나하나 드러내 칭찬하고 있다. 누구보다 잘난 아이였지만 누구보다 심하게 야단칠 수밖에 없었던 것은 누구보다 잘되길 바라는 부모의 마음이자 욕심이었다.

아, 하늘이 모아놓은 지극한 정으로 볼 때 어찌 이같이 할 수 있겠는가. 곡을 하지 않는 곡은 곡을 하는 것보다 더 깊은 슬픔이 있다. 만약 한 번 곡하여 이 슬픔을 덜 수 있다면 한 번 두 번 아니 천 번 만 번에 이르러 기운이 다하도록 곡하는 것도 어렵지 않겠지만, 그렇지 않기에 이 슬픔을 덜어버리지 못하고 한갓 때로 마음속으로 애통해하며 탄식할 따름이며, 만약 한 번 울어서 이 슬픔을 덜어버릴 수 있다면 한 줄기 두 줄기 아니 천만 줄기에 이르러 눈물이 말라 피를 흘리더라도 꺼리지 않을 것이나, 그렇지 않기에 이 슬픔을 덜지는 못하고 한갓 때로 가슴을 쓸어내리며 눈물을 훔칠 따름이다.

아, 마음껏 슬퍼한들 너에게는 아무 보탬이 없고 나에게 손해만 있을 따름이니, 앞으로는 슬픔을 끊고 막아서 목석 같은 마음으로 잊어버리는 것이 좋겠다. 네가 만약 안다면 또한 반드시 이로써 위로를 삼을 것이다. 아, 너의 처는 나의 며느리고 너의 자식은 나의 손자인데 네가 이미 버리고 돌아갔으니, 앞으로 내가 보호하고 가르쳐서 너의 혼령으로 하여금 근심하지 않게 할 것이다. 이것이 내가 이 세상에 살아있는 동안의 책임인 것이다.

아, 잊어버리고자 하여도 끝내 잊어버릴 수 없는 것은, 너의 효순한 행실, 단정한 지조, 삼가는 덕, 아름다운 자태인데 생각할 때마다 다시 보고 싶어도 볼 수 없으니, 이를 어찌 잊을 수 있겠느냐. 말은 다함이 있어도 뜻은 다함이 없으니 눈물을 훔치며 글을 엮어 사람을 시켜 대신 곡하고 고하게 한다. 바라건대, 신령은 흠향하고 이날의 내 슬픔을 헤아릴지어다.[5]

〈죽은 아들의 소상에 제사하는 글[祭亡子小祥文]〉의 일부분

아들이 세상을 떠난 지 1년이 지났지만 아픔은 여전히 현재진행형이다. 오히려 슬픔은 첫 번째 제문보다도 더 깊어진 듯하다. 아들을 막 잃었을 때는 상실감으로 아들의 죽음이 오히려 현실이 아닌 듯 느껴졌지만, 시간이 지나면서 상처 하나하나가 생생한 현실이 되어 부딪혀 온다. 외아들의 죽음은 그에게 세상을 살 의지마저 빼앗은 느낌이다. 그런 그가 슬픔을 추스르려 했던 것은 며느리와 손자가 남아있기 때문이었다. 제문의 말미에서는 아들이 지녔던 행실, 지조, 덕, 자태가 너무도 그립다고 했다. 어느 것 하나 마음에 드는 것이 없다며 탄식만 늘어놓았던 편지와는 대조적이라 더 안타깝고 슬프다.

아버지의 속마음

광주 후인 광성군(廣城君) 안정복에게 아들 경증(景曾)이 있는데
자는 노수(魯叟)이다. 어려서 총명하여 겨우 말을 배우면서 능히
천여 글자를 해득했다. 어른이 시험해보니 글자를 따라 손가락으
로 가리키는데 손이 민첩하기가 마치 나는 것 같아서 사람들이 모
두 기이하게 여겼다. 6세에 배우기 시작하여 몇 년이 안 되어 문
리를 빨리 깨우쳤다. 어떤 객이 생기(生氣)를 짚는 법으로 사람을
가르쳤는데 곁에 있다가 한 번 듣고는 마음으로 깨달아 손가락을
꼽아 괘를 만드니 좌객이 경탄했다. 12세에 《사서삼경》의 본문을
외웠다.

자라서는 배우기를 부지런히 하고 문학을 쌓았는데 무엇보다
자제로서의 행실에 힘써서 밤낮으로 공경하고 신중하여 혹시라도
소홀하거나 태만함이 없었다. 종족 간에는 돈목하게 지내고 빈객
을 정성으로 접대하여 비루하고 어긋난 말을 입에서 내지 않고 꾸
짖는 소리가 남에게 미치지 않았다. 성품이 겸손하고 신중하여 자
신의 광채를 감추기에 힘쓰니 마을의 위아래 사람들에게 모두 환
심을 얻었다.[6]

〈죽은 아들 성균생원 묘지명[亡子成均生員墓誌銘]〉의 일부분

지면상 전체 내용을 다 소개할 수는 없지만 처음부터 끝까지 자

식 칭찬 일색이다. 어릴 때는 남보다 총명했고 자라서는 행실이 공경스러워 칭찬하지 않는 이가 없었다는 내용이다. 성균관에 들어가서는 성균관 유생들이 모두 다 그를 사랑하고 공경하였으며, 집안이 가난하여 주림과 추위가 있어도 어려워하지 않았고, 자신이 욱하는 성질이 있어서 훈도할 때에 과도하게 야단을 쳐도 조금도 원망하는 기색이 없었다는 등 인용하지 않은 부분도 구구절절 아들 자랑으로 가득하다. 살아있을 때는 가혹하게 야단만 치다가, 죽고 없는 아들의 칭찬을 뒤늦게 늘어놓고 있으니 속정으로만 사랑했던 아비의 속내가 그제야 드러난다. 그의 묘지명은 그래서 더더욱 눈물겹다.

이것은 1791년 80세의 나이로 안정복이 세상을 떠나던 해에 쓴 글이다. 자식을 잃은 지 무려 14년이나 흐른 시점이지만 슬픔은 바래지지 않고 그대로다. 영화 〈래빗 홀(Rabbit Hole)〉(2010)은 부부가 5살 먹은 아이를 불의의 사고로 잃는 이야기인데, 마지막 장면에서 아이를 잃은 엄마와 그녀의 어머니가 나누는 대화가 무척 인상적이다. 그녀의 어머니 역시 자식을 잃은 아픔을 간직하고 있었기에 누구보다 딸의 마음을 제 것처럼 이해하고 있어서다. "시간이 지나면 무거운 바위가 점점 작아져 나중에는 주머니에 넣고 다녀도 좋을 조약돌만큼 작아지지. 그러다 가끔은 그 조약돌을 잊어버리기도 해. 하지만 문득 생각나 손을 넣어보면 만져진다. 그렇게 계속 가는 거야. 그래도 괜찮아……."

자식을 잃은 슬픔은 부모가 세상을 뜰 때까지 절대로 지워지지 않는다. 안정복은 누구에게나 자랑하고픈 잘난 아들을 한 번도 보듬

어주지 못하고, 사랑이라는 이름으로 채근만 했던 자신을 끝내 용서하지 못했을 것이다. 그가 아들을 잃은 아픔은 늘 주머니에서 만져지는 조약돌처럼 작아지기는 하지만 사라질 수는 없는 상처였다. 묘지명을 통해 아들에 대한 사랑을 거침없이 드러내고 그는 그렇게 그리던 아들을 만나러 떠났다.

울산대 송혜림 교수의 연구에 따르면, 아버지 노릇은 24.5년을 해야 한다고 한다. 아버지는 자식들이 우아한 세계에 살게 하기 위해 비열한 거리를 누비며, 참으로 무거운 무게를 오랫동안 혼자 짊어질 수밖에 없다. 세상이란 어려운 일투성이에 알면 알수록 쉽지 않은 곳이다. 자식은 부모의 품에만 머물 수 없고, 언젠가는 이런 세상과 맞서 싸워야 한다. 세상 사람들은 관대하지 않다. 안정복은 부모에게 야단을 맞을지언정 타인에게 손가락질 받지 않기를 바라는 마음으로 세상 사람들보다 더 혹독하게 자식을 훈도했는지도 모르겠다. 무뚝뚝하고 근엄했던 나의 '아버지'와 친구 같은 요즘 '아빠'의 사랑이 다르지 않은 것처럼 세상이 바뀌어도 사람의 정이란 변하지 않는다. 겉으로 드러나는 것이 야멸찬 꾸짖음이든 따스한 어루만짐이든 그 어떤 것도 아버지의 사랑 아닌 것은 없다.

네가 줬던

그 책을

차마 펴지 못하네

심익운

아버지가 바로 아버지일 때에만

아버지는 저한테 너무 강한 분이셨습니다.

– 프란츠 카프카, 《아버지에게 드리는 편지》 중에서

슬픈 운명의 시인

심익운(沈翼雲, 1734~?)[1]은 본관이 청송(靑松), 자는 붕여(鵬汝), 호는 지산(芝山)·합경당(盍耕堂)이며 노긍(盧兢), 이가환(李家煥)과 함께 조선 후기 3대 천재 문인 중 한 명으로 손꼽힌다.[2] 《병세재언록(幷世才彦錄)》에서는 "이들 형제(심상운, 심익운)는 글을 잘 지었고 시와 편지글도 잘했다. 심익운의 시는 생동하고 기운이 넉넉하여 요즘의 뒤틀리고 어긋난 말들과는 같지 않았다."[3]라고 하여 그를 높게 평가했다. 교유한 인물로는 쟁쟁한 문인과 화가 들이 많았다.

타고난 재주에 비해서 그의 삶은 그리 순탄치 않았다. 1759년 26세 때 대과에 장원으로 급제하여 낭서직을 하사 받지만, 심익창(沈益昌, 1652~1725)의 후손이라는 이유로 낙마한다. 심익창은 영조 시해 음모에 가담해 역적이 된 인물이었다. 불행은 여기에서 그치지 않았다. 심익창의 손자 심사순(沈師淳)에게 양자로 갔던 심일진(沈一鎭: 심익운의 아버지)이 아들 심익운의 앞날을 위해 파양을 청했다가 호된 비판에 직면한다. 부모가 양자를 파양하는 일도 비난을 면하기 어려운데, 자신의 처지가 불리해졌다 하여 양자가 부모의 파양을 청한 것은 도덕적으로 용납될 수 없는 일이었다.

자장자장 자장자장　　　　　　　　　　　　　　　眠眠眠

돌이야 잘 자거라　　　　　　　　　　　　　　　　乞爾眠

너는 어미가 없고	爾無母
나는 아내가 없네	我無妻
나를 불러	莫呼我
밤새 울며 보채지 마렴	夜裡啼
우리 아가 자장자장	我兒眠

〈자장가[演俗眠眠曲]〉

　　이 무렵 심익운은 1759년에 누이를, 1761년에 동생을, 1762년에 딸아이를 잃는 등 가족의 죽음을 연이어 겪었다. 1765년 32세 때 지평에 간신히 서용되었지만, 벼슬길에서 성공을 기대하기란 애당초 어려운 일이었다. 게다가 1766년에는 부인 남산 김씨(南山金氏, 1733~1766)까지 세상을 떠나면서, 아내를 잃은 아픔에 여러 편의 시를 남기기도 했다. 운명은 그에게 너무나도 가혹했다. 사회에서의 성공이나 가정의 행복, 둘 중 어느 하나도 허락하지 않았다.

　　그는 자신만의 자장가를 만들어 아이에게 불러주었다. 어미를 찾아 보채는 아이나 아내를 잃은 자신이나 둘 다 불쌍하기는 마찬가지다. 그래서 이 노래는 아이에게 불러주는 자장가인 동시에 자신을 달래고 위로하는 주문일지도 모른다. 아이의 울음이 커질수록 아내의 부재는 더 확실해진다. 어떻게 달랠 방도도 알지 못하겠고, 그저 보채지 않으며 순순히 잠이 들기만 바랄 뿐이다.

봄날에도 집을 나서지 못하고

강가 풀 파릇파릇 제비는 날아가고   江草靑靑燕子飛
강가 바람 쌩쌩 불어 옷깃에 가득하네.   江風颯颯滿人衣
지난해 처음으로 서호 길 알았는데   去年初識西湖路
누가 오늘 아침 눈물 훔치고 돌아가리라   誰道今朝掩淚歸
말했으랴.

못난 아들 반드시 어진 딸보다 나은 것 아니니   惡男未必勝賢女
못난 아비 평생토록 이 애에게 의지하리.   愚父平生仗此兒
너처럼 총명한데 수까지 누렸다면   似汝聰明如有壽
문호를 부지 못함 근심을 않았으리.   不愁門戶不扶持

해마다 동생 죽어 곡을 자주 하였더니   弟妹連年哭夭頻
중춘의 17일과 초순 무렵이었구나.   仲春十七與初旬
가련타! 저들은 어찌 같은 달과 날에   憐渠同月仍同日
세상 떠났나?
산 정상 한 쌍 무덤 죽어서 이웃 됐네.   雙塚山頭死作隣

집에는 약초밭과 꽃밭이 있었기에   藥圃花園屋左右
살던 곳 어디든지 늘 따라다녔었지.   閒居何處不從行

마음 아파 차마 책을 펼칠 수 없던 것은　　　　傷心未忍開書帙

그 옛날 책 말릴 때 책 주던 너 기억 나서지.　　曬日他時憶爾擎

딸 다섯이나 낳았지만 단 둘만 남아있고　　　　多生五女惟存二

그사이 가진 아들 금세 또 세상 떴네.　　　　間得一男旋又亡

사내 낳기, 딸 키울 일 원하지 않노니　　　　不願産男兼育女

남은 생 다시 창자 끊길 일 없으리라.　　　　餘年無復斷肝腸

〈딸아이를 잃은 뒤 처음으로 호숫가에 나오니 슬픈 마음이 매우 심하여

시를 써서 기록한다[喪兒後 初出湖上 悲悼殊甚 詩以志之]〉

　　천연두를 앓다가 세상을 떠난 셋째 딸 작덕(芍德)을 그리며 쓴 글이다. 작덕은 아이의 엄마가 작약꽃 태몽을 꾸고 붙인 이름인데, 작약의 꽃말은 수줍음, 부끄러움이다. 그 때문인지 아이의 성품은 이름처럼 참으로 예쁘고 고왔다. 잃은 네 명의 아이 중 가장 오래 아버지 곁에 머물다 다섯 살에 세상을 떠났다. 예쁘고 영리했던 그 아이가 병에 걸려 죽어가는 데도 아무것도 해줄 수 없었으니 억장이 무너져 내릴 만도 하다. 아이가 1762년 2월에 세상을 뜨고 같은 해 4월에서야 처음 바깥출입을 하여 서호(西湖: 지금의 마포)의 집에서 쓴 글⁴이라고 하니, 아버지의 상심이 얼마나 컸는지 짐작할 수 있다.

　　딸아이가 세상을 떠났을 때는 겨울이었는데 어느덧 봄이 되었다. 파릇파릇 풀이 돋고 제비가 날아다니며 봄바람은 이곳저곳 옷 안을 헤집고 들어온다. 모든 새로운 생명은 움트고 되살아나는데 오

　　　　　　　　그렇게 아버지가 된다

직 내 딸만 여기에 없다. 봄이 더 봄다워질수록 딸의 부재는 선명해진다. 아이의 손을 잡고 함께 걸었던 이 길을 눈물 훔치며 혼자 헤매게 될 줄 꿈에도 생각지 못했다. 아들이 대접받는 시대였지만 오히려 아들보다 평생을 믿고 의지하는 데 손색이 없다고 생각할 만큼 작덕은 자식 중에서도 유독 영리하고 현명했다. 이제는 부질없는 이야기지만 이런 아이가 장수를 누렸다면 무너진 가문을 충분히 일으킬 수 있었을 터이다.

공교롭게도 심익운의 누이와 동생, 그리고 딸 작덕은 똑같이 2월에 세상을 떴고, 누이와 딸은 죽은 날짜까지 같다. 산꼭대기에 옹기종기 그들의 무덤이 모여있으니 그나마 그것으로 딸아이가 외롭지 않겠거니 위안으로 삼는다. 집 안 구석구석이 아이의 흔적으로 가득하다. 약초밭이든 꽃밭이든 아이는 어디든 졸졸졸 따라다니며 아빠 곁을 맴돌곤 했다. 책을 볕에 말리며 포쇄할 때는 "아빠, 이 책도 말려요." 하며 책을 건네곤 했다. 심익운은 아이가 떠올라 책조차 펴 볼 수 없다.

세 명의 딸과 아들 하나를 잃으면서 이젠 딸을 키우는 것도 다시 사내아이를 낳는 것도 모두 두려운 일이 되어버렸다. 차라리 자식을 낳지 않았다면 이런 슬픔을 겪지 않았을 텐데, 단장의 아픔이 너무도 고통스럽다.

자식의 죽음에 병사나 사고사 중 어느 것이 더 아프다고 할 수는 없다. 그러나 사고사는 죽음의 원인을 운명으로 돌릴 핑계를 만들 수도 있지만, 병사는 오롯이 부모 자신의 탓으로 돌릴 수밖에 없다. 부모는 자식보다 더 아플 수 있고 더 아픈 사람이다. 아이가 아프기만 해도 이 정도로 아픈데, 아이를 병으로 잃게 되면 어떨까. 그동안 했던 모든 판단을 부정하고 왜 더 좋은 약과 의원을 쓰지 않았는지, 다른 치료를 했더라면 어땠을지 자꾸 곱씹을 것이다. 세상에서 가장 슬픈 복기이다. 딸이 병이 들어 서서히 죽어가는 데도 아무것도 해주지 못한 무력감은 쉽게 아물 수 없는 상처가 되어 심익운을 평생 괴롭혔다.

내 슬픔으로 너의 슬픔을 읽다

무슨 말 한 글잔들 알까 모를까만　　　一字何言知不知

내 너를 전송 못 해 시라도 지을밖에.　吾無送爾可爲詩

흰 머리의 늙은 어미 길가에서 울음 우니　白頭婆母啼臨道

젖먹이를 위해서 낳은 자식 차마 끊네.　忍斷生兒爲乳兒

〈유모가 아들을 잃다[乳母喪子]〉

사람은 실패와 시련을 통해 다른 사람을 이해하는 시야가 넓어진다. 심익운은 누구보다 아픔을 많이 겪은 탓인지 따뜻한 사람이었다. 〈소복(小僕)〉이라는 시에서는 늦은 밤 귀가가 늦어지는 종을 진심으로 걱정하는 마음을 담기도 했다.

몇 번의 참척을 경험했기에 남들이 자식을 잃었을 때의 기막힌 심정은 늘 내 것처럼 아프다. 여기 내 아이를 길러준 유모가 아이를 잃었다. 아들의 상여가 나가는데 어미는 주인집 젖먹이의 젖을 먹어야 하므로 함께 따라가지 못해 발을 동동 구르며 울고 있다. 그것을 보는 주인의 마음도 따라 아프다. 다른 사람의 불행으로 자신의 불행을 고통스럽게 복습하기도 한다.

처음엔 한두 마리 죽음에 놀랐으나	初驚一二死
차츰 다시 대여섯 마리 되었는데,	漸復至五六
오늘 아침 일어나 헤아려보니	今朝起自數
남은 것은 겨우 세 마리뿐이었네.	所餘纔六足
본성을 어길 수가 없을 것이니	未可違性情
어찌 차마 오리를 잡아둘 건가.	何忍相拘束
아이를 불러서는 울타리 뽑고	呼兒拔其柵
맑은 강 옆에 오리를 놓아주라 했네.	放汝淸江側
밤낮으로 흘러가는 맑은 강에서	淸江日夜流
멋대로 여기저기 떠다니더니	泛泛恣所適
꽥꽥 나를 향해 울어대면서	呷呷向余鳴
아는 것이 있는 듯 목을 쭉 뺐네.	引頸如有識
나타나고 사라지던 새끼 두 마리	出沒兩少雛
갑자기 가던 행적 감추었구나.	斯須滅行跡
훌쩍하고 너른 물결 밖으로 떠나	脫然滄波外

돌아가서 편안하게 먹고살거라.	歸去安汝食
한 번 혼쭐난 일을 평생 기억해	一創可終身
깊이 들어앉아서 치욕을 멀리하라.	深居遠恥辱
색다른 둥지 만듦 다투지 말고	莫作爭巢異
옷깃 끌며 하소연함 바라지 마라.	未望牽衣告
황새의 시끄러움 늘 싫어해서	常嫌鶴雀鬧
숲에서 무리지어 울어대누나.	群叫遍松櫪
또다시 네 새끼들 거느리고는	且可將爾雛
때때로 앞강에 와 목욕하거라.	時來前江浴

〈오리를 놓아주고[放鴨]〉의 일부분

동네 아이가 암컷과 함께 스무 마리의 오리 새끼를 잡아와서는 울타리를 만들어 가두었다. 어느 날 들여다보니 살아남은 새끼는 세 마리에 불과하다. 심익운은 그 모습이 마음 아파 차마 보지 못하고 놓아주라고 명령한다. 부모 자신의 불행은 운명 탓으로 돌리며 감수할 수 있지만, 자식의 불행은 차마 볼 수조차 없을 만큼 고통스러워서다. 이 작품은 단순히 오리를 놓아준 이야기가 아니라, 세상으로부터 곤욕을 당한 자신의 처지를 강하게 투사한 글이다. 인용 부분에는 드러나지 않지만 아버지의 곤욕이 그대로 자식 대에까지 이르는 것을 보는 안타까움, 또 그 와중에 자식을 잃은 슬픔까지 모두 담고 있다. 부모에게 자식의 고통은 자신의 불행보다 더 아픈 법이다.

암컷 까치 가지 물고 둥지를 만드는데	雌鵲含枝巢欲成
수컷 까치도 서로 따라 숲 돌며 우는구나.	雄鵲相隨繞林鳴
부리는 구멍 나고 꼬리 벗겨짐 조심하지 않았는데	嘴穿尾禿不自惜
어쩐 일로 도중에서 둥지 이미 기울었나.	何意中道巢已傾
부지런히 두 개의 알을 품었는데	辛勤伏二卵
하나는 알을 까고 하나는 곯았구나.	一乳而一殠
새끼 난 지 7일 만에 암컷 까치 죽었으니	子生七日雌鵲死
수컷 까치는 날기만 하고 어디에 멈출 건가?	雄鵲飛飛安所止
삐죽삐죽 온갖 나무 우거진 숲에	槎枒萬木林
옛날 살던 둥지는 찾을 수 없네.	巢不可尋
새끼 까치 구슬픈 울음소리 들었는지	但聞子鵲聲哀哀
그때 바로 수컷 까치 돌아오는 모습 봤네.	時見雄鵲去復來

〈자작음을 번중에게 보여주다[雌鵲吟 示蕃仲]〉

이 시는 번중이란 사람의 아픔을 위로하기 위해 쓴 것이다. 번중이 누구인지 확인할 수 없으나 아들과 아내를 잃었던 모양이다. 연이은 상처와 참척은 몇 배로 시리고 아플 수밖에 없다. 화불단행이라 하였으니, 나쁜 일은 절대 하나만 찾아오지 않는 법이다. 내 의지로 막을 수 없는 운명적인 슬픔이 찾아올 때 인간은 비로소 한 단계 성숙할 수 있다. 그러면서 내 의지나 노력이 행불행과 절대적인 관련이 없다는 사실을 통렬히 깨닫게 된다. 그럴 때 내 시선은 한없이 낮아지고 겸손해지기 마련이며, 같은 처지에 처한 사람을 마주했을 때 그의 아픔을 온몸으로 함께 느낄 수도 있다. 남이 아프다는 말만 들어도 아플 때가 있다. 아프다는 그 고백 안에 얼마나 많은 이야기와 상처를 담고 있는지, 그것을 겪어본 사람은 잘 알기 때문이다.

태어난 너를 슬퍼하는 것은

서른에 아들 얻은 게 더딘 것은 아니지만	三十生男不是遲
사내애는 총명해도 남다를 건 없다네.	男生聰慧未云奇
잠시 못난 놈을 데려다 겉모습 보려고	且將愚魯看皮相
한밤중에 도리어 등불 가져다 비추네.	夜半還須取火知

〈낙우가 태어나다(7월 27일 삼경 오점인데 실은 8일 자시다)

[樂愚生(七月二十七日 三更五點 實八日子時)]〉

1762년 딸아이 작덕이 세상을 떠나면서 모두 아들 하나와 딸셋을 잃게 된다. 그리고 1763년 태어난 아들 낙우(樂愚)에게 어리석음을 즐거워한다는 뜻의 이름을 주었다. 이름에 '우(愚)'와 같은 한자를 써서 겸손한 뜻을 보이는 것은 예사로운 일이지만, 심익운은 그런 의미보다는 어리석은 것처럼 세상을 조심스럽게 살아가 달라는

그렇게 아버지가 된다

나와 형은 자식이 귀하게 됨 원치 않고
다만 효도와 우애로 마음 기쁘게 하여
눈앞의 쓸쓸함만 면하게 되기 바랍니다.

뜻에서 '우(愚)'자를 쓴 것이었다. 자시라면 11시가 넘은 깊은 밤이다. 사방이 깜깜해서 아이의 모습이 잘 보이지 않는 이 상황이 마치 오리무중 속에 떠도는 아이의 운명인 것 같아 마음이 불안하다. 등불을 가져다가 아이의 얼굴을 확인하며 부디 아비의 운명을 따르지 않기를 간절히 기도하지 않았을까.

인생의 온갖 즐거움 중에서	人生百樂
아들 낳는 즐거움과 같은 건 없으니	無如生男樂
많은 말과 녹봉이라도 비교하지 못하리.	千駟萬鍾方不足
그대는 이미 늙었고 난 아직 젊지만	君已老我尙少
아이 낳은 것 따져보니 한 달 차이였네.	先後占夢較兩朔
나 또한 못난 아들이라도 낳아서 좋은데	我亦生得豚犬好也
잘난 아들은 그대 쓸쓸치 않게 할 줄	知麒子鳳雛不使君落莫
알겠지.	

〈낙우가 태어나자 배와가 축하하는 말에 답하다[樂愚生答坯窩賀語]〉

배와(坯窩) 김상숙(金相肅, 1717~1792)과 심익운은 숙질 사이로, 심익운의 집안이 김상숙의 외가가 된다. 김상숙이 심익운에게 준 축하 글은 남아있지 않다. 김상숙의 아들은 문인 화가인 김기서(金箕書, 1766~1822)[5]로 심익운의 아들인 심낙우와 같은 해에 한 달 차이로 태어났다. 심익운은 김기서와 같은 해에 태어났지만 같은 운명일 수 없는 자신의 아들만 생각하면 마음이 무너져 내렸다. 자식을 얻는

그렇게 아버지가 된다

일은 누구에게나 기쁜 일이지만 아버지의 슬픈 운명을 그대로 이어 받을지도 모른다 생각하니 그저 좋아할 수만도 없는 노릇이다. 게다가 유복한 친척 아이와 비교하니 안타까움에 더욱 가슴이 아프고 서글프기만 하다.

> 부모님 우리 형제 낳으셔 지금처럼 기뻐하시면서   父母生我兄弟如今樂
> 또한 부귀하여 부족함이 없기를 바라셨지요.   亦願富貴無不足
> 장성하여 곤궁케 되길 어찌 생각이나 하셨을까   何意長大困窮
> 세상일 바뀌는 것 그믐과 초하루와 같네요.   世事變遷猶晦朔
> 나와 형은 자식이 귀하게 됨 원치 않고   我與兄不願子貴
> 다만 효도와 우애로 마음 기쁘게 하여 눈앞의 쓸쓸함만 면하게 되기 바랍니다.   但願孝友怡悅眼前免索莫
>
> 〈또 큰 형님에게 답하다[又答伯氏]〉

자식을 낳아보면 부모님 생각이 더욱 간절해진다. 자식은 부모의 마음을 감히 헤아리지 못하다가 제 자식을 얻는 순간, 문득 그 깊이를 헤아리게 된다. 우리 부모님도 나를 이렇게 사랑하셨겠지 하는 생각에 미치면 그 깊은 마음을 절감하기 마련이다. 그렇게 고이 잘 키워주셨건만 심상운, 심익운 두 형제의 삶은 부모의 기대와 크게 어긋나있었다. 벼슬은커녕 평범한 삶마저 그들에게 허락되지 않았다. 심익운은 자신의 운명을 탓하고 체념한 탓인지 시에 자식의 출세에 대한 욕심보다 효도와 우애 같은 소박한 바람만 담고 있다.

> 파옹(소동파)은 총명을 미워하지 않았고 　　　　　　坡翁未是惡聰明
>
> 목로(전겸익)는 자못 치절⁶한 서생이 아니었네. 　　牧老殊非痴絶生
>
> 허물 없고 기림 없음이 곧 옳으니 　　　　　　　　無咎無譽斯可矣
>
> 생남한들 어찌 꼭 모두 공경되겠는가? 　　　　　生男何必盡公卿
>
> 〈장난삼아 목재가 동파의 세아시를 반박한 시의 운자를 쓰다
>
> [戲用牧齋反東坡洗兒詩韻]〉

　심익운은 소식(소동파)의 시구를 본떠 아들 낙우의 이름을 붙였다. 이 아이가 경병(驚病)이 들자 집을 옮겨 조섭시키다가 우연히 전겸익(목재)의 〈동파의 세아시를 반박하다[反東坡洗兒詩]〉를 읽게 된다. 소식이나 전겸익 모두 자신의 불우한 운명을 한탄했지만, 소식은 총명이 재앙을 가져오니 우둔하고 노둔한 것으로 성공하기를 바라는 취지의 시를 썼고, 전겸익은 총명함으로 성공하기를 바라는 취지의 시를 썼다. 부모가 자식의 성공을 바라는 마음은 다를 바 없겠지만 그 방식에서 미묘한 차이를 보였다.⁷

　심익운은 앞선 두 사람의 견해에 반대하며 총명함이나 어리석음을 바라는 것 자체가 모두 잘못된 일이며, 출세하거나 혹은 출세하지 못하는 것 역시 하늘에 달려 있는 것이지 사람이 바랄 수 있는 일은 아니라고 비판했다.⁸ 부모 된 입장이라면 누구나 자식이 소시민적인 행복을 누리며 순순하게 살기를 바라는 한편, 자신의 결핍된

그렇게 아버지가 된다

욕망을 실현해줄 수 있는 훌륭한 사람이 되기를 바라기도 한다. 심익운은 자신의 불우한 생애 탓인지 소식과 전겸익보다 오히려 더 비극적인 전망을 내놓았다.[9]

너 언제 자라서 어른이 될까

아이의 머리에서 이를 찾아보니	覓兒頭上虱
이와 머리털 서로 친해져있네.	虱與髮相親
가려운 데 물어서 싹 찾고 싶지만	問癢期無漏
남몰래 숨는 것이 귀신과 같네.	潛藏若有神
빗질 않는 건 하녀 게을러서라지만	不梳從婢慢
꼬질꼬질한 때는 아비 책임이라네.	多垢任爺嗔
어느 날에 몰라보게 쑥 커서는	何日突而弁
내가 너 다 컸구나 말하게 될까?	令吾稱大人

〈우연히 쓰다[偶書]〉

아내를 잃은 후에 엄마의 손길도 함께 사라져 아이 머리에는 이가 가득하다. 아버지가 거친 손으로 다 잡아준다 약속했지만 어디로 숨었는지 찾을 길이 없다. 빗질을 하지 않아 머리에 이가 생긴 것은 게으른 하녀 탓이지만, 몸이 때투성이인 것은 자신의 탓인 것만 같아 한숨이 나온다. 언제쯤 커서 제 한 몸 건사할 수 있을까. 지금보다 앞으로의 삶에 더욱 걱정이 앞선다.

아버지의 바람처럼 아이는 순탄하게 장성했을까? 그들 부자의 운명을 결정짓는 사건이 1775년에 일어난다. 그의 형 심상운(沈翔雲, 1732~1776)이 정후겸과 홍인한의 사주를 받고 당시 왕세손이던 정조를 온실수에 비유하는 흉서를 올린 것이다. 이것이 큰 파장을 일으켜 심상운, 심익운 형제는 서인(庶人)으로 폐출되어 흑산도로 유배되었다가,[10] 이듬해 즉위한 정조의 친국으로 심상운은 처형되었다. 심익운은 1777년 제주도로 이배되었다가 1782년 대정현으로 옮겨졌는데, 이것이 그의 마지막 행적이 되었고 몰년마저 분명치 않다. 그와 교유한 사람들의 문집에서도 그의 기록은 철저하게 말소되었다. 심익운의 문집인 《백일집(百一集)》에는 그의 나이 21~33세, 《백일년집(百一年集)》에는 37~38세에 지은 작품들이 실려있다. 그러니까 1771년까지의 기록만 남아있는 셈이다. 심익운의 문집에서 이 당시의 정황을 담은 공식적인 기록은 찾아볼 수 없지만, 당시 상황이 더 심각하고 비참해졌으리라 예상하기는 어렵지 않다.

심익운의 족보를 찾아보면 작은 단서를 발견할 수 있는데, 그가 1783년 쉰 살의 나이에 사망했다는 기록이 있다. 제주도로 옮겨진 지 6년 만의 일이다. 심익운에게는 2남 2녀가 있었다. 아들은 심낙우(沈樂愚, 1763~1817), 심낙문(沈樂文, 1774~?)이고, 딸은 이종벽(李鍾璧), 남경중(南敬中)의 아내이다. 이 자식들의 최후는 어떠했을까? 아마도 도성에서 구걸하며 거지꼴로 살다 죽어갔을 것이다.[11] 그는 끝내 가

그렇게 아버지가 된다

혹한 운명에서 벗어나지 못했고, 개인의 능력은 이런 운명 앞에서 깃털처럼 가벼웠다. 자식들 또한 아버지와 같은 불행한 삶을 면치 못했으니 자신의 불운을 대물림한 셈이다. 그는 과연 눈을 편히 감을 수 있었을까. 심익운은 자식이 죽었을 때도 슬퍼하였고, 자식이 태어났을 때도 슬퍼할 수밖에 없었던, 그렇게 슬프고도 슬픈 아버지였다.

커다란 돌멩이

그 누가 내 가슴에

던져놓았나

윤기

내가 너를 천국에서 만난다면 너는 내 이름을 알까?

내가 너를 천국에서 만난다면 지금과 같을까?

난 강인하게 삶을 계속 살아가야겠어.

난 이 천국에 남아있을 수 없다는 걸 알고 있으니까.

– 에릭 클랩튼(Eric clapton), 《천국의 눈물(Tears In Heaven)》 중에서

너무나 버거운 아버지 되기

무언가를 감추어둔 채 자식에게 일부러 덜 베푸는 아버지는 없다. 아버지는 물질적으로든 정신적으로든 시시각각 자신의 모든 것을 자식에게 주고자 한다. 자식은 물질적으로 부족한 아버지가 원망스러울 수 있지만, 대개 그것은 아버지의 한계인 경우가 많다. 그렇다고 무엇이든 해줄 수 있는 아버지보다 아무것도 해줄 수 없는 아버지가 자식을 덜 사랑하는 것은 아니다.

본관은 파평(坡平), 자는 경부(敬夫), 호는 무명자(無名子)인 윤기(尹愭, 1741~1826)는 이익(李瀷)의 문하에서 공부했고, 33세에 증광생원시에 합격하여 성균관에 합격했으나 문과 급제의 꿈을 이루지 못하다가 52세가 되어서야 급제했다. 그러나 그 후에도 내세울 만한 관직에 오르지 못하고 미관말직을 전전한다. 주류에 편입되지 못했던 한 때문인지, 과거 시험에 대한 각종 부조리를 날카로운 어조로 비판한 기록들을 많이 남겼다. 저서로《무명자집》이 있다.

슬하에는 2남 4녀를 두었다. 첫째 윤익배(尹翼培, 1765~?)는 출계했고, 둘째 윤심배(尹心培, 1774~1794)는 장래가 촉망되었지만 요절했다. 결국 대를 이을 아이가 없어서 윤두배(尹斗培, 1786~1860)를 양자로 들였다. 사위로는 권영(權泳), 조윤철(趙潤喆), 이주록(李周祿), 김승연(金升演)이 있었다. 제 자식은 양자로 보내고 또 다른 자식은 일찍 잃었으며, 종래에는 남의 자식을 양자로 받아들이는 등 아버지로서

겪을 수 있는 어려움을 두루 경험했다. 그는 도대체 어떤 아버지였을까?

......

춥다며 밥 달라고 보채는 내 아이들	稚子號寒復索飯
너희들은 어이하여 내 마음 흔드느냐	爾獨胡爲攪我心
더구나 여기는 분진과는 백여 리라	況是汾津百有里
부모님 그리는 맘 가눌 수가 없거늘	岵屺陟陟情不任

......

〈섣달그믐 밤에 붓을 달려[除夜走筆]〉[1]

1766년 섣달그믐 밤 한강 서호(西湖) 탁영정(濯纓亭)에 우거할 때의 작품이다. 이때 두 살 먹은 윤익배와 그 위로 딸이 하나 있었다. 부모님 품에서 독립해 자식들을 한창 건사할 때였지만 나이가 찼는데도 과거에 급제하지 못해 아이들을 먹이고 입히는 것조차 버겁기만 했다. 경제력이 없는 가장이란 가족의 불행을 담보할 수밖에 없다. 이럴 때 선택할 수 있는 방법은 무거운 책임감으로 더 분발하여 힘든 고난을 이겨내거나, 그도 아니면 그 무게를 방기 또는 포기하는 것이다. 혼자 버텨내기가 힘들어 부모님께 도움을 청할까 생각해보지만 본가가 있는 분진(汾津: 현재 경기도 통진)은 백 리쯤 떨어진 먼 곳에 있어 그것도 여의치 않다. 막상 가장이 되어 자식들을 부양해보니 새삼 부모에 대한 고마움과 그리움이 커진다. 시에는 가장

그렇게 아버지가 된다

노릇은 물론 자식 노릇도 제대로 해내지 못하는 서글픈 감회가 담겨있다.

발길질로 이불 찢는 고약한 잠버릇에	惡臥踏衾裂
언제나 배고파 밥 달라고 울어대고	恒飢索飯啼
비 개면 강에 나가 미역이나 감으니	時看晴江浴
두보(杜甫)의 아이들과 어쩜 이리 똑같을까	一何杜稚齊

〈장난삼아 어린 자식을 읊다[戲吟稚子]〉

1770년에 쓴 작품으로, 아이들은 앞선 시보다 훌쩍 자랐다. 누워 보내는 시간이 더 많았던 아이들은 이제 잠시도 잠자코 있질 못한다. 고약한 잠버릇에, 시도 때도 없이 밥 달라 포악질을 해대고, 비오는 날만 아니면 언제든 강으로 뛰쳐나가 물놀이에 정신이 팔려있다. 아이들은 귀엽지만 버겁다. 아내는 성과 같고 자식은 감옥과 같다는 처성자옥(妻城子獄)이란 말이 있다. 아내와 자식을 거느린 사람은 거기에 얽매여 자유로울 수 없다는 뜻이다. 자식은 살아갈 수 있는 힘을 주기도 하지만 감당키 어려운 부담을 짊어지우기도 한다. 이 작품은 전반적으로 두보의 시구를 번안한 것이다.

어린 딸 아빠 마음을 녹이다

어미 보는 어린 애 사랑스러우나,　　　　仰母憐渠小

집도 없는 내 소홀함 탄식하누나.　　　　靡家歎我疎

빗소리 속 묵묵히 앉아있으니　　　　　　默坐雨聲裏

온갖 시름 봄풀처럼 자라나누나.　　　　百憂春草如

〈비 오는 날 홀로 앉아서 어린 딸이 책상 앞에서 장난치는 것을 보면서

[雨中獨坐 見幼女戲於床前]〉

　　만딸로 추정되는 어린 딸과의 한 장면을 포착했다. 빗줄기가 점점 세차질수록 집에 있는 식구들과의 안락함이 감사하기만 하다. 아이는 천진난만하게 책상 앞에서 장난을 치며 놀고 있고, 그것에 비례해 자신의 근심도 무게를 더해간다. 이 조그마한 거처라도 허락된 것이 감사하지만 언제까지 이 상황을 유지할 수 있을지 알 수 없다. 봄비를 맞고 무성하게 자라나는 봄풀에 자신의 시름을 빗대어 재치 있게 표현해냈다.

어린 딸이 내 흰머리 가엽게 여겨　　　　幼女憐吾白髮多

보자마자 뽑아주나 금세 또 다시 나네.　　纔看鑷去忽生俄

시름 속에 늙는 일을 막지 못함 잘 알지만,　極知無益愁中老

거울 속 백발 보고 놀라는 일 면했구나.　且免斗驚鏡裏旛

성글어진 내 머리털 누가 이리 만들었나 　　　種種始緣誰所使

어찌할 수 없는 지경으로 점점 더 빠져든다. 　　駸駸漸至末如何

검은 머리 뽑지 말라 할 때마다 당부하는 건 　鋤根每戒傷嘉穀

공연히 늙은이 될까 염려되어 그런 거지. 　　猶恐公然作一婆

〈어린 딸이 나의 흰 머리를 족집게로 뽑아주기에 생각나는 대로 읊다

[幼女鑷白髮謾吟]〉

　　몇 째 딸인지 확인할 수는 없다. 아버지가 늙어 보이는 것이 싫은 늦둥이 딸은 흰머리가 보이면 족집게를 들고 쏜살같이 달려가 뽑아준다. 그러나 아무리 뽑고 또 뽑아도 흰머리가 자꾸 자라나는 것은 어쩔 도리가 없다. 아이가 흰머리를 뽑으면서 자꾸만 멀쩡한 검정 머리털까지 뽑아대는 탓에 오히려 중늙은이 꼴이 될까 염려스럽다. 하지만 자신을 걱정하고 아껴주는 아이의 마음을 알고 있기에 그 실수까지 그저 예쁘고 고마울 뿐이다.

너의 아픔은 내 아픔보다 시리다

죽은 이 곡하는 건 산 사람 때문 아니지만, 　　哭死由來不爲生

내 지금 죽은 이 곡하는 건 산 사람 때문이네. 　我今哀死以哀生

죽은 이는 영영 그만 임을 알지 못하나, 　　　死者無知長已矣

| 내 딸의 가련한 삶 어찌하면 좋을 건가? | 其如吾女可憐生 |

영남에서 결혼 소식 이제 막 들었는데	嶺外纔聞旭鴈鳴
자취 없이 떠날 줄을 그 어이 알았으랴.	那知一去更無蹤
만약 자네 넋이 내 꿈에 찾아온다면	若使君魂入我夢
잠시라도 얼굴을 알아볼 수 있을는지.	暫時猶得識顔容

〈10월에 막내딸이 혼인을 했는데 12월에 신랑이 요절했다.

내가 영남에 있다가 그 소식을 듣고 서글퍼서 참을 수가 없었다.

[十月季女成婚 十二月新郞夭逝 余在嶺外聞之 慘慟不自忍]〉

1801년 12월에 벌어진 일이다. 딸이 결혼한 지 두 달 만에 사위가 죽었다. 사위가 불쌍하기도 하지만 마음이 더 쓰이는 것은 졸지에 남편을 잃고 청상과부가 된 딸이다. 딸을 행복하게 해주겠다고 데려가놓고 불과 두 달 만에 세상을 떴으니 사위에게 야속한 마음이 들 만도 하다. 윤기는 어떤 일 때문이었는지 막내딸의 결혼식에도 참석하지 못했고, 사위의 얼굴 역시 보지 못했던 모양이다. 사위가 세상을 떠나고 2년의 세월이 흘러 홍주 땅을 지나다 막내딸을 찾아간 적이 있다. 뭐 이런 팔자가 있나 싶어 가슴이 무너져 내리고, 의지할 곳이 없는 딸은 말 그대로 아픈 손가락이 되었다.[2] 늘 그렇듯 자식의 불행은 자신의 불행보다 더 아픈 법이다.

그렇게 아버지가 된다

고생하다 세상을 떠난 내 아들

[3]

장안의 권세 있는 집안에서는

자제들도 호사 한껏 다투지마는

너는 유독 가난한 집에 태어났기에

쓸쓸히 두고두고 탄식하였지.

長安富貴家

子弟競繁華

爾獨生寒窶

蕭蕭長歎嗟

[4]

네 아비가 너무나 못나 터져서

제 앞가림도 하지를 못하였도다.

아! 너는 또 무슨 죄로

오래도록 싸라기죽도 못 먹었구나.

而父甚迂踈

苦乏資身策

嗟汝亦何辜

長時糠粃窄

[5]

벗의 도리 없어진 이 세상에서는

신세 지며 치욕도 많이 있었네.

이 어찌 네가 바란 바였겠냐만

또한 어찌 나도 바란 바겠냐.

友道今世無

寄食多恥辱

斯豈汝所欲

亦豈我所欲

[6]

의복은 떨어져도 못 바꾸었고	冠巾敝未改
신발은 구멍 나서 신기 어려웠지	鞋履穿難着
순식간에 지나간 인생인지라	生世須臾間
뜻과 기개 넓힐 시간조차 없었네.	無時志氣廓

〈심배애사(心培哀詞)〉 (이하 같은 시)

첫째 익배를 출계시킨 탓에 심배는 장남이나 다름없었다. 심배는 소과와 대과를 연이어 합격했던 장래가 촉망되는 아이였는데, 불행하게도 21살에 세상을 떠났다. 윤기는 아들의 죽음에 깊은 충격을 받고 〈심배애사(心培哀詞)〉라는 제목의 연작시 40수를 짓는다.

가족 구성원들의 의지에 따라 가난에 대한 다른 반응이 보이는 법이다. 가난은 가족의 결속력을 강화시킬 수도 있지만, 반대로 가정을 급속히 해체시키기도 한다. 또 남들이 볼 수 없는 것을 두루 볼 수 있는 넓은 시야를 가져다주기도 하지만, 남들이 보지 않아도 될 것까지 굳이 보게 만들기도 한다. 가난한 아버지는 태어나 단 한 번의 풍족함도 느껴보지 못한 채 세상을 떠난 아들에게 그저 미안하고 부끄러울 뿐이다.

있는 집 아이들처럼 호사를 누리게 해주거나 든든한 버팀목이 되어주기는커녕 자신의 앞가림조차 제대로 해내지 못한 못난 아비였다. 아이는 싸라기죽도 배불리 먹지 못했고, 옷은 너덜너덜 떨어졌으며, 신발엔 항상 구멍이 나 있었다. 남에게 아쉬운 소리 하는 것도 한두 번이지 매번 도움을 청할 때마다 자존심은 구겨진다. 하지만

그렇게 아버지가 된다

자신의 자존심이 구겨지고 바닥에 코가 닿는 일이 있더라도 자식까지 그런 상황에 처하는 건 절대 보고 싶지 않다.

[14]

나는 가문 운수 슬퍼했다만	我以門運悲
사람들 오당 위해 애석해하네.	人爲吾黨惜
이는 저 푸른 하늘이	只是蒼蒼天
죄 많은 나를 미워해서지.	憎余罪戾積

[15]

네 또래 친구들 헤아려보니	數汝年輩人
자식 낳은 사람도 많이 있었네.	亦旣多抱子
죽은 뒤에 단 한 점 혈육 없으니	身後更無痕
석과의 이치 누가 말을 했던가.	碩果孰云理

아들의 죽음은 가문에만 국한되는 손실이 아니라 아버지의 삶 전체를 뒤흔드는 커다란 사건이다. 그래서 아이의 죽음을 자신이 쌓은 악업에 대한 죗값으로 해석하는 것이 어쩌면 당연한 것인지도 모른다. 기억 속에 남아 있든 없든 자신이 저질러왔던 수많은 실수들이 아이에게 나쁘게 돌아간 것만 같다. 게다가 아이는 자식도 남기지 못했다. 아이의 자식은 자신의 자식과 다를 바 없다. 자신의 아이와 가장 닮은 유전자를 가진 존재가 없다는 것은 단순히 가문의 대

가 끊어졌다는 추상적인 아픔이나 분노에 그치지 않는다. 석과는 《주역》〈산지박괘(山地剝卦) 상구(上九)〉의 "큰 과일은 먹히지 않는다.[碩果不食.]"에서 온 말인데, 과일나무의 높은 가지 끝에 겨우 달려서 사람들이 따먹지 못하는 한 개의 큰 과일은 종자가 되어 다시 훗날을 기약할 수 있다는 뜻이다.

아이가 죽으면 주변의 모든 평범한 것들이 고통으로 재입력된다. 아이의 친구들이 집으로 찾아올 때는 아이에 대한 그리움이 더욱 커진다. 그러니 자신의 아이 또래인 다른 아이들을 보는 것이 고통스러울 수밖에 없다. 지금 살아있다면 이렇겠구나 하며 부질없이 죽은 아이의 나이를 따져본다. 세상에서 가장 소중한 아이가 사라졌는데 세상은 망하지도 않고 뻔뻔스럽게 돌아가고 있다. 부모의 시간은 아이가 죽은 그때에 멈추고, 일상의 기쁨과 행복은 더 이상 허락되지 않는다.

[23]

수없이 많디 많은 점쟁이들	紛紛推數者
모두 너의 사주 좋다 하였지	皆言汝命好
비위 맞추는 사람 아닐진댄	得非面譽人
이치가 전도된 것 아니겠는가.	無乃理顚倒

[24]

너를 두고 모두 쑤군대길	人皆背論汝

네 아비가 너무나 못나 터져서

제 앞가림도 하지를 못하였도다.

아! 너는 또 무슨 죄로

오래도록 싸라기죽도 못 먹었구나.

요절할 골상이라 말을 했다지   骨相應夭椓
누가 나에게 말해주었으랴   誰肯向我言
지금까지 미처 몰랐었구나.   至今猶未覺

점쟁이들은 아이의 사주가 좋다고 추켜세웠고, 반대로 사람들은 아이가 요절할 골상을 타고났다고 수군거렸다. 불행하게도 사주가 틀리고 골상이 들어맞았는지 아이가 요절하고 말았다. 혹시 점쟁이가 자신의 비위를 맞추려고 불행한 운명을 좋다고 꾸며서 이야기했던 건 아닐까 의심스럽다. 요절할 골상이라는 이야기도 살아생전 들린 적 없다가 죽고 나서야 듣게 된 건 결국 불행한 운명을 타고났다고밖에 설명할 수 없는 일인가.

[30]
다른 사람 앓은 얘기 들어보니   嘗聞他人病
죽을 때도 평상시처럼 말한다던데   臨絶語如常
너는 어쩌다가 괴질에 걸려   汝何嬰怪疾
미친 듯 헛소리를 질러댔었니?   譫妄便如狂

[31]
너는 내 말 알아듣지 못하고   吾言汝不省
나는 네 말 알아듣지 못했지   汝言吾莫知
누가 정신을 어지럽혀놓아   阿誰亂其神

그렇게 아버지가 된다

한마디 말도 나누지 못하게 했나.   不使接一辭

참혹했던 마지막 순간에 아이는 미친 듯이 헛소리를 질러댔다. 아이는 아버지 말을 알아듣지 못하고, 아버지는 아이의 말을 알아듣지 못했다. 그때 이미 유명의 경계는 극명하게 나누어졌으리라. 한마디 말이라도 들려줄 수 있었다면 그나마 나았을 텐데 그것마저 허락되지 않았다. 유언도 남기지 못하고 그렇게 허망하게 세상을 떴다.

아이는 도대체 어디로 갔을까. 혹시 신선이 사는 선계로 떠난 것일까.[3] 그도 아니면 저승으로 간 것일까. 혹시 저승이 있어서 노역이라도 시킨다면 그러지 않아도 허약했던 아들이 오래 버틸 수 있을까 걱정이 앞선다.[4] 그럼 영혼은 또 어찌되는 것일까. 물처럼 땅에 고여있을 것인가, 연기처럼 바람 따라 사라지는 것인가. 풀리지 않는 의문과 한스러움은 꼬리에 꼬리를 물고 끝이 없다.[5]

[35]

너는 내게 숨긴 말 없거늘   爾曾無隱吾
지금은 어찌하여 대답을 않니   今何問不答
모조리 잊으려고 애를 써봐도   雖欲一切忘
답답한 내 가슴을 어이할 건가.   我心奈沓沓

[36]

그 누가 커다란 돌덩이를   誰將一塊石

내 가슴 위에다가 던져놓았나.	投我胷膈中
술의 힘을 빌려서 풀려 하여도	雖欲借酒力
단단히 응어리져 풀리지 않네.	磅礴不可融

[37]

그 누가 오색 꽃을 가지고	誰將五色花
내 각막 가려놓았나.	翳我眼膜際
안경을 빌려다가 써보아도	雖欲借鏡明
흐릿함 말끔하게 걷히지 않네.	霧翳不可霽

　자식을 잃은 아픔은 어떤 것일까? 잊으려 해도 잊히지 않아 단
한 순간도 가슴이 답답하지 않을 때가 없다. 가슴에는 큰 돌덩이가
놓인 것만 같고, 술을 먹어도 그 무게는 덜어지지 않는다. 얼마나 많
이 울었는지 눈도 예전 같지 않아 안경을 써보아도 흐릿함이 가시지
않는다. 울다가 시력을 영원히 잃은 상명지통과 다를 바 없는 슬픔
이다. 죽었어도 아이 걱정은 그치지 않는다. 살아생전 겁이 많아 밤
에 나다니지도 못했는데 빈산에 비바람 칠 때 혼자서 얼마나 무서울
까.[6] 그런 겁보 아들을 차디찬 곳에 홀로 두었으니 마음이 편할 리
없다. 그저 얼굴 한 번 볼 수 있게 꿈속에 찾아와주길 바랄 뿐이다.[7]
자식을 잃은 후 남은 삶에서 죽는 순간까지 행복은 없다. 위로할 수
도 없고 위로되지도 않는 상처란 얼마나 가혹한 것인가.

그렇게 아버지가 된다

새로운 아들을 얻으며

호서의 먼 길을 봄날에 다녀올 제	湖西遠涉正春時
친족들 반갑게 만나 헤어진 정 풀었지.	花樹歡情慰久離
자식 있다 다시 없음 내가 불쌍해	自憐有子還無子
그대 아이 내 아이로 삼게 했기에	却使君兒作我兒
문에서 기다릴 제 노년의 기쁨 더하고	候門解助衰年喜
일과 공부 가르치며 옛 슬픔 잊으리라.	課業仍忘舊日悲
물려줄 재산 없다 비웃지 마시게	莫笑籯金無所遺
내 편함을 세인의 위태로움과 어이 비기랴.	吾安何似世人危

〈우리 아이[我兒]〉

첫째 익배는 양자로 가고 둘째 심배가 죽으면서 완전히 후사가 끊어졌다. 충청도 해미현(海美縣)에서 10촌 족종제 윤용(尹熔)의 아들 윤두배를 양자로 데려왔다. 당시 윤기의 나이는 60세였고, 윤두배의 나이는 15세였다. '우리 아이'라는 시제가 어쩐지 마음 짠하고 구슬프다. 그래도 본인은 늘그막에 마음 붙일 수 있는 아이가 생겼다는 것만으로도 위로가 되었으리라. 7~8구에서는 가난한 처지에 양자를 들여오는 어색하고 민망함을 가난하면 위태로움도 없다는 말로 재치 있게 둘러쳤다.

한직이라 성상을 가까이 모실 길 없어　　　　　閒散無由近玉階

궐문에서 옛 동료들 보지 못하는 신세지만　　　脩門不見舊朋儕

사람들아 괴이타 말라 관복 입고 들어가는 것을　傍人莫怪朝衣入

우리 아이가 백패를 받기 때문이라오.　　　　　爲是家兒受白牌

아비와 아들이 나란히 대궐 문 나오니　　　　　父子相隨出禁闈

지극한 임금 은혜 우리만 한 이 드물어라.　　　君恩到底似吾稀

길 가는 사람들이야 누가 누군지 어떻게 알랴.　路人那得分誰某

요란한 풍악 사이에 잘 데리고 돌아왔노라.　　簫鼓叢中好領歸

우리 행렬에는 풍악이 없어 다른 사람들을 위해 베푸는 풍악에 끼어갔다.

[吾行無樂聞於他人鼓樂而行]

〈방목을 발표하던 날에 대궐에 들어가 익배를 데리고 돌아왔다

[放榜日入闕中 率翼兒歸]〉

67세 때 지은 작품이다. 익배는 윤기의 형인 윤협(尹協)에게 출계한 자식이지만 자신의 소생이었고, 양자로 보낸 이후에도 계속해서 연락을 주고받았던 것으로 보인다. 아마도 심배를 잃고 나서는 익배 생각이 더더욱 간절했을 것이다. 아이가 과거에 합격하고 궁궐에 함께 출입하게 되자 감정이 점점 복잡해졌던 것 같다. 미관말직인 자신의 처지에 대한 부끄러움과 과거에 합격한 아들에 대한 자랑스러움이 뒤섞여 있다. 그러나 합격한 아들이 얼마나 대견했는지 〈익배가 사마시에 합격하였기에[翼兒中司馬 吟示]〉를 쓰기도 했고, 70

그렇게 아버지가 된다

세(1810년)에 유언을 대신하여 〈미리 유계를 지어 익배에게 주다[預作 遺戒 付翼培]〉를 지어주기도 했다.

괴로운 아버지 되기

가난 속에 자식까지 잃는다는 건 끔찍한 일이다. 주고 주고 모든 걸 주었어도 주지 못한 하나가 후회스러울 법인데, 마음만큼 주지 못했 다면 한평생 죄스러울 수밖에 없다. 훗날 혹시라도 형편이 나아지면 그땐 고생만 하다 떠난 자식이 더더욱 그리워질지도 모른다.

윤기는 자식이 없는 동기(同氣)에게 주저 없이 맏아들을 양자로 보냈다. 남은 둘째 심배는 유독 총명해서 미래가 촉망되었지만 요절 하고 만다. 둘째를 잃은 상실감은 그의 나머지 삶 전체를 괴롭혔고 여러 편의 시를 남기게 했다. 애교로 중무장한 딸아이들은 그의 마 음을 무장해제시켰다. 그 아이들과 함께한 시간은 그에겐 특별한 선 물과도 같았다. 딸들은 잘 자라 출가를 했지만 그중 한 아이는 시집 간 지 두 달 만에 남편을 잃는 아픔을 당했다. 옛날은 지금과는 달라 서 여자가 과부가 된다는 것은 평생 외롭고 고단한 처지로 전락한다 는 걸 의미했다. 부모는 자식을 대신해 아파줄 순 없지만 자식의 아 픔에 더 아플 수 있는 사람들이다. 윤기는 딸의 상처에 딸보다도 더 아파했다.

윤기는 자식의 성장, 성공, 실패, 상실을 고르게 맛보았다. 가혹하다 싶은 어떤 운명들도 그는 담대히 받아들였다. 삶이란 어찌할 수 없는 일들을 누가 더 온전히 받아들일 수 있느냐에 따라 바뀌는 것일지도 모른다. 그는 아프고 힘겨웠으며, 하급 관리를 전전하면서 늘 허덕였다. 그러나 자신의 인생도 아버지로서의 인생도 구불구불 험한 산길을 오르내리듯 그렇게 남자로 아버지로 살아냈다. 윤기는 지금도 어느 대폿집에서 잔을 기울이다 쉽게 만날 수 있는 옆집 누구네 아버지와 다를 바 없다. 그저 흔하고 평범한, 그리고 조금은 무능력한 한 아버지였다.

너를

기다리며

취객처럼 무너진다

이광사

아버지는 타고난 성품이 호방하고 고매했으며,

명예와 이익이 몸을 더럽힐까봐 극도로 경계하고 삼가하셨다.

중년에 과거 시험을 단념하자 사귀는 벗 또한 많지 않아

오직 담헌 홍대용, 석치 정철조, 강산 이서구가 수시로 서로 왕래하였으며

이덕무, 박제가, 유득공이 늘 따라 어울리며 배웠다.

– 박종채, 《나의 아버지 박지원》 중에서

너희들은 엄마도 없이 어찌 지낼까

이광사(李匡師, 1705~1777)는 시·서·화에 모두 능했던 인물이다. 1719
년에 고성군수 권성중(權聖重)의 딸 안동 권씨(安東權氏)와 혼인했으
나 불행하게도 1731년에 부인 권씨의 상을 당했고 둘 사이에 자식은
없었다. 1733년 유종원(柳宗垣)의 딸 문화 유씨(文化柳氏)를 재취로 들
여 2남 1녀를 얻었으니 이긍익(李肯翊, 1736~1806), 이영익(李令翊,
1740~1780), 유규원(柳奎垣)의 아내 등이다.

　　소론의 정치적 좌절과 함께 그의 운명도 나락으로 떨어졌다.
1755년에 소론 일파의 역모 사건에 연루되어 제주로 유배되었다가,
인척이 있는 해남과 제주도가 가깝다는 이유로 부령(富寧)에 이배되
었다. 이 와중에 그의 아내 유씨는 남편이 극형에 처해진다는 헛소
문을 듣고 흰 무명으로 처마 기둥에 목을 매어 세상을 떴다. 1762년
신지도로 이배되어 그곳에서 삶을 마쳤다.

　　초로에 겪는 불행에서 빠져나오기는 어렵거나 불가능하기 때문
에 더욱 절망적일 수밖에 없다. 정치적으로는 사형 선고를 받았고
가정적으로는 아내가 죽었으며 어린 자식과는 떨어져 있었다. 그리
워하고 마음 아파하는 것 이외에 그가 할 수 있는 일은 아무것도 없
었다. 어렵게 완성한 가족이었지만 단란한 일상마저 그에겐 길게 허
락되지 않았다. 유배로 시작된 이별과 절망의 순간들을 그는 어떻게
견디어냈을까?

세찬 바람에 폭설 마구 내리고 　　　　　　疾風霍厚雪

첩첩 고개 하늘과 나란하구나. 　　　　　　重嶺竝高旻

몹시도 가여운 건 집으로 돌아간들 　　　　絶憐歸屋日

누가 문에 기대서 기다려주랴. 　　　　　　誰是倚閭人

〈영익이 서울로 돌아가는 것을 전송하고 쓸쓸히 앉아 절구시를 짓다

[送令翊還京 悄坐絶句]〉

1756년 2월 1일에 지은 작품으로, 이때는 이광사가 함경도 부령으로 귀양 간 이듬해였다. 17살 먹은 아들이 험한 길을 뚫고 혼자 돌아갈 것을 생각하니 바람, 흙비, 눈, 높은 고개까지 어느 것 하나 마음에 걸리지 않는 것이 없다. 무사히 집에 돌아간다고 해도 아들을 기다려줄 아내는 이미 세상에 없다. 보내는 이도 떠나는 이도 마음이 무겁고 아픈 유배지의 이별이다.

[1]

모진 바람 산마루서 세차게 불고 　　　　 㤑風穿嶺頓

빗줄기에 세찬 시내 건너기 어려우리. 　　愁雨厲川艱

여윈 말 타고 오기 얼마나 고달플까? 　　羸馬行何苦

먼 데서 온갖 걱정 매일 끝없네. 　　　　 遙憂日萬端

[2]

사람을 기다림은 원래 아픈 법 　　　　　 需人元自苦

　　　　　　　　　　　　　　　그렇게 아버지가 된다

더군다나 먼 곳에서 자식을 기다림에랴.　　　　　竢子况天涯

살아서 할 수 있는 건 자식 걱정뿐이니　　　　　生事憂兒輩

곤궁한 처지에 아비 노릇 부끄럽네.　　　　　　窮途愧作爺

[3]

궂은 비 삼 일 동안 퍼부어대서,　　　　　　苦雨連三日

먼 길 올 내 아이가 마음 쓰이네.　　　　　關心遠途來

하늘의 뜻 지척에도 달리지노니,　　　　　天心殊咫尺

오는 길에 혹시라도 맑게 갰으면.　　　　　行處或淸開

〈아이를 기다리며[待兒行 三首]〉**1**

　1756년 2월에 영익이 다녀가고 8월에는 긍익이 오기로 했다. 그러나 온다던 장남은 오지 않고 감감무소식이다. 모진 바람과 세찬 빗줄기에 고생하지 않는지, 변변찮은 말 때문에 골탕이나 먹지 않는지 걱정이 되어 아무것도 할 수가 없다. 기다림은 얼마나 파괴적인가. 기약 없는 기다림은 오직 기다림만 허락할 뿐이다. 하루는 온통 기다림으로만 채워지고, 날씨는 근심을 몰고 오며, 상상은 불안을 가져온다. 생각해보면 이 못난 아비 탓에 아이들까지 이런 고생을 시키는 것 같아 죄스럽기만 하다. 게다가 삼 일 연속 그치지 않고 퍼붓는 빗줄기가 야속하다. 날씨란 고개를 사이에 두고서도 달라지는 법이라며 애써 위로하고, 아이가 오는 길은 맑게 갠 하늘이기를 기도해 본다.

날마다 오늘 온다 말을 하면서	日日謂當來
집 앞길 수도 없이 바라다보네.	前途望百回
어느덧 숲속 안이 어두워지면,	無端林色暝
그때마다 취객처럼 허물어지네.	每似醉人頹

〈아이를 기다려도 오지를 않아[待兒不至]〉

아무리 생각해보아도 무언가 사단이 난 게 분명했다. 이때부터 이틀 간격으로 시를 짓는다. 9월 3일에는 "기다린 지 오래되니 창자가 불타는 듯하다, 생각을 고쳐먹으니 스스로 위로하는 마음 생기네. 먼 길에는 사고가 많은 법이니, 마침내 아이 와야 마음 놓겠네.[待久腸如爐 翻思自慰開 遠道饒事故 終心到頭來.]"라고 했다. 왔어도 진작 왔어야 할 아이는 9월 초가 되어도 오지 않고 있다. 사고라도 나지 않았나 불길한 생각에 빠져 있다가 겨우 마음을 추슬러 본다. 9월 5일에는 "비 와도 바람 불어도 걱정이 되니, 오늘 밤에 어느 고을 묵고 있을까. 주막에서 닭이 울 때 떠났다면 말머리에 무서리 내렸을 텐데.[雨憂風亦憂 今夜宿何州 茅店聽鷄發 輕霜在馬頭.]"[2]라고 했다. 기다리면서 할 수 있는 건 걱정과 짐작뿐이다. 비바람이 이리도 몰아치는데 한데에서 잠을 청하면 어쩌나. 지금쯤 무서리를 온몸으로 맞으며 말을 타고 오는 건 아닐까.

그러고도 또 이틀이 훌쩍 지나 9월 7일이 되었다. 이제 부아가 날 지경이다. 아무 일도 손에 잡히지 않고 할 수 있는 건 집 앞에 나와 서성거리는 일뿐이다. 기다림은 고통스럽지만 상대방에 대한 사

그렇게 아버지가 된다

랑을 확인하고 재고하는 기회를 준다. 기다리다 지친 아버지의 다잡은 마음은 자꾸만 무너져 내린다. 아무리 정신을 차리려 해도 몸과 마음은 취객처럼 허물어져만 간다.

걱정했던 것 어찌 다 말할 수 있겠니

[1]

이번 길 어느 날에 출발했으며   汝行何日發

길 떠나서 며칠이나 걸린 것이냐.   登途爲幾日

요즘에 비바람이 많이 쳐대니   近來風雨多

걱정한 것 이루다 어찌 말하누.   憂念可盡說

[2]

듣자니 근자에 네가 아프다던데   聞汝近痛苦

어지럼증 도지지 않은 것이냐.   撼頓得無添

집을 떠나 더러는 벌써 나아져서   出門或良已

굴레를 벗은 듯이 상쾌하더냐.   快若脫羈箝

[4]

친척들 모두 편지 보내오고   親戚皆有札

뜬은 편지 책상에 쌓여있지만	開函遽堆床
내 아내의 글씨만 뵈지 않으니	獨無孺人字
어찌 애가 끊어지지 않을 것인가.	可得不斷腸

[7]

우리 아들 영익의 문장 공부는	阿令文章學
도달한 경지 뉘와 견줄 수 있나?	造詣與誰班
동한(東漢)시대는 누추하게 인습만 했는데	東京陋沿襲
사마천과 양웅 사이에 눈을 떴구나.	開眼馬揚間

[8]

네 누이는 두 올케 가르침 받아	汝妹薰二嫂
차츰 능히 여자 행실 배우고 있겠지.	漸能學女儀
어여쁜 너 섬돌에서 전송을 할 때	婉孌臨階送
눈물 평평 그 얼마나 흘렸을 건가.	長涕幾尺垂

〈긍익이 온 것을 반기며[喜肯子來]〉

그렇게 기다리던 아들이 오자 숨도 쉬지 않고 질문을 쏟아 낸다. 모두 10수를 지었는데, 얼굴을 못 보는 가족들과 자신이 직접 챙길 수 없는 대소사에 관한 질문이 주를 이룬다. 예를 들면 산소 문제, 이광정(李匡鼎, 1701~1773)[3]과 이광찬(李匡贊, 1702~1766)[4]에 대한 걱정, 자신이 직접 심고 가꾸던 나무에 대한 궁금증 등이다. 가족과 고향

그렇게 아버지가 된다

에 대한 그리움과 갈증이 사소하고 하찮은 질문 속에서 더더욱 짙게 드러난다.

무엇보다 긍익의 지체 이유와 그간 지병의 경과가 가장 궁금하다. 또 영익과 막내딸에 대한 질문도 잊지 않는다. 막내딸은 생각만 해도 콧등이 시큰해지니 말해 무엇하랴. 무기력한 가장은 가족의 소식을 듣는 것 이외엔 할 수 있는 일이 없다. 듣지 않고는 견딜 수 없는 마음도 안타깝지만, 듣고도 무엇이든 해줄 수 없는 마음 또한 고통스럽기는 마찬가지다. 그사이 아내와의 사별 또한 치유하기 어려운 내상을 입혔다. 기다림은 가녀린 희망만으로도 유효하다. 처참한 확률이라도 기다릴 것이 있어야 살아내고 버텨낼 핑계가 된다. 끝내 아내는 기다릴 수조차 없는 사람이 되고 말았다.

네가 보내준 수박씨 입에 물고는

......

서울에서 아들 올 때 한 봉지 가져와선	兒來自京携一封
"어린 동생 먼 곳에서 열심히 장만한 거예요."	謂言小妹勤遠供
기뻐하며 벗겨먹고 껍질을 내뱉으며	訢然剝食吐其殼
기쁜 일 슬픈 일 뒤엉켜서 눈물 떨구네.	頰仰紅白相橫縱
그러다 풀로 붙여 보냈을 걸 생각하니	仍憶糊裏寄託時

아비 그리워 네 눈물 주룩주룩 흘렸겠지.	知汝戀我淚如絲
소반마다 모으느라 손발이 분주했고	案案收聚勞手脚
아침마다 볕에 쬐랴 마음을 졸였으리.	朝朝出曝費心思
어린 종이 훔쳐먹을까 야무지게 막아내고	顧眄頻防婢兒竊
숨겨둔 채 매번 새언니에게 당부했으리.	藏置每囑兄嫂說
작년엔 쪼그려 앉아 같이 씹어먹었는데	前年抱膝同噉食
오늘 이리 헤어져 있을 줄 어이 알았으랴.	豈道今日此相別
……	

〈딸아이가 보낸 수박씨를 받고서[答女兒西瓜子]〉

1755년 9월 23일, 오빠 편에 보내온 막내딸의 수박씨를 받아 들었다. 여덟 살 딸아이가 조막손으로 얼마나 힘들게 마련했을까 생각하니 코끝이 찡하다. 작년에는 아이를 품에 안고 수박씨를 같이 먹었는데 유배지에서 아이 없이 혼자 먹으려니 눈물이 앞선다. 유배지에서 먹는 음식은 열악할 수밖에 없다. 자신이 머물고 있는 보수주인(保守主人)에 따라 유배객의 대우는 천양지차로 달라졌고,[5] 그나마 특별한 음식은 가족이나 지인들에게 부탁을 해야 받아낼 수 있었다. 아이와 즐겨 먹던 기호품이 머나먼 길을 건너와 자신에게 도착했지만 마냥 기뻐할 수 없는 것은 그것을 준비했을 아이의 노고 때문이다. 또 언젠가 아이와 함께 그 추억을 다시 나눌 날이 있을까 기약할 수 없어서다. 아마도 먹을 때마다 떨어지는 눈물에 목이 메었으리라.

그렇게 아버지가 된다

날마다 오늘 온다 말을 하면서
집 앞길 수도 없이 바라다보네.
어느덧 숲속 안이 어두워지면,
그때마다 취객처럼 허물어지네.

날마다 일찍 일어나 이부자리를 네 손으로 개어 제자리에 두렴. 빗자루를 꺼내서 잠자리를 깨끗이 쓸고, 빗질을 하고는 빗을 담아넣어라. 이따금 거울을 보고 눈썹과 귀밑털을 족집게로 뽑고, 빗때를 제거해서 정갈하게 유지하도록 힘써라. 세수하고 양치질하고 다시 이마와 귀밑머리를 빗질로 매만진 후 세수 수건과 빗을 넣어놓는 함(경대)을 정리하여 항상 제자리에 두어라. 무릎을 꿇고 앉아 한글은 한 편을 읽고, 한자는 약간의 글자를 정해놓은 만큼 읽어라. 네 새언니에게 배울 때 먼저 바느질하기 쉬운 것이나 솜을 엮고 당기는 일부터 배워보고, 음식은 알기 쉬운 간 맞추기, 고기 삶기, 고기 굽기, 물고기나 고기 자르기를 배우고, 야채와 젓갈, 김치와 장 담그기 따위도 마음에 새겨두렴. 밥상이 오면 단정히 앉아 얌전히 먹고, 다 먹은 뒤에는 무릎을 꿇고 앉아 조금 있다가 한글 두 줄과 한자 한 줄을 베껴라. 벼루를 거두어 한자리에다 두고, 두 오라비에게 청하여 정해진 만큼의 문자 약간을 배우도록 하고, 바느질 등 여러 가지를 복습해라. 아무런 할 일이 없거들랑 바른 몸가짐으로 단정히 꿇어앉아 있거라. 두 새언니가 치울 겨를이 없으면 꼼꼼히 살폈다가 자주 일어나 수고를 대신하여 치우렴. 새언니가 시키거든 공경스럽게 '네' 하고 곧장 일어나 일을 처리하는데 게으름을 피우지 말도록 해라. 꾸지람이 있더라도 부끄러운 줄 알아 잘못을 고칠 생각을 하고, 감히 째려보거나 퉁명스럽게 대답해서는 못쓰느니라. 저녁을 먹을 때도 아침처럼 하고, 저녁 먹은 뒤에는 두 오빠에게 옛사람들의 아름다운 언행을 물어보

그렇게 아버지가 된다

고, 마음에 새겨 배운 것을 다시 생각하고 평소의 행실은 새언니에게 배운 대로 마음에 새겨 행동하렴. 등불이 켜지거든 더러는 책을 읽기도 하고, 바느질도 하고, 이따금 다른 일도 하기는 하지만 새언니에게 물어서 정해진 규정대로 하렴. 잠자리에 들게 되거든 물건을 정돈하고 누울 자리를 정리하고 이부자리를 제 손으로 펴고, 저고리와 바지를 벗어 차곡차곡 개어 한곳에 두고, 잘 때는 섬돌 아래 내려가지 마라. 제사나 명절에 참례할 때는 손을 씻고 깨끗한 옷을 입고 제수 만드는 것을 돕고, 예법대로 제사에 참여해라. 이 밖에 빠뜨린 말은 두 오빠에게 여쭈어 써달라 하렴. 이렇게 부지런히 행하면 멀리 떨어져 있는 늙은 아비가 기뻐서 시름도 잊을 것이오, 또한 인자한 어미의 넋도 위로 받을 수 있으리라. 병자년(1756) 5월 12일 원교옹이 부령에서 쓴다.[6]

〈딸에게 보내는 말[畜女兒言]〉

아버지는 머나먼 유배지에 있고 어머니는 세상을 떠났다. 아직도 부모의 품이 그리울 8살 먹은 딸아이를 챙겨줄 사람은 두 오빠와 새언니밖에 없다. 아무리 오빠들이 챙겨준다 한들 부모만 하겠는가. 정리 정돈하는 습관부터 공부에 이르기까지, 또 여자아이가 지켜야 할 생활 태도 하나하나 꼼꼼하게 짚어내고 있다. 특히 신경 쓰고 있는 부분은 새언니와의 관계다. 혹시나 책잡힐 행동으로 천덕꾸러기가 되면 어쩌나 노심초사하는 마음이 드러난다. 어미 없는 어린 딸에게 아비 자리까지 채워주지 못하는 안타까움이 편지 속에 절절하고 서글프게 담겨있다.

밤낮으로 내 곁을 떠나지 마라

늙은 내게 막내딸 하나 있으니	老者有弱女
아비 사랑 진실로 당연하지만	慈念固無悋
목소리 어이 그리 청아하였고	聲音何其淸
맵시는 어이 그리 곱기만 할까.	容姿何多態
품성은 어찌 그리 슬기로웠고	性質何其慧
솜씨마저 그렇게 갖추었을까	藝能何多解
지나는 사람마다 안아줬으니	過人皆一抱
아비로서 얼마나 사랑스러운지	爲父當底愛
그러기에 집에 있을 때에는	所以在家日
날이면 날마다 방에만 있어	日日恒居內
어쩔 수 없는 일이 아니고서는	不有不得已
바깥출입 하는 일도 거의 없었네.	往還幾成廢
손님 와서 온종일 눌러앉아 있으면	有客來竟日
내 마음 울적하여 견디질 못해	吾心鬱不耐
손님 떠나 섬돌 다 내려가기 전에	客去未沒階
급히 일어나 매번 너를 불렀지	遽起呼喚每

그렇게 아버지가 된다

네! 하며 달려들어 안기어서는	連雄走前抱
오랜만의 만남처럼 기뻐하였지.	善如久別會
밤낮으로 내 곁을 떠나지 않고	日夜不遠我
갖은 재롱 구경해도 싫지 않았네.	襁戱見無害

〈이월 그믐날, 감기로 침상에 누워 있자니 어린 딸아이 생각이 갑절이나 간절해 정을 가눌 길 없다. 무릎에 감기며 옷자락을 끌던 아리땁고 사랑스러운 모습이 눈에 어려, 아픈 중에도 엎드려 글씨를 썼다. 인편을 기다렸다가 멀리 부치니 모두 오백 자이다.[二月晦日 感疾伏枕 倍念幼女 情不自聊 繞膝牽裾 嬌憐在目 强病臥草 須便遠寄 凡五百字]〉(이하 같은 시)

늦둥이에다 막내였으니 얼마나 사랑스럽고 예뻤을까. 목소리, 맵시, 품성, 솜씨 어느 것 하나 빠지지 않았고 지나는 사람들도 한번 쯤 안아주지 않고서는 견딜 수 없는 딸아이였다. 집에서 하루 종일 아이와 뒹굴뒹굴 놀고 싶어 누군가 만나는 약속조차 잡기 싫을 정도 였다. 피치 못한 사정으로 손님이 찾아와 눈치도 없이 눌러앉아 있 으면, 안절부절못하다가 손님이 간다는 말이 떨어지자마자 배웅도 하는 둥 마는 둥 아이부터 찾으며 애타게 부른다. 아이 역시 손님이 가기만 기다렸다는 듯 어디선가 쏜살같이 달려 나와 품에 안기곤 했 으니, 참으로 눈물 나는 부녀 상봉이 아닐 수 없었다.

| 그러기에 이따금 눈감고 누워 | 時[7]故合眼臥 |
| 마음 모아 생각에 잠겨있으면 | 專心思昧昧 |

어여쁜 모습과 고운 말씨가	丰姿與嫩語
아리따워 눈앞에 어른거린다.	婉孌目前在
어떤 때는 무릎에 앉힌 듯 하고	或狀按置膝
어떤 땐 손으로 등을 만지는 듯.	或象手摩背
그 사랑을 어떻게 말로 다하랴	情愛可盡說
속마음이 너무도 흐뭇하여서	中心大愉快
꿈꿀 땐 기뻐서 덩실덩실 춤추려다	歡喜欲蹈舞
눈 뜨면 번번이 낭패로구나.	開目輒狼狽
망루에선 호각 소리 애절히 흐느끼고	危譙哀角咽
자갈밭엔 까마귀 떼 어지럽도다.	荒磧亂鴉隊
황량하구나! 흙집 속의	疎涼土屋中
외로운 이 몸뚱이여.	寥寥一身塊

한나절만 보지 못해도 견딜 수 없었던 아이를 언제 볼 수 있을까 기약할 수 없다는 것은 그야말로 고통이다. 그 얼굴은 꿈에서 겨우 볼 수 있거나 모든 기억과 추억을 끌어모아 떠올릴 수밖에 없다. 감감히 눈을 감고 생각해본다. 눈앞에서 재롱떨던 모습, 무릎에 앉혔을 때 전해지던 체온, 등을 어루만졌던 감촉 등이 어제의 일인 듯 생생하면서 또 미치도록 그립다. 딸아이가 눈앞에 있다는 생각에 빠지기만 해도 슬며시 미소가 나오고 저절로 덩실덩실 춤이 나온다. 그러다 어느 순간 눈이 번쩍 뜨인다. "아! 아니었구나." 장탄식과 함께 초라한 집 한구석에 벌레처럼 누워있는 자신의 모습을 보니 한없이

그렇게 아버지가 된다

초라하다.

너 태어나 이 갈 무렵	爾生纔齔
몹쓸 때를 만나서는	遭時酷毒
엄마는 저승으로	娘歸黃泉
아빠는 외딴 곳에	爺在絶域
새언니만을 의지하여	獨依兄嫂
보살핌을 받았구나.	受其鞠育
글 읽을 줄 알고	能知學文
게다가 자획까지 익혔네.	且習字劃
이 아비 그리워서	思我之初
편지 가득 슬픈 사연	悵辭滿槽
절반은 해서(楷書)에다	半以楷寫
끝에는 한글로 썼네.	下以諺續
글씨체는 단정하니	字體端方
제법 아비 닮았구나.	頗有父則
사랑해서 보고 또 봐	愛看百編
샘솟듯 흐르는 눈물.	淚若泉滴
어찌하면 네 어미에게	安得令母
영특한 네 모습 보여줄까.	見此英特
나야 군은을 기리면서	我頌君恩
변방에서 늙는 것 달게 여긴다만	甘老塞北

너 그리는 생각만이	戀汝一念
유독 마음에 맺히는구나.	獨在結轖
그리움의 끝에 바라기는	思念之極
네가 현숙하고	望汝賢淑
효제를 차츰 알며	漸知孝悌
여자의 몸가짐 본받기를.	女儀是式
그 소식만 듣는다면	我若聞此
외진 귀양살이도 잊을 만하리.	可忘窮謫
시 지어 멀리 부치니	作詩遠寄
날 본 듯이 여겨서는	俾如我覿
날마다 게을리 말고	日夕不懈
임서하고 외우고 읽으렴.	臨摹誦讀
어려서 고생하면	嗇於始者
필경에는 늦복이 온다더라.	必豊於後
네 일생이 아주 서럽겠지만	汝生絶可悲
훗날 복록이 두둑하길 간절히 빈다.	切祝異日福祿之厚

〈어린 딸에게 부치다[奇幼女]〉 2수

1755년 8월 21일에 딸아이가 편지를 보내왔다. 한문으로 써 내려가다 끝에는 한글로 마무리 했는데 글꼴이 제법 볼만하다. 이광사는 자신이 알아주는 명필이었으니 자신의 피를 받은 것이 틀림없다며 자랑을 늘어놓는다. 닳도록 꺼내보고 또 읽어봐도 볼 때마다 눈

그렇게 아버지가 된다

물이 떨어지는 것을 막을 수 없다. 아이가 잘 자라주길 바라는 마음이야 어떤 부모든 마찬가지겠지만, 어미도 없는데 아비 자리까지 채워주지 못하는 아버지의 마음은 더욱 안타깝고 간절할 수밖에 없다. 시의 말미에는 세상에서 가장 간절한 축원을 담고 있다.

이루어지지 않은 꿈

유배는 무기형이다. 언제 풀려나와 사랑하는 가족들 품으로 돌아갈 수 있을지 아무도 알 수 없다. 일정 기간이 지나면 대부분 복귀되곤 했지만 종신형과 다름없는 경우도 적지 않았다. 30년 가까운 시간을 유배지에 있거나 그곳에서 죽음을 맞기도 했다. 이광사 역시 1755년에 유배를 가서 1777년 신지도에서 삶을 마쳤다.

2남 3녀의 자식을 두었던 이광사가 유배를 오자마자 아내는 자신의 손으로 목숨을 끊었다. 아들 둘은 그 당시 어린 나이도 아니고 이미 결혼도 한 상태라 그나마 다행스러운 일이었다. 얼마나 자주였는지는 모르겠지만 아이들과는 주기적으로 왕래가 있었던 것으로 보인다. 비록 오랜 시간 떨어져 지냈지만, 편지를 통해서나마 못다 한 자식 교육을 이어나가려 애썼다.

유배지에서 자식을 기다리는 아버지의 심정은 걱정과 기대가 뒤엉켜 롤러코스터처럼 굴곡졌다. 일정대로 순조롭게 도착하면 다행이지만 피치 못할 사정으로 지연되기라도 하면 온갖 불길한 상상과 싸우며 무작정 기다릴 수밖에 없었다. 우여곡절 끝에 얻은 만남의 시간은 짧기만 했고, 걱정과 근심의 시간은 길고 또 고통스러웠다. 자식이 뒤돌아선 그 순간부터 무사 귀환을 확인받을 때까지 처음의 과정을 다시 되풀이해야만 했다.

당시 겨우 7살이었던 딸은 한창 엄마의 손길이 필요할 때였지만, 아버지와 어머니는 모두 각기 다른 이유로 부재중이었다. 특히 이광사의 유배가 원인이 되어 아내가 스스로 목숨을 끊었으니 부모의 부재에 대한 안타까움과 미안함이 더 컸을지도 모르겠다. 어미 대신 맡아 키워줄 올케들에게 행여나 미움을 받거나 천덕꾸러기가 되지 않을까 생활 태도 하나하나 일일이 짚어주는 편지에서 그런 아버지의 마음이 애틋하게 드러난다.

이광사에게 가족들과 일상의 행복을 누릴 기회는 더 이상 허락되지 않았고, 간절한 바람은 헛된 기대로 끝을 맺었다. 유배지이지만 수명을 다 누렸다는 것과 생전에 자식들의 죽음을 겪지 않았다는 것이 위안이라면 위안이 될지 모르겠다. 신지도 찬 바닷가에 서서 하염없이 고향 쪽 하늘만 바라보았을 그의 서늘한 그리움이 아프다.

그렇게
아버지가
된다

채
팽
윤

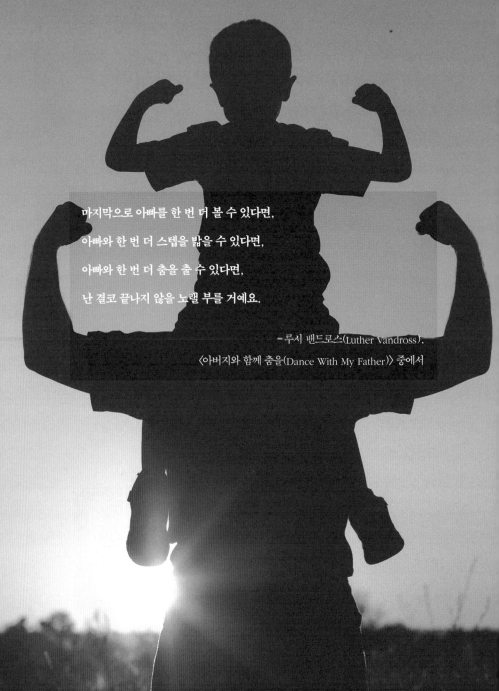

마지막으로 아빠를 한 번 더 볼 수 있다면,

아빠와 한 번 더 스텝을 밟을 수 있다면,

아빠와 한 번 더 춤을 출 수 있다면,

난 결코 끝나지 않을 노랠 부를 거예요.

– 루서 밴드로스(Luther Vandross),
〈아버지와 함께 춤을(Dance With My Father)〉 중에서

양자 들이기

채팽윤(蔡彭胤, 1669~1731)[1]의 본관은 평강(平康), 자는 중기(仲耆), 호는 희암(希菴)·은와(恩窩)이다. 그가 궐내에서 노닐 때마다 항상 숙종이 보낸 내시가 뒤따라 다니며 그가 읊은 시를 몰래 베껴 바로 올릴 만큼 시명을 날렸다. 어려서부터 신동이라 불렸고 특히 시문과 글씨에 뛰어나서 이동근이란 사람이 운자를 제시하니 그 자리에서 멋진 시 한 편을 보란 듯이 만들어보였다는 일화가 전해진다. 또 당대 유명 인사인 임상원(任相元)이나 김창협(金昌協)도 이 어린 신동을 기특하게 여겼다 한다.

채팽윤은 문집에 양자인 응동을 대상으로 50여 수 가까운 시를 남겼다. 양자를 들이는 과정에서 일어나는 가족들의 갈등과 이해가 자세하게 기록되어 있으며, 어렵게 얻은 양자에 대한 아낌없는 사랑과 애정도 함께 드러나 있다. 당시 조선에서 근친을 양자로 들이는 것은 드문 일이 아니었다. 그렇다고 양자를 들이는 과정에서 가족 간의 갈등이 없었던 것은 아니다. 채팽윤도 부모님의 결정에 따라 맏형 채명윤의 둘째 아이를 입양한 것인데 그 과정이 그리 순탄치 않았다. 맏형 본인은 물론이거니와 형수가 거세게 반발하면서 입양이 계속 지체되었다. 그러자 채팽윤은 단호한 어조로 자신이 지금 당장 양자를 들일 수밖에 없는 입장을 설명하고 아이를 데려왔다. 그렇게 얻은 이가 응동이다.

일본의 영화감독 고레에다 히로카즈의 〈그렇게 아버지가 된다 (Like Father, Like Son)〉(2013)에는 유전과 환경에 대한 통찰이 드러난다. 6년간 친자식인 줄 알고 키워 자신을 닮게 된 케이타와 내 핏줄이지만 남의 자식으로 키워져 낯설기만 한 류세이 사이에서 겪는 아버지의 갈등을 잘 다루었다. 낳은 정과 기른 정 중에서 어느 것이 더할까? 여기 유전과 환경 모두를 뛰어넘어 그저 아버지와 아들로 만난 양부와 양자가 있다.

응동(應소)이는 올해 나이 아홉 살이고 내 나이는 서른여덟이다. 눈앞에 오직 응동만 들어오니 낮이면 항상 무릎에 두고 밤중에는 품 안에 두었다. 그러다 내가 다른 곳에 있게 되면서부터 앉으면 무릎만 어루만지고, 누워서는 가슴을 쓰다듬는 것이 마음이 서운하여 마치 잃어버린 것이 있는 듯했다. 모두 8일 동안에 700리 길을 달렸다가 이틀 동안을 쉬고 돌아올 때는 700리를 달리는데, 하루에 갑절로 달려서 7일 만에 우리 집에 도착하기로 마음먹었었다. 관문을 넘은 이후로는 남북이 아득하고 몇 달 사이에 나이든 부모님의 소식을 듣지 못하여 그 형세가 하루도 지체할 수 없었으니, 또한 내 무릎과 품 안에 아이를 안고자 하는 마음이 보다 급해서였다. 사람의 정이야 누구인들 제 자식을 사랑하지 않겠냐마는 내가 유독 심한 것은 한편으로 아이가 어리기 때문일 것이고, 또 한편으로는 내가 아이를 늦게 얻었기 때문이다. ……
병술년(1706) 2월 26일 밤에 나는 생창(生昌)의 역사에서 이 글을

쓴다.[2]

〈아이를 품에 안으며[懷兒說]〉

응동이와 함께 있으면 잠시도 품에서 놓질 못하다 집을 떠나 아이와 떨어지게 되면 마치 금단현상을 겪는 것처럼 허전함에 시달렸다. 너무 보고픈 마음에 15일간 무려 1400리 길을 달려갈 작정을 한다. 명분상 부모님을 뵙고 싶은 마음이라고 핑계를 댔지만 실상은 아들을 보고파 하는 마음에서였다. 나이가 들어 늦게 얻기도 했거니와 아직 어린 아이라 정이 각별하다 하겠지만 어쩐지 유난스럽다 싶을 정도다. 채팽윤은 한밤중에 김화군(金化郡) 생창역에서 이 글을 썼다. 그가 이토록 사랑했던 응동이는 과연 어떤 아이였을까?

개구쟁이라도 좋다 튼튼하게만 자라다오

…… 내게도 이윽고 늦게나마 네가 생겨 아침저녁으로 항상 너를 무릎에 놓고 앉았네. 어리광 부리며 울 때에는 으레 끌어안아주었고, 퍼질러 누웠어도 꾸짖지 않았네. 소리 지르며 농지거리 섞어 댔으니, 오만하게 시달리게 함이 둘도 없었지. 아내는 지나치게 염려하였고, 이웃 친구들은 귀찮도록 나무랐으나, 나는 듣고서 남몰래 웃으면서 아이 교육 방법 많다 여겼네. 통제함은 비록 엄격

함을 귀히 여기나, 억제함은 갑작스럽게 하는 것이 적합지 않네. 가만히 너의 눈동자 분명한 것을 살펴보건대 마침내 못난 자질은 아닐 것이네. 우리 가문은 평소에 순후하고 신중했으니 네가 어찌 홀로 교만하겠는가. 점차 사리분별하기에 미치면 천질(天秩)을 받아들일 수 있으리. 학문은 타고난 대로 이루어질 것이니 때가 되면 봄꽃처럼 무성하게 되리. 기뻐하며 춤추던 곳이 너무도 좋으니 지극한 마음이 무성해서 넘치려 했네. 베갯머리에서 황향(黃香)이 부채를 잡았고, 과일 품에 품기를 육적이 귤을 품는 듯 했네. 정성된 마음으로 부모를 사랑하여서 처음부터 솔선하기를 기다리지 않았네. 아이가 어렸을 때 뜻을 살펴보건대 온갖 행실을 벌써 기필할 만하였네. 이제부터서는 내가 어찌 걱정을 하랴 다만 원하는 것은 네가 병이 없기만을 바라네.[3]

〈5월 24일 동아 생일[五月二十四日소兒生日]〉

아이가 태어난 지 이미 8년이 지났지만 양자로 와서 처음 맞는 생일은 각별할 수밖에 없었다. 채팽윤은 온 가족을 불러 아이의 생일상을 차려주는데, 마치 자신의 아들임을 선포하는 자리 같았다.

이곳에 온 지 얼마 지나지 않았지만 처음 왔을 때는 글씨도 못 쓰던 아이가 제법 글꼴도 갖추어가고 한시까지 척척 지어내는 모습이 대견스럽다. 그러나 아버지의 각별한 사랑 탓인지 아이는 자주 버르장머리 없이 행동하게 됐고, 그것을 보는 사람들마다 자식 교육 그렇게 시키지 말라며 한소리씩 했지만 채팽윤은 자신만의 교육 철

그렇게 아버지가 된다

학으로 아이를 가르치겠다며 아랑곳하지 않았다. 거기에는 세월이 지나면 자연스럽게 예의나 학문을 익히리라는 믿음이 있었다. 타인이 보기엔 어떨지 모르나 아비를 각별히 생각하는 아이였다. 후한 때의 황향처럼 아비가 더우면 부채를 부쳐주었고, 육적처럼 과일이 있으면 품에 품고 있다가 아비 몫을 챙겨주었다. 그런 아버지를 향한 각별한 마음 씀씀이는 약간의 버릇없음을 상쇄하고도 남을 만큼 충분히 사랑스러웠다. 아버지가 아이에게 바라는 것은 그저 '개구쟁이라도 좋다. 튼튼하게만 자라다오.' 그것뿐이었다.

예뻐하지 않을 수 없는 너

헛된 명성 작은 기예 멋대로 두었더니	虛名小技任悠悠
평소에 쓴 거친 시들 절반도 못 수습했네.	常日荒詞半不收
널 사랑하니 어떻게 잘 짓고 못 짓는 것 알랴마는	愛汝豈能知巧拙
이제부터 도리어 제멋대로 함 막으려 하네.	從今還欲障橫流
동산 오이는 울타리 따라 올라가며 열매가 커지고,	園瓜結子緣籬大
뜰의 버들가지 뻗어 문에 들어 부드럽네.	庭柳抽條入戶柔
비바람 집을 쳐서 시 쓸거리 눈에 가득해서	風雨繞軒詩滿眼

흥이 났으니 어찌 다만 아이가 구해서만 興來何但爲兒求

이겠는가.

〈빗속에 동아가 종이를 얻어 시를 써달라 청하기에 웃으면서 써서 주다

[雨中仝兒得牋請詩 笑而書與]〉

아들은 아버지에게 자주 시를 지어달라 청했고, 아버지는 그럴

때마다 귀찮게 여기지 않고 아들에게 시를 선물했다. 아들의 요청으

로 지어준 시가 여러 편 남아있다. 비가 추적추적 내리는 날, 아이는

어디서 구했는지 종이를 가져와 시를 지어달라 부탁했고, 아버지는

어린 아들을 위해 흔쾌히 붓을 잡았다.

시의 도입부에서는 아이의 설익은 시작(詩作)에 대한 따끔한 훈

계를 담고 있다. 아들이 자신의 뒤를 이어 시인으로 성장하기를 바

라는 마음도 없지 않았을 것이다. 비가 내리는 가운데 울타리 따라

커다랗게 익어가고 있는 오이에서 방문까지 가지를 늘어뜨린 버들

까지 시 쓸 거리는 넘쳐났다. 아버지는 시를 통해 "네가 보고 있는

이 풍경들로 시를 쓰면 된단다. 시가 뭐 대단한 것이더냐. 매일 써달

라 조르지 말고 너도 하나씩 써보는 게 어떻겠니?"라고 말하고 있는

듯하다. 양자로 들어온 아이는 아버지와 가까워지는 방법으로 시를

청했던 것은 아니었을까?

어린 애 한밤중에 일어나서는 稚兒夜中起

목이 메어 눈물이 줄줄 흐르네. 幽咽涕淋漓

그렇게 아버지가 된다

너의 웃음소리 한번 들으면
내 병은 의원을 만난 것 같고,
너의 울음소리 한번 들으면
내 밥이 숟가락을 잃은 것 같았지.

꿈에 본 것 있을 거라 눈치 챘지만	心知夢有見
차마 무슨 생각했나 묻지 못했네.	不忍問何思

〈어린애[稚兒]〉

8살에 작은 아버지에게 입양된 양자는 새로운 환경에 잘 적응했을까? 생각보다 아이는 어른을 잘 따르는 살가운 성격이었지만 생부모를 그리는 마음까지 완전히 지우기에는 너무 어린 나이였다. 아이는 한밤중에 자다 깨어 서럽게 눈물을 흘린다. 아마도 꿈속에서 생모 꿈을 꾼 게 아닐까 짐작되지만 위로하거나 아는 척하기에도 곤란한 상황이다. 아버지는 그런 아들이 안쓰러웠고 아들은 아버지를 실망시키고 싶지 않았다. 서로 눈물의 의미를 확인하지 않아도 이미 알고 있는 마음이기에 더욱 아프다.

시끌벅적 소리 나니 하던 공부 그만두고	衆諜能投業
부르지 않았어도 헐레벌떡 달려왔네.	忙趨不待呼
내게도 자식 있음 새삼 깨닫자	方知吾有子
병이 살에 사무치는 것도 잊을 뻔했지.	欲忘病侵膚
흐르는 땀 식혀주려 부채 찾았고	悶汗尋涼箑
연기를 맡아가며 약로에 나아갔네.	當烟進藥壚
풀이 죽어 병의 경중 물으면서	低聲問輕重
근심 겨워 상머리에 서있었네.	憂思立床隅

〈쑥뜸을 하느라 약간 아파했더니 동아가 듣고서 밖에서 하던 공부를 팽개치고

그렇게 아버지가 된다

달려왔다. 아이의 마음이 아주 사랑스러워 이 시를 쓴다

〈[灼艾微痛 全兒聞之 自外投業而趨 甚憐之書此]〉

쑥뜸을 뜨느라 요란한 소리가 나니 아들은 하던 공부도 내팽개치고 부리나케 아버지의 상태를 확인하러 뛰어 들어왔다. 내게도 이토록 걱정해 주는 아들이 있다는 사실에 아픈 병이 금세 낫는 듯하다. 아픈 아버지가 안쓰러운지 땀을 식혀드리겠다며 분주하게 부채를 찾고, 또 눈 매운 연기에도 아랑곳없이 직접 약 끓이는 화로 앞까지 나가 있다. 아버지가 심각한 병에 걸린 건 아닐까 재차 상태를 확인하고 마음 졸이는 아들의 마음이 못 견디게 사랑스러워 그 마음을 시에 담았다.

너의 웃음소리 한번 들으면	聞汝一回笑
내 병은 의원을 만난 것 같고,	我病如得醫
너의 울음소리 한번 들으면	聞汝一回啼
내 밥이 숟가락을 잃은 것 같았지.	我飯如失匕
남들이 너의 좋은 점 칭찬하면	人有賞汝佳
나는 희디흰 옥을 주려고 했고	我欲酬白璧
남들이 네가 이상타 지적을 해도	人有砭汝狂
나는 늘 원대한 뜻 있다 보았네.	我輒視鴻鵠
모든 태도가 다 어지러워도	百態方雜亂
너 보기를 특별히 예뻐했고	我看殊嫵媚

사람들이 놀리며 지껄여대도	羣嘲極啾喧
나는 그 소리 듣고도 빙그레 웃네.	我聽微莞爾
누구든 어린 시절 있었고	誰不爲童孩
누구든 부모도 있지 아니한가.	誰不有父母
지극한 정 마음속에 생기게 되니	至情從中生
남의 말들 네게 무슨 상관있으리.	人言爾何有
다만 두려운 건 내 말 믿고서	但恐倚吾言
철이 없어 일마다 버릇없을까.	驕癡百無可
힘쓰고 또 경계할 줄을 알아서	勉哉且知戒
남들이 날 나무라지 못하게 하라.	無令人議我

〈동아에게 주다[贈소兒]〉

아이가 웃고 우는 것에 따라 아버지의 마음도 롤러코스터를 탄다. 한번 웃어주면 앓던 병도 낫는 것 같았고, 한번 울면 밥맛도 잃을 지경이었다. 또 남들이 아들을 칭찬하면 귀한 선물이라도 안겨주고 싶었고, 남들이 아들이 이상한 구석이 있다고 지적을 해도 아이의 원대한 포부를 알아보지 못한다고 생각했다. 채팽윤은 훈육의 어려움을 이전부터 여러 번 토로했는데, 늦게 얻은 아들의 버르장머리에 대해 주변에서 말들이 꽤 많았던 모양이다. 아버지의 방임 탓이 아니라고도 할 수 없는 노릇이었다.

자식 교육에 있어서 자애로움과 엄격함처럼 충돌되는 가치도 없다. 아이를 무조건 감싸주면 행동은 더욱 엇나가기 마련이고, 그렇다고 너무 엄하게 잡도리하면 겉으로는 멀쩡해 보여도 속으로는 곪기 십상이다. 감싸줄 것과 야단칠 것을 상황에 따라 현명하게 구분하고 대응해야 한다는 것을 알지만, 결코 말처럼 쉬운 일은 아니다. 무조건적인 관용과 사랑은 언젠가는 아이에게 독이 되어 돌아간다. 내가 야단을 치지 않으면 결국 세상 사람들에게 호되게 야단맞고 상처받기 마련이다.

다시 태어난 것 같은, 다시 낳은 것 같은

채팽윤에게 자식이 응동이만 있었던 것은 아니었다. 1706년(38살)에 부인 한씨가 세상을 떠나자[4] 1708년에 후취로 부인 유씨를 맞이하여 채응전(蔡膺全), 채응회(蔡膺會), 채응유(蔡膺愈) 등 3명의 아이를 두었다. 그러나 1717년 응동의 아내이자 며느리인 이씨의 상을 당했다. 1719년에는 4살 먹은 딸아이를 잃었으며,[5] 1725년에는 3살 먹은 차득(次得)을 잃었는데[6] 그들은 다른 첩에게서 얻은 자식으로 보인다. 어쩐 일인지 후취에게서 얻은 세 명의 자식에게 남긴 시는 거의 없다. 피로 따지자면 더 가까웠지만 양자인 응동을 향한 사랑에는 미치지 못했다.

아침마다 잠에서 깨지 않을 때 朝朝眠未起

네가 와서 내 품에 몸을 던졌지.	汝來投我懷
오늘 아침 말 위에 앉아있으니	今朝在馬上
내 마음은 몹시도 좋지 않았네.	我懷殊不佳
역사책은 전국시대 진작 넘었고	史書過戰國
당시(唐詩)는 중당까지 읽고 있었지.	唐詩到中葉
귀 당겨 공부시키고 손가락 잡고 글씨 써주고	耳提復指畫
아침저녁으로 학업에 힘쓰게 했네.	蚤莫勖其業
내가 집 문을 나선 뒤로부터는	自吾出門後
거리에서 장난질 하지 않겠지.	能無衢路戲
내 아이야 공부를 게을리 마라.	兒乎勿惰棄
내 몸은 오직 너를 믿을 뿐이니.	我身唯藉爾

〈동아를 생각하다[憶小兒]〉

1706년 작품이다. 갖은 우여곡절 끝에 늦게 얻은 아이라서 아들에 대한 애착이 남달랐다. 단 한시도 떨어지고 싶지 않았기에 떨어져있을 때마다 그리움에 생병이 날 지경이었다. 아들과 관련된 작품은 헤어질 때의 아쉬움과 떨어져있을 때의 그리움이 주된 내용을 이룬다. 아버지가 잠이 채 깨기도 전에 아들은 아빠의 품속을 파고들곤 했는데, 오늘은 그런 아이를 보지도 못하고 헤어지게 되니 마음이 한없이 무겁다. 아이의 학습 진도를 확인하고 면학을 강조하면서 자신이 자리를 비워도 제 공부에 열중해주길 당부했다. 당부와 염려 속에서도 아들에 대한 무한 신뢰가 느껴진다.

그렇게 아버지가 된다

무릎에 있을 때도 아이 울었고	在膝亦兒啼
무릎을 떠날 때도 아이 울었네	離膝亦兒啼
천리 밖에서 보낸 네 서신 보니	千里見汝書
갑자기 내 손 끌어당기는 것 같네.	忽如我手提
나의 발길 잠시도 머물지 않아	吾行不暫留
사 일 만에 은계7를 가리키게 되었지.	四日指銀溪
새로 난 명협풀에 잎이 돋지 않을 때	新莢未吐葉
심원의 서쪽에 도달할 만하리.	可達沁園西
창 앞에 예전 심은 버드나무는	窓前舊種柳
가지 몇 개 벌써 축 늘어졌으리.	幾枝已能低
살구꽃 조만간에 피울 것이고	杏花也早晚
붉은 작약꽃 또한 무성하리라.	欄藥亦萋萋
평소 자식만을 좋아하니	平生好龍孫
더구나 다시 누추한 집에 머무름에랴.	況復留弊棲
가고픈 맘이 커서 막지 못하니	歸心浩不禦
행장 챙겨 우는 닭을 기다리누나.	整裝候鳴鷄

〈원산에서 밤에 앉아 동아가 보낸 서신을 펴보니 그 아이가
그렇게 사모하여서 운다는 말을 듣고 매우 가엾게 여겨서 이 글을 쓴다

[圓山夜坐 閱仝兒書 聞其戀慕啼泣 甚憐之 書此]〉

그렇게 아이와 헤어지고 얼마 후, 아이로부터 아버지가 보고 싶
어서 눈물을 쏟았다는 내용의 편지를 받아들었다. 사 일 만에 은계

지방에 도착했고 또 며칠이 지나야 목적지인 심원에 도착할 예정이었다. 아이가 있는 집을 떠올려본다. 창 앞에 버들은 축 늘어져 있을 것이고, 살구꽃과 작약꽃도 조만간 만개할 것이며, 늘 좋아했던 대나무까지 있는 자신의 집으로 돌아가고픈 생각이 간절하다. 그중에서 가장 보고픈 아들 생각에 잠을 설쳤을 것이다. 빨리 일정을 처리하고 집에 돌아가고픈 마음에 일찍 잠에서 깬 건지도 모르겠다. 자신이 좋아하는 것들로 가득 찬 집, 그 집엔 무엇보다 사랑하는 아들이 있기에 돌아갈 날만 손꼽아 기다린다. 아버지는 오직 아들, 아들, 아들 생각뿐이다.

그렇게 아버지가 된다

배꽃이 다 떨어진 바다 위 성에	落盡梨花海上城
노인이 섭섭해하며 아들을 전송하네.	白頭怊悵送兒行
노정 따져보면 오늘 밤 항양의 물가	計程今夜恒陽渚
강한정에서 밝은 달 마주하고 있겠지.	江漢亭中對月明

〈맏아들을 전송한 뒤에 밤에 앉아 있는데 감회가 있어서[送伯兒後夜坐有懷]〉

이 시는 1721년 11월 이후에 쓴 작품이다. 아들에게 시를 지어주는 일은 아들이 어렸을 때보다 줄어들긴 했지만 채팽윤이 세상을 떠날 때까지 지속되었다. 그는 아들과 헤어지는 일에 끝내 익숙해지지 못했다. 부모는 나이가 들수록 자식과의 헤어짐을 더욱 낯설어하고 상처 받는다. 그러나 부모란 잠깐 유년기만을 함께하고 오래도록 떨어져 살아야 하는 존재일지도 모른다. 밤중에 곰곰이 아들은 이 시간에 어디에 있을까 따져본다. 양근(楊根)쯤 지나고 있을 텐데 아마도 강한정(江漢亭)에서 달빛을 보고 있으리라. 자식에 대한 부모의 외사랑은 끝이 없다. 자신의 부모에게 준 상처만큼 내 자식에게서 돌려받는 건지도 모를 일이다.

자식이 처음 자식이 되는 것처럼 누구나 준비 없이 아버지가 된다. 어쩌면 아버지가 되어진다는 표현이 적절할지도 모르겠다. 아이를 낳고 키우면서 자식일 때는 가늠할 수 없었던 부모의 헌신적인 사랑을 복원해나가며 그렇게 점점 아버지가 되어가는 것이다. 가족이라면 혈연관계를 떠올리기 마련이지만 키운 정과 낳은 정 어느 것이 더 큰 사랑이라고 단정적으로 말할 수는 없다. 유전적 형질만 같다고 해서 저절로 가족이 되는 것은 아니다. 가족이란 슬픔과 기쁨의 모든 기억을 공유하는 관계다.

양자인 채응동에 대한 채팽윤의 사랑은 남다르다. 오히려 제 피붙이인 친자보다 더 각별한 사랑을 쏟았다. 그러나 채응동은 별다른 기록을 남기지 않은 평범한 인물이었고,[8] 세상 사람들보다는 아버지에게만 특별한 의미를 지닌 아들이었다. 가와세 나오미 감독의 〈앙: 단팥 인생 이야기(あん, An)〉(2015)에는 "우리는 이 세상을 보기 위해서, 세상을 듣기 위해서 태어났어. 그러므로 특별한 무언가가 되지

못해도 우리는, 우리 각자는 살아갈 의미가 있는 존재야."라는 명대사가 나온다. 자식이란 특별하지 않아도 태어나는 순간 부모에게는 그 자체로 의미 있는 존재가 된다.

양자 제도에는 순기능과 역기능이 공존할 수밖에 없었다. 주변 친인척 중에 고아가 되거나 형편이 어려운 아이를 방치하지 않고 양자로 맞아 양육하는 것은 현대적인 복지제도가 갖춰지지 않았던 시절 훌륭한 대안이었다. 반면 양자로 가는 아이는 졸지에 친부모와 이별을 하고 새로운 환경에 적응해야 했으며 그로 인해 심리적 혼란을 겪기도 했다. 그러나 채팽윤은 양부모는 친부모만 못할 거라는 편견, 단지 피가 섞여야만 가족일 수 있다는 편견을 깨고 키운 정도 낳은 정 못지않을 수 있다는 사실을 보여주었다. 이는 현재에도 시사하는 바가 적지 않다.

그렇게 아버지가 된다

나만 기억하는 슬픈 죽음

기억하는

슬픈 죽음

정약용

우리는 사랑하는 사람들을 절대로 잃지 않아요.

그들은 우리와 함께합니다. 그들은 우리 생에서 사라지지 않아요.

다만 우리는 다른 방에 머물고 있을 뿐이죠.

— 파울로 코엘료, 《알레프》 중에서

별이 된 여섯 아이

세상을 살다보면 기막힌 사연 하나쯤 가슴에 품고 살게 마련이다. 그중에서도 자식을 잃는 일이 가장 슬프지 않을까 싶다. 옛날에는 각종 전염병과 질병, 낮은 위생 수준으로 영아 사망률이 높았기에 자식 하나 잃는 것쯤 대수로운 일도 아니었다. 하지만 그렇다고 아픔까지 가벼워지는 것은 아니다. 어린아이의 죽음은 운명 탓으로 돌린다 해도 쉬이 아물 수 없는 상처이다. '나'만이 기억해서 더욱 아픈 이름이고, 나라도 기억하지 않으면 잊힐 슬픈 이름이다.

《마과회통(麻科會通)》은 다산의 수많은 저술 중 하나일 뿐이다. 그러나 다산이 6남 3녀 중 4남 2녀를 잃었는데 그중 다섯이 천연두에 걸려 요절했다는 사실을 알게 되는 순간, 이 책이 얼마나 아픈 사연과 많은 눈물을 담아 완성된 저술인지 짐작할 수 있다. 다산은 천문, 지리, 법률, 문학 등 모든 분야에 두루 통달한 대학자였지만 자식이 죽을병에 걸렸을 땐 손 한번 쓰지 못한 채 그저 지켜볼 수밖에 없었던 무기력한 부모에 불과했다. 언제부터인가 그는 천연두 처방을 한자리에 모으기 시작했는데, 아마 그렇게라도 하지 않으면 무너지는 마음을 추스르기 힘들어서 그랬을 것이다.

다산 정약용(丁若鏞, 1762~1836)은 풍산 홍씨(豐山洪氏)와 6남 3녀를 낳았지만 정학연(丁學淵), 정학유(丁學游), 윤창모(尹昌模)의 아내 등 2남 1녀만이 생존하고 나머지 자식은 모두 요절했다.[1] 그중 네 아이의 죽음을 애도하는 글이 남아있다. 어려서 죽은 자식은 족보에 기록조차 남기지 않는 경우가 허다했지만, 다산은 어려서 죽은 자식들까지 생년과 몰년을 확인할 수 있을 정도로 상세한 기록을 남겼다. 그 당시에는 드문 일이었다.

출생 후 짧게는 4일부터 길게는 네 살까지 살다 죽은 아이가 여섯이나 되니, 그 아픔을 짐작하기조차 힘들다. 아픈 자식을 보는 것만으로도 부모의 마음은 타들어간다. 자식의 아픔을 대신할 수 있다면 그것을 마다할 부모는 없다. 더군다나 자식들이 연이어 같은 병을 앓으며 죽어가는 데도 아무것도 할 수 없다면 순명하기보다 운명을 저주하기에 그 이유가 충분하다. 한 번도 견디기 힘든 자식의 죽음을 여러 차례 겪어내며 그는 어떤 마음으로 어떤 글들을 남겼을까.

천연두의 기억, 곰보보다 생생한

으스스 한기 돌 때 살갗이 서늘하고   寒薇籔洒肌肉

열이 펄펄 끓을 땐 간장을 조리는 듯.   熱熇熇煎肺腸

귀신은 어찌 약속한 듯 찾아오고   鬼耶胡能來有信

복성은 어찌 온 성을 두루 못 비추나.   星耶何不徧一城

한 뿌리 동삼 챙겨 그곳으로 가   逝將一條孩兒蔘

문밖으로 몰아내어 평안을 얻으려네.   長驅出門得安平

     그렇게 아버지가 된다

〈학질 쫓는 노래를 지어 이씨 의원에게 보이다(이때 집사람이

임신 중에 학질에 걸려 3월부터 7월까지 백여 일이나 앓았다)

[截瘧詞示李醫(時家人患子瘧百餘日 自三月至七月)]〉

다산의 가족은 여러 질병에 시달렸는데, 그의 아내는 하필 임신 중에 학질에 걸려 백여 일이나 앓았다. 학질은 말라리아로, 당시 '학을 떼다'라는 말이 생겨날 정도로 완치가 쉽지 않은 병이었다. 다산의 간절한 바람 덕분인지 다행히 아내는 소생했지만 배 속의 아이는 8개월 만에 조산한 후 4일 만에 죽었다. 그 죽음에 학질이 빌미가 된 것은 아니었을까. 이것이 다산의 가족에게 벌어진 불행의 서막이었다. 이 시는 아내와 배 속 아이를 살리고픈 가장의 서글픈 심정을 고스란히 보여주고 있다.

작은애 말 배워도 기쁘지 않았었고	小兒學語君莫喜
큰아이 글 배워도 미덥지 않았었지.	大兒學字君莫恃
완두창 앓고 나자 골격이 변하여서	豌豆瘡成骨格變
오늘에야 의젓하게 두 아들 있게 됐네.	今日居然有二子
내가 두 아들에게 큰 덕을 밝히게 하여	吾令二子昭大德
상감을 보좌해서 일할 수 있게 하리.	擎天捧日隨所使

〈완두가(이때 두 아이가 천연두를 잘 넘겼다)[豌豆歌(時兩兒痘完)]〉

다산의 인생은 천연두와의 사투라 해도 과언이 아니다. 가족뿐

아니라 자신 역시 천연두의 피해자였다. 그는 두 살에 완두창을 앓고 일곱 살에 천연두를 앓으면서 그 상흔으로 오른쪽 눈썹이 세 개로 나눠지자 스스로 호를 삼미자(三眉子)라고 했다. 10세 이전의 저작을 모은 《삼미자집(三眉子集)》도 있었다고 하나 현재는 전해지지 않는다.

그는 《경세유표》에서 "나는 5세 미만은 인구수에 넣을 수 없다고 생각한다. 혹 마마나 역질로 요사(夭死)하는 경우가 매우 많은데, 5세가 되도록 요사하지 않으면 그 성장을 기대할 수 있다."라고 했다. 그 당시 어린애들이 홍역이나 천연두의 고비를 넘기기가 그만큼 어려웠던 것이다. 〈완두가〉는 두 아이들이 그런 무시무시한 천연두를 앓고 완쾌된 기쁨을 표현한 작품이다. 가슴을 졸여가며 아이들이 부디 병을 무사히 이겨내길 기도했을 것이다. 고비를 넘겨 한시름 놓았는지 이제는 아이들이 임금을 보좌할 훌륭한 인재로 성장하길 기대하고 있다. 두 아들은 천연두를 무사히 앓고 지나갔지만, 뒤에 낳은 아이들은 그의 바람대로 되지 않았다.

너 아플 때 난 무엇하고 있었던가

아이는 건륭 기유년(1789) 12월 25일에 태어났지만 사실은 경술년(1790)으로 입춘이 지난 뒤였다. 경술년은 아버지의 회갑이었는

그렇게 아버지가 된다

데 아버지께서 이 아이를 사랑하시어 언제나 동갑(同甲)이라 부르시곤 하셨다. 나는 자식이 많은 것이 조심스러워서 아이의 이름을 구장(懼牂)이라 했다. 유달리 이 아이를 사랑하여서 구악(懼岳)이라 바꾸어 불렀는데 구악이 잘 따라서 잠시도 떨어지지 않으려 했다. 신해년(1791) 2월, 내가 진주에 아버지를 뵈러 갈 때 간신히 다른 말로 따돌리고 길을 나설 수 있었다. 이미 진주에 이르렀을 때 구악이 천연두를 앓기 시작했는데 병중에 여러 차례 아비를 부르며 몹시도 찾았다는 소식을 들었다. 3월에 내가 진주에서 돌아왔을 때 구악이 내 얼굴을 알아보기는 했지만 예전처럼 많이 따르지 않았다. 며칠 후 다리에 난 종기 때문에 기력이 다해서 세상을 떠났으니, 이때가 4월 2일이었다. 지금 그때의 날짜를 따져보니 구악이 고통으로 신음하던 때 나는 악기를 연주하게 하고, 노래하고 춤추며 촉석루 아래 남강(南江)에서 오르락내리락 하며 놀고 있었다. 아! 한스럽구나. 마현(馬峴)의 선영(先塋)에 묻었으니 곧 나의 증조부 산소 옆이었다. 명에 이른다. "가을 난초 저절로 나서, 무성하다가 먼저 시들었도다. 혼은 올라가서 깨끗하게 꽃 아래에서 놀고 있으리."[2]

〈유자 구장의 광명[幼子懼牂壙銘]〉

다산은 죽은 사람과의 에피소드를 통해 그 사람을 떠올리는 방식을 즐겨 사용했다. 죽음과 관련된 다른 글이 주로 입에 발린 말이나 흔한 투식을 사용하고 있는 것과는 상당한 차이가 있다. 구장은 두 돌이 안 되어 세상을 떴다. 할아버지와 같은 갑자에 태어나 동갑이라 불렀다는 부분에서는 할아버지의 손자 사랑까지 엿볼 수 있다. 아이는 유난히 아버지를 따라서 어디를 가든 졸졸졸 주위를 맴돌았다. 다른 곳에 일이라도 있어 아이를 떼어놓을라치면 떨어지지 않아 다른 말로 핑계대고서야 겨우 따돌릴 수 있었다. 그렇게 떨어지지 않는 발걸음을 돌려 진주에 갔으나, 그사이 불행히도 아이는 천연두에 걸려버렸다. 돌아와서 다시 만난 아이는 어쩐 일인지 예전처럼 아버지를 따르지 않았다. 무언가 섭섭해 토라졌나 싶었는데 아마도 정을 떼려는 모양이었는지 아이는 며칠 후 허망하게 세상을 떠나고 말았다. 아이가 사경을 헤매던 그때 자신은 기생을 끼고 재미나 보고 있었다는 사실을 깨닫고 후에 무척 괴로워했다. 그 죄스러움은 다른 시에서도 그대로 드러난다.

네가 날 전송할 때 떠올려보니	憶汝送我時
옷자락 잡고서는 놓지 않았네.	牽衣不相放
돌아오니 환한 얼굴 사라져 없고	及歸無歡顏
원망하는 생각이 있는 듯했네.	似有怨慕想
천연두로 죽은 건 어쩔 수 없대도	死痘不奈何
종기로 죽었으니 원통치 않으랴.	癘死豈非枉
악성 종기에 좋다는 웅황 썼다면	雄黃利去惡
나쁜 병균 어찌 그리 자랐겠는가.	陰蝕何由長
인삼, 녹용 다 가져다 먹여야 함에	方將灌蔘茸

그렇게 아버지가 된다

냉약은 어찌 그리 어이없던가.	冷藥一何妄
지난번 모진 아픔 겪고 있을 때	曩汝苦痛楚
네 아빈 질펀하게 놀고 있었지.	我方愉佚宕
푸른 물결 속에서 장구 쳐댔고	撾鼓綠波中
기생 끼고 붉은 누대 위에 있었지.	携妓紅樓上
마음이 빗나가면 재앙 입는 법	志荒宜受殃
어찌 능히 꾸짖음 면할 것인가.	惡能免懲刿
아비가 널 마현(馬峴)에 보내주어서	送汝茗川去
서쪽 산언덕에다 묻어주련다.	且就西丘葬
내가 장차 여기에서 늙어가서는	吾將老此中
너에게 기댈 곳이 있게 하련다.	使汝有依仰

〈너를 그리는 노래. 어린 아들 구장의 죽음을 슬퍼하여 짓다.

4월 초에 종기로 죽었다. 기유년 12월생이다

[憶汝行 哭幼子懼牂而作也 四月初 以痘瘟折 己酉十二月生]〉

　이 시는 윗글의 내용을 그대로 담고 있으면서 병을 앓았던 부분에 대해서는 좀 더 자세히 다루고 있다. 아이는 천연두로 인한 종기 합병증으로 목숨을 잃었다. 천연두야 어쩔 수 없다 하더라도 다른 합병증으로 목숨을 잃게 한 것은 천추의 한이 되었다. 조금 더 좋은 약이나 적절한 조치가 있었더라면 살릴 수도 있었겠다 생각하니 자신이 원망스러울 뿐이다. 나중에 죽게 되면 아이와 함께 묻히고 싶다며 스스로에 대한 짙은 자책으로 마무리하고 있다.

이름은 하나지만 별명은 여러 개

딸아이는 건륭(乾隆) 임자년(1792) 2월 27일에 태어났는데, 어미가 순산한 것을 효라고 여겨 처음에는 효순(孝順)이라 불렀다. 그러다가 부모가 그 애를 사랑하여 이름을 바꾸어 불렀는데 혀 짧은 소리 덕분에 호동(好童)이 되었다. 조금 자랐을 때는 머리를 감기면 머리카락이 이마를 덮은 부분이 자줏빛이 나면서 보들보들한 것이 게 앞발에 나있는 털과 같았다. 그래서 항상 머리를 쓰다듬으면서 다시 우리나라 말로 게의 앞발이라 불렀다. 성품도 효성스럽기만 해서 부모가 간혹 화가 나서 다툴라치면 으레 곁에서 귀여운 미소를 지으며 부모의 화를 풀어주곤 했다. 또 부모가 간혹 때가 지나도록 식사를 하지 않고 있으면 언제나 애교 있는 말로 이를 권하기도 했다.

그러다 태어난 지 24개월 만에 천연두를 앓았는데 누런 고름이 되지 않고 바로 새까맣게 되더니 하루 동안 설사를 쏟다가 숨이 끊어지고 말았다. 이때가 갑인년(1794) 정월 초하룻날 밤 사경(四更)이었다. 얼굴이 일찍이 단정하고 예뻤는데, 병이 들자 흑탄처럼 타오르고 숨이 끊어지려고 할 때에 열이 달아올랐다. 그런데도 잠깐이라도 귀여운 미소와 애교 있는 말을 보여주었으니 가련하도다. 어린 아들 구장도 세 살에 요절하여 마현에 묻혔는데, 이제 또 너를 전송하여 이곳에 묻는다. 네 오빠의 무덤과 종이 한 장 차

조금 자랐을 때는 머리를 감기면 머리카락이
이마를 덮은 부분이 자줏빛이 나면서 보들보들한 것이
게 앞발에 나 있는 털과 같았다. 그래서 항상 머리를
쓰다듬으면서 다시 우리나라 말로 게의 앞발이라 불렀다.

이처럼 가깝게 이웃한 것은 서로 의지하며 지냈으면 하는 마음에서다.

<어린 딸의 광지[幼女壙志]>[3]

짧은 글이지만 딸에 대한 남다른 사랑이 느껴진다. 처음에는 '효순'이라 불렀다가, '효순둥이'라 하던 것이 '효동'으로 발음이 바뀌어 불리게 되었다. 머리카락이 이마에 드리운 모습이 게의 집게발에 난 털처럼 생겨서 게의 앞발이라고도 불렀다. 여러 개의 애칭으로 부른 것만 보아도 딸아이를 얼마나 귀여워했는지 짐작할 수 있다. 게다가 딸아이는 살갑고 애교도 많은 편이라 부부가 싸울라치면 부부 싸움을 중재하거나, 식사를 거르면 와서 권하기도 했다. 그렇게 사랑스러운 딸이 천연두에 걸려 관농(貫膿: 두창을 앓을 때 발진이 내돋은 다음 속에 고름이 차는 것)의 고비를 넘기지 못하고 설사하다 탈진해 세상을 떴다. 앞서 세상을 떠난 구장의 무덤 옆에 묻어 죽어서라도 남매끼리 의지하기를 바란다고 했다. 절명의 순간에도 보여준 귀여운 미소와 애교 있는 말투는 오히려 부모에겐 상처로 남아 한평생 가슴을 후벼 팠을 것이다.

그렇게 아버지가 된다

저 구름 속으로, 아프지 않은 곳으로

내가 을묘년(1795) 가을 금정(金井)에 유배 갔다가 돌아오니 섣달 그믐이었다. 이듬해인 가경(嘉慶) 병진년 정월 어느 날, 규성(奎星)이 열려 아내가 임신하고 11월 5일 사내아이를 낳았다. 귀양에서 돌아와 아내가 임신하고, 또 문명을 타고났으며, 장차 막내가 될 것 같았으니, 이러한 세 가지 기쁨이 있어 삼동(三童)이라 불렀다. 나면서부터 정수리에서 이마까지 뼈가 돌출하여 모가 나서 귀인이 될 두상이라고 부르곤 했다. 이 두상은 나와 비슷하기는 했지만 나보다도 더 컸다. 정사년(1797) 가을에 가족을 데리고 곡산(谷山)에 이르렀다. 무오년(1798) 8월에 천연두에 걸렸는데 고름이 차지 않고 설사가 심하게 나오다가 아감창이 나더니 9월 4일에 요절했다. 슬프도다! 종 돌이를 시켜 광주(廣州) 초부(草阜)의 조곡(鳥谷)에 묻게 했다가, 이듬해 봄이 지나 두척(斗尺)의 기슭에 옮겨서 묻어주었으니 이곳은 증조부의 묘소였다. 그때 지은 시는 다음과 같다. "네 모습 새까만 숯처럼 되어 다시는 옛날 귀여웠던 얼굴 못 보겠네. 귀엽던 얼굴은 어렴풋해 기억조차 나지 않으니 우물 아래에서 별 보는 것과 마찬가지네. 네 혼은 눈처럼 맑고 깨끗해, 날아 올라가 구름 속에 들어갔도다. 구름 속은 천 리 만 리 멀어 부모는 눈물이 뚝뚝 떨어지네.⁴

〈어린 아들 삼동의 예명[幼子三童瘞銘]〉

다산은 1795년 7월에 주문모(周文謨) 사건에 연루되어 충청도 금정 찰방(察訪)으로 좌천되었다가 돌아와서 아이를 갖고 이듬해 낳았다. 아이는 여러모로 기쁨을 주기에 충분했고, 얼굴도 예사롭지 않은 귀한 상이었다. 자신보다 두상이 컸다는 말에는 자식에 대한 커다란 바람을 담고 있다. 그러나 불행하게도 아이는 천연두에 걸려 증세가 점점 악화되더니 입술과 잇몸이 헐어 썩는 고약한 병 아감창에 걸려 세상을 떴다. 다산은 1797년 겨울에 천연두 치료법을 모은 《마과회통》을 펴냈다. 여러 가족을 천연두로 무기력하게 잃고 그 분함과 슬픔을 이 책에 온전히 담아냈을 것이다. 하지만 이런 다산의 바람도 운명 앞에서는 나약하기만 했었는지 또다시 천연두로 자식을 잃고 말았다. 22개월의 짧은 생을 마감한 아이를 생각하며 지은 시는 아프고도 애달프다. 그 옛날 귀여웠던 모습은 간데없고 숯처럼 새까맣게 변한 시신이 되고 말았다. 숯덩이 같던 그 험한 육신을 버리고 저 높은 구름 속으로 훨훨 날아 아프지 않은 곳으로 가기를 기대한다. 그러나 부모가 있는 이곳에서 너무 멀리 떠나가 영영 이별할 것을 생각하니 또 흐르는 눈물을 가눌 수 없다.

네 옆에 있어주지 못하고

농아(農兒)는 곡산(谷山)에서 잉태하여 기미년(1799) 12월 2일에 태어났다가, 임술년(1802) 11월 30일에 세상을 떠났다. 홍역이 천연두가 되었고 천연두가 종기가 되었던 것이다. 나는 강진(康津) 유배지에서 아이의 형에게 글을 지어 보내 무덤에서 곡하고 알리게 했다. 농아를 곡하는 글은 다음과 같다.

네가 세상에 태어났다가 세상을 떠나기까지 겨우 세 돌인데, 나와 따로 산 지 2년이나 된다. 사람이 태어나 60년을 산다고 치면 40년을 아버지와 떨어져 산 셈이니 슬플 따름이다. 네가 태어났을 때 나는 깊은 걱정에 빠져서 너의 이름을 농(農)이라 지었다. 얼마 안 있어 집안에 화가 미치게 되어 너에게 살아서 농사나 짓게 할 따름이었으니 죽는 것보다 낫다는 생각에서였다. 내가 죽게 된다면 흔쾌히 황령(黃嶺)을 넘어서 열수(洌水)를 건너갈 수 있게 될 것이니 이것이 내가 산 것보다도 죽는 것이 나은 까닭이다. 나는 죽는 것이 사는 것보다 나은데도 살아있고, 너는 사는 것이 죽는 것보다도 나은데도 죽었으니 이것은 내가 어쩔 수 없는 것이다. 내 옆에 네가 있었다 한들 네가 반드시 살 수 있었을까 싶지만 너의 어머니 편지를 보니 "아이가 이렇게 말합디다. '아버지 돌아오시면 제 홍역이 낫고, 아버지 돌아오시면 제 천연두 나을 테지요' 라고요." 하였는데 이것은 네가 이런저런 사정을 헤아리지 못해서 그리 말한 것이다. 그렇지만 너는 내가 돌아오는 것에 기대고 싶었던 것일 텐데 너의 바람을 이루지는 못했으니 정말 슬프기만 하다. 신유년(1801) 겨울에 과천(果川)의 점사(店舍)에서 네 어머니가 너를 안고서 전송할 때 나를 가리키며 말하기를 "네 아버지시다."라고 하자, 너도 덩달아 나를 가리키면서 "나의 아버지시다."라고 했지만 너는 실제로 아버지가 아버지인 줄을 알지 못했던 것이니 슬픈 일이다. 이웃 사람이 집으로 떠날 때 소라 껍데기 두 개를 보내서 아들에게 주라고 했다. 너의 어머니 편지에 "아이가 강진에서 사람이 올 때마다 소라 껍데기를 찾다가 받지 못하게 되면 시무룩해지곤 하였는데 죽을 때가 되자 소라 껍데기가 왔어요."라고 했으니 슬픈 일이다. 네 모습은 깎아놓은 듯이 빼어났다. 그런데 코의 왼쪽에는 작고 검은 점이 있고, 웃을 때는 두 개의 송곳니가 뾰족하게 보이곤 했다. 아! 나는 오직 네 모습만 생각하고 있으니 거짓 없이 너에게 고하노라. (집에서 온 편지를 받아보니 그 아이의 생일날 묻혔다고 한다.)[5]

〈농아의 광지[農兒壙志]〉

다산은 유배지에서 막내아들을 잃었다는 소식을 들었다. 아이는 겨우 네 살에 세상을 떠났는데 그나마 3년은 서로 떨어져 보지 못했다. 1800년과 1801년은 다산의 신변에 큰 변화가 있던 해로, 서학 문제에 연루되어 곤혹을 치렀던 때다. 아이의 무탈함을 빌고 농사나 지으며 살아가라는 뜻에서 농(農)이란 이름을 붙였건만 가혹한 운명은 어쩔 수 없었다. 차라리 자신이 죽었으면 이런 아픔을 겪지 않았을 텐데 모진 목숨이 붙어있는 것이 원망스러울 뿐이다. 아내의 편지로 알게 된 아들의 사연은 더욱 기가 막힌다. 아버지만 돌아오면 자신의 병이 나을 거라며 유배지에 있던 아버지를 내내 기다렸다니 그 기대에 답을 하지 못한 것도 후회로 남았다. 유배지를 떠날 때 보았던 마지막 모습이 눈앞에서 보는 듯 선명하다. 아버지인 줄도 모르고 아버지라 부르고, 영문도 모른 채 아비를 전송하던 어린 아들이었다. 숨을 거둘 때도 함께하지 못했고, 묻힐 때도 곁에 있어주지 못했다. 고작 1년을 함께 살고 영영 이별하게 되었다.

그 와중에도 아이를 흙구덩이에 넣어야 할 아내가 걱정이 되었는지, 1802년 12월에 두 아들에게 편지(〈두 아이에게 답하다[答兩兒]〉)를 써서 조목조목 어머니를 잘 위로하라는 당부를 잊지 않았다. 그렇게 그는 마지막 아들을 잃었다. 참척의 고통도 이것이 마지막이었으니 그나마 그것이 위로라면 위로가 되는 일일지도 모른다.

너를 가슴에 묻는다

천연두는 무시무시한 질병이었다. 일제강점기 때 통계자료에 의하면, 1923부터 1939년까지 조선에서 천연두 환자의 치사율은 24.3퍼센트인데, 그중 10세 미만의 아동이 전체 사망자의 75.3퍼센트를 차지했다고 한다. 그만큼 이 병은 어린아이에게는 치명적이었다. 천연두에 걸리면 빠를 경우 10일, 보통은 15일, 길어도 20일 안에 생사가 결정된다. 여러 발병 단계를 거치는데, 보통 관농이 되면 완치된다고 믿었다. 치료가 잘못되면 다행히 낫는다 해도 곰보가 되어 평생 흉한 얼굴로 살아가야 했다.

생사의 고비를 오가는 자식을 오랜 시간 지켜봐야 하는 부모의 고통은 어마어마하다. 다산은 같은 병으로 여러 명의 자식을 잃었다. 남들은 한 번도 참아내기 힘든 고통을 몇 번이나 겪은 것이다. 게다가 모두 어린 나이에 사람 구실 한 번 못해보고 세상을 떴으니 그 죽음이 더욱 안타깝고 가여워 견딜 수 없었을 것이다. 요사가 더욱 가슴 아픈 것은 누구도 기억하지 못하는 슬픈 죽음이기 때문이다. 부모까지 잊는다면 세상에 살았던 기억조차 영영 사라져 그야말로 완전히 무로 돌아갈지도 모른다. 그래서 부모는 죽은 자식을 가슴에 묻어야만 한다. 울고 웃고 먹고 자고 뒤집고 걷고 뛰어놀던 그 모든 사소하지만 고마운 기억을 가슴에 묻어 영원히 간직하는 것이다.

남은 자식은 너희들뿐인데

정약용

"아빠가 꿈을 꿨어. 레스토랑에서 아주 크고 연한

스테이크를 먹고 아이스크림도 3번이나 먹어서

지금은 배불러 그러니 아빠 것도 좀 먹어주겠니?"

–⟨신데렐라 맨(Cinderella Man)⟩(2005)에서 러셀 크로우의 대사

어린 너희들 가슴에 담고

다산 정약용은 대단한 학자였지만, 뛰어난 학운(學運)과는 다르게 생애는 평탄치 않았다. 가정적으로는 천연두로 인해 6남 3녀 중 4남 2녀를 잃는 아픔을 겪었고, 사회적으로는 18년 동안 강진 땅에 유배되는 고난을 견뎌내야 했다. 그의 삶은 그야말로 불행의 연속이었으니, 그나마 남겨진 세 명의 아이들이 유일한 위안이라고 할 만했다.

어려서 세상을 떠난 아이들에 대한 기억은 오롯이 가슴속에 살아있었다. 누구에게도 위로받을 수 없는 참담한 일을 겪었지만, 그렇다고 남은 삶을 체념으로만 채울 수는 없었다. 그는 아직도 세 명의 자식을 둔 아버지였기 때문이다. 죽음으로 자식들과 영영 이별한 그는 유배 때문에 살아있는 자식과도 생이별을 해야만 했다. 유달리 아픔이 많았던 그가 남은 아이들에게 보여준 부정은 어떤 모습이었을까?

태어난 지 백일 만에 꼼꼼히 살펴보니	兒生百日仔細看
성긴 눈썹 수려한 눈 맑고도 단정하네.	疏眉秀目淸且端
큰애는 글 배우고 작은앤 재롱떠니	大兒學字汝助歡
아내는 고관처럼 드높이 떠받드네.	室人尊重如高官
병오년에 둘째 아들 세상에 태어나니	歲在敦牂遇炳文
문장가로 임금 보필 난형난제 기대되네.	黼黻皇猷須二難

〈문아가 태어난 지 백일이 되는 날에 기쁨을 적다(7월 29일에 회현방(會賢坊)의
동방(東房)에서 태어났다)[文兒生百日識喜(生于會賢坊之東房)]〉

다산의 아들 중 살아남은 사람은 정학연(丁學淵, 1783~1859)과
정학유(丁學游, 1786~1855) 둘밖에 없다. 두 아들의 백일에 모두 시를
남겼는데,[1] 위 작품은 둘째 아들 정학유의 백일 때 쓴 것이다. 고갑
자에서 돈장(敦牂)은 오(午)를 의미하고, 병문(炳文)은 병(丙)을 의미
하니 합치면 병오년이 되어 위와 같이 썼다. 아기가 태어난 지 백일
이 되면 건강하게 오래 살기를 바라는 기원을 담아 잔치를 열었다.
백은 꽉 찬 숫자이므로 아기가 이 날까지 탈 없이 자란 것을 축복하
고, 한 인간으로서의 성장을 시작하는 출발점으로 인식하기 위해
서였다.

세 살 터울의 큰아이는 글을 배워 꽤나 의젓해졌고, 이제 백일
이 된 작은아이는 제법 반듯해진 이목구비에 방긋방긋 배냇짓까지
하니 여간 귀여운 것이 아니다. 이때 이미 한 번의 자연유산과 태어
난 지 4일 된 딸을 잃는 아픔을 겪었던 터라 아내는 아이들을 남달리
애지중지했다. 이 아이 또한 형 못지않게 훌륭한 재주로 임금을 잘
보필할 수 있게 동량지재로 성장해주길 바라는 마음을 담았다.

어린아이 번듯하게 잘생겨서는   穉子美顔色
날씨야 궂든 맑든 따지지 않네.   陰晴了不憂
풀밭이 따뜻할 땐 송아지처럼 달려가고,   草暄奔似犢

그렇게 아버지가 된다

과일이 익을 때는 원숭이처럼 나무 타네.	果熟挂如猴
언덕배기 집에서 쑥대 화살 날려대고	岸屋流蓬矢
시냇가 웅덩이에 조각배 띄워보네.	溪坳汎芥舟
어지러이 세상에 매인 사람들아	紛紛維世者
너희들과 어떻게 함께 놀겠나.	堪與爾同游

〈어린 아들[穉子]〉

　아버지 눈에 제 새끼가 예쁘고 잘생겨 보이는 것은 당연하다. 오죽하면 '고슴도치도 제 새끼는 함함하다'는 속담이 있을까. 그 옛날에 부모가 자식에 대한 사랑을 표현하는 것은 쉽지 않은 일이었다. 감정을 드러내는 것보다 숨기는 것이 미덕으로 여겨졌던 탓이다. 하지만 이 작품에서는 아이를 향한 아버지의 사랑을 고스란히 느낄 수 있다.

　아이는 날씨 따위 아랑곳하지 않고 노는 개구쟁이였다. 송아지나 원숭이처럼 풀밭을 마구 뛰어다니며 나무에 올라타기도 하고, 쑥대로 만든 화살을 쏘거나 웅덩이에 조각배를 만들어 띄워 보내며 놀았다. 아이는 이렇게 잠시도 잠자코 있질 못했지만, 마냥 천방지축이 아니라 사내다운 장대한 포부가 있는 아이였다. 〈고우행(苦雨行)〉에서도 "아궁이에 물이 고여 한 자쯤 물 찼는데, 어린 아들 돌아와서 조각배 띄우누나.[竈門水生深一尺 穉子還來汎芥舟.]"라고 하여 홍수가 나서 집에 물이 들어찼는데도 철모르는 아이들이 천진하게 장난치는 모습을 그렸다. 이처럼 다산은 자식을 사랑하는 자신의 마음을 솔직하고 거리낌 없이 표현하곤 했다. 세상의 닳고 닳은 사람들 틈에서 시비와 이욕에 따라 취사를 결정하는 시간들이 더욱 한심스러워 보인다. 그저 하루 종일 아이 곁에 꼭 붙어 노는 모습을 하염없이 보고 또 보고 싶을 뿐이다. 생각해보면 부모는 아이를 통해 세상과 싸울 힘을 얻게 된다. 기운이 빠지고 지치더라도 아이의 얼굴을 보면 다시 세상과 맞설 힘이 충전되기 마련이다.

나이 어린 딸아이 단옷날 되면	幼女端陽日
옥 같은 살결 씻고 새 단장했지.	新粧洗玉膚
붉은 모시 잘라서 치마 해 입고,	裙裁紅苧布
푸른 창포 머리에 꽂았더랬지.	髻揷綠菖蒲
절을 익힐 때에는 단아하였고,	習拜徵端妙
술잔 올릴 땐 기쁜 표정 지었는데,	傳觴示悅愉
오늘 단옷날 저녁이면은	如今懸艾夕
손안의 구슬 누가 만져줄 텐가.	誰弄掌中珠

〈어린 딸을 생각함[憶幼女]〉

이 시를 쓴 1801년에 다산은 여러 가지 사건을 겪게 된다. 1801년 2월 9일에 자신이 옥에 갇혔고, 3월에는 경상북도 장기(長鬐: 포항의 옛 이름)에 유배되었다. 불행은 거기서 그치지 않고 둘째 형 정약전(丁若銓, 1758~1816)이 신지도에 유배되었고, 셋째 형 정약종(丁若鍾, 1760~1801)은 처형당했다. 그리고 11월에 다산은 전라남도 강진에 이배되었으니, 그에게 1801년은 특히 더 고통스러운 해로 기억될 만했다.

유배지에서는 오로지 딸만 생각했다. 추억은 현실의 고통을 위무하는 가장 좋은 방법이다. 유난히 피부가 하얀 딸아이는 단옷날만 되면 붉은 치마를 입고, 푸른 창포로 머리를 장식하곤 했다. 예쁜 겉모습뿐만 아니라 절을 올리던 자태하며 술잔을 올리던 모습 어디 하나 마음에 들지 않는 구석이란 없었다. 딸아이의 부재가 더욱 실감나는 유배지의 저녁은 그만큼 더디고 슬프다. 1818년이 되어서야 해배가 되었으니, 결국 다산은 딸아이의 유년기를 다시 함께하지 못했다. 공유할 수 있는 추억도 거기서 멈추었다.

너희들을 어찌 떼어놓을까

동쪽 하늘에 금성이 뜨니	明星出東方
하인들 서로 불러 시끄러웠네.	僕夫喧相呼
산바람이 가랑비 몰고 왔으니,	山風吹小雨
머뭇대며 있어라 하는 것 같네.	似欲相踟躕
머뭇댄들 무슨 소용 있을 것인가.	踟躕復何益
이별 끝내 어쩔 수 없는 것이니	此別終難無
훌훌 털고 길 나서 앞으로 나와	拂衣前就道

아득히 먼 시내와 들 건너게 됐네.	杳杳川原踰
표정은 아무리 씩씩한 척해도	顔色雖壯厲
마음이야 식구들과 어찌 다르랴	中心寧獨殊
고개 들어 나는 새 바라다보니	仰天視征鳥
서로 함께 오르락내리락하네.	頡頏飛與俱
어미 소는 울면서 송아지 보고	牛鳴顧其犢
닭도 구구구 하며 병아리 찾네.	鷄呴呼其雛

〈사평에서의 이별(이는 처자와의 이별이며, 사평은 한강 남쪽에 있는 마을임)

[沙坪別(別妻子也, 沙坪村在漢江之南)]〉

유배를 떠나는 날 한강 남쪽 마을 사평에서 처자식과 이별을 하고 지은 시다.[2] 그래서 이 시는 이별 장면을 담고 있다. 새벽 댓바람부터 하인들은 분주하게 길 떠날 준비를 한다. 그 소리가 요란해질수록 가족들과 헤어져야 할 시간도 점점 가까워진다. 그런데 때마침 내리는 가랑비를 보고 이 비가 그칠 때까지 조금 더 머물러도 괜찮지 않을까 하여 슬쩍 마음을 기댄다. 하지만 고작 몇 시간 떠날 시간을 미룬다고 이미 정해진 이별까지 미룰 수 있는 건 아니니 굳은 결심이라도 한 듯 훌훌 자리를 털고 일어난다. 배웅 나온 가족들이 걱정할까 봐 짐짓 아무렇지 않은 척해보지만, 눈물이 떨어질 것 같아 이리저리 시선을 돌린다. 새들도 어미와 새끼 함께 하늘을 날고, 소나 병아리도 어미와 새끼가 함께 있건만, 유독 자신만 처자식과 헤어져 멀리 떠나야 하다니 안타깝고 야속할 뿐이다.

두보가 내 맘을 먼저 가졌나 보다　　　　　杜詩先獲我

편지 왔으니 너도 사람이 됐네.　　　　　　書到汝爲人

속세 밖 강과 산 고요하기만 한데　　　　　物外江山靜

세상에서 모자 사이 가깝다네.　　　　　　寰中母子親

너무 놀라 병이라도 날 것 같다만　　　　　驚疑那免疾

어려운 살림 걱정은 하지 말라.　　　　　　生活莫憂貧

채소밭 부지런히 가꾸면서　　　　　　　　黽勉治蔬圃

태평시대 은사(隱士)가 되어다오.　　　　　清時作逸民

〈가족들과 이별한 지 58일 만에 처음으로 편지를 받고 기쁜 마음으로
자식에게 부치다[別家五十有八日 始得家書 志喜寄兒]〉

얼마나 기다렸던 편지인가. 가족들의 안부를 담은 편지는 무려
58일 만에 도착했다. 실시간으로 지구 어디에서나 연락을 주고받을
수 있는 지금은 상상할 수도 없는 일이다. 두보가 안녹산(安祿山)의
난리를 당하고 봉상(鳳翔)에 있을 때, 식구들은 부주(鄜州)에 있었다.
식구들의 안부가 궁금해 편지를 보냈지만 답신이 오지 않아 노심초
사하다가 뒤늦게 답신을 받고 〈득가서(得家書)〉라는 시를 써서 기쁜
마음을 담았다. 이와 같은 마음으로 쓴 위의 시에서 다산은 특별한
내용 없이 두 가지 전하고픈 말을 하고 있다. 어차피 어려운 생활이
니 어머니를 잘 모시고 지나치게 걱정하지 말라는 것, 또 근근이 호
구지책하며 공명이나 출세에 대한 마음은 접고 은사로서의 삶을 살
라는 당부를 담았다.

편지 올 땐 담소 나눈 듯 좋았었는데	書到如談笑
사람 가니 다시금 고요해지네.	人歸復寂寥
무료하게도 하늘은 막막하고	無聊天漠漠
예전처럼 가는 길은 멀고도 머네.	依舊路迢迢
새재의 산길은 일천 굽이고	鳥嶺山千曲
탄금대 물길은 두 줄기라네.	琴臺水二條
아직 남아있는 한 쌍의 제비	唯留雙燕子
온종일 울음소리 사랑스럽네.	終日語音嬌
집 소식 듣게 되면 좋을 줄 알았더니	謂得家書好
새로운 수심 또한 만 가지구나.	新愁又萬端
아내는 날마다 눈물 바람이라는데	拙妻長日淚
어린 자식 그 언제나 만나게 될까	稚子幾時看
박한 풍속 참으로 애석도 하여	薄俗眞堪惜
뜬소문에 아직도 가슴이 철렁	浮言尙未安
슬프지만 그대로 받을 수밖에	嗟哉亦順受
세상살이 본래부터 어려운거니.	度世本艱難

〈집 하인이 돌아가다[家僮歸]〉

편지를 가져온 집안 하인이 이제 돌아간다. 하루하루 소식만 기다리며 살았는데, 당분간 소식이 올 희망조차 없어지니 힘이 쭉 빠진다. 아득한 하늘, 험한 물길과 산길이 가족들과 자신의 거리를 확인시켜 줄 뿐이다. 제비들도 제 가족끼리 어울려 즐거워하는데, 자신

그렇게 아버지가 된다

집 소식 듣게 되면 좋을 줄 알았더니

새로운 수심 또한 만 가지구나.

아내는 날마다 눈물 바람이라는데

어린 자식 그 언제나 만나게 될까

만이 세상에 혼자 남겨진 것 같다. 그토록 기다렸던 소식만 온다면 한시름 놓을 줄 알았는데 막상 전해들은 소식에 마음이 더 쓰이는 것은 어쩔 수 없다. 남편을 유배지에 보내놓고 눈물로 세월을 보내는 아내와 사랑스런 자식을 그 언제쯤 만나게 될까 아득하기만 하다. 게다가 야박한 세상에는 별의별 이야기가 떠돈다고 하니, 아무리 근신해도 제멋대로 문제를 만들어 해코지해대는 이 상황도 기가 막히다. 생각해보면 어느 때든 어느 순간이든 세상살이가 만만했던 적이 있었던가. 기다림보다 힘든 자탄과 걱정의 시간들이 그를 괴롭힌다.

나 여기서 너 걱정하노라

도연명 자식보다 훨씬 낫구나.	頗勝淵明子
아비에게 밤까지 보내주다니.[3]	能將栗寄翁
주머니에 이것저것 나눠 보내서	一囊分瑣細
먼 곳의 배고픔을 달래주누나.	千里慰飢窮
아비 생각 그 맘이 사랑스러워	眷係憐心曲
봉할 때 손놀림이 떠올려지네.	封緘憶手功
먹으려 하니 되레 마음에 걸려,	欲嘗還不樂
서글프게 먼 하늘 바라만 보네.	惆悵視長空

〈자식이 밤을 부쳐오다[穉子寄栗至]〉

그렇게 아버지가 된다

유배지로 보내온 짐 보따리를 풀어놓으니, 이것저것 야무지고 정성스럽게도 챙겨 보냈다. 아버지 생각에 가시에 찔리는 수고도 마다하지 않고 밤송이까지 챙겨 넣은 것을 보자 눈물이 핑 돈다. 혹시나 먼 곳에서 끼니조차 거르고 있진 않을까 걱정스런 마음으로 보따리가 터지도록 채우고 또 채웠으리라. 행여나 보따리가 터지면 어쩌나 조막만한 손으로 엉기성기 바느질한 흔적까지 보고 나니 괜스레 울컥한 마음이 들어, 입으로 넣으려던 밤마저 아까워 거두고 만다. 그날, 먼 곳에 있을 자식이 그리워 백 번 천 번 무너지는 마음을 추스르기 힘들었을 것이다.

서울 소식 올 때마다 마음이 철렁철렁	京華消息每驚心
집안 서찰 귀하다고 말한 이 누구던가.	誰道家書抵萬金
구름 같은 시름일랑 갰다가 다시 끼고	愁似海雲晴復起
산바람 같은 비방들은 잠잠하다 다시 나네.	謗如山籟靜還吟
말세에 소곡 없다 한탄을 말 것이니,	休嗟世降無巢谷
쇠한 가문 채침 있어 그나마 기쁘구나.	差喜門衰有蔡沈
편지글 통할 만큼 글공부 되었으니	文字已堪通簡札
경제를 익혀서 원림에 붙여보렴.	會敎經濟着園林

〈자식에게 보냄[寄兒]〉

유배지에서 하는 일이라곤 집에서 올 편지를 기다리는 것뿐이다. 그렇지만 편지에 늘 희소식만 있는 것은 아니기에 혹시라도 불길한 소식도 함께 오지 않을까 걱정이 된다. 자신을 향한 비방이 좀 잠잠해진 듯하다가 또 언제 그랬나 싶게 다시 일어나기를 반복하니 시름과 걱정이 끝이 없다. 소식(蘇軾)·소철(蘇轍)이 유배를 당했을 때 먼 곳까지 찾아오다 도중에 죽었다는 소곡(巢谷) 같은 추종자가 없는 것이야 서글프기 짝이 없지만, 채원정(蔡元定)의 아들이며 주희(朱熹)의 제자였던 채침(蔡沈) 같은 아들이 있어 그나마 마음이 놓인다. 편지글 쓰는 것을 보면 어지간히 글공부도 된 것 같으니, 가장이 없는 살림살이도 잘 챙겨줄 것을 당부했다. 다산의 다른 글에서도 부족한 살림 형편을 걱정하는 내용을 어렵지 않게 찾아볼 수 있다. 가장의 책무를 다하지 못하는 미안함과 죄스러움이 꽤나 컸던 모양이다.

두 자식 조정 있을 그릇이건만   二子金閨器

뜻이 꺾여 낡은 집 지키고 있네.   摧殘守敝廬

백 년 인생 두 눈에는 눈물 흘리며,   百年雙淚眼

석 달 만에 편지 한 통 보내게 되네.   三月一封書

부지런히 보리농사 수확을 하고   勤力謀收麥

처량해도 채소 심기 배워야 하리.   凄涼學種蔬

복희 문왕의 오래된 심법을   羲文舊心法

너희 말고 누가 내 뒤 이을 것인가   微爾孰宗余

〈일곱 그리움[七懷]〉 중 '두 아이를 생각하다[憶二兒]'

유배지에서 그리운 일곱 사람을 떠올리며 지은 시 중 한 편이다. 조정에서 큰일을 맡을 만한 자질을 갖춘 아이들이 다 쓰러져가는 집을 지키고 있는 처지가 못내 안쓰럽다. 고작 백 년 사는 인생에 눈물 마를 날이 없다. 가족 소식이라도 자주 듣는다면 위안이 되겠지만 그것마저 석 달 만에 겨우 편지 한 통 받을까 말까 한 형편이다. 자신의 뒤를 이을 훌륭한 자질을 갖춘 아이들에게 호구지책으로 기껏 보리농사나 채소 심는 법을 배우라는 당부밖에 할 수 없는 아버지의 심정이 참으로 아프고 서글프다.

무엇을 해줄 수 있는 부모보다 무엇을 해줄 수 없는 부모가 더 가슴이 아픈 법이다. 자식과 떨어져 있는 아버지가 할 수 있는 일이라곤 당부와 부탁밖에 없다. 유배는 타의에 의해 자식과 떨어진 경우이지만, 요즘에는 자발적으로 자식과 떨어지기도 한다. '기러기 아빠'가 그것이다. 각자의 사정이 있겠지만 가족은 떨어지지 않아야 한다. 사정이 어쩔 수 없다 해도 유년기에 떨어져 있는 것은 바람직해 보이지 않는다. 자식과의 황금기를 영어 실력과 맞바꿀 수는 없다.

어색하기만 한 부자상봉

손님 와서 내 문을 두드리기에	客來叩我戶
찬찬히 보니 바로 내 자식이구나.	熟視乃吾兒
덥수룩이 수염이 자랐지만은	須髥鬱蒼古

남은 자식은 너희들뿐인데

얼굴 보니 그래도 알 만하구나.	眉目差可知
사오 년간 네 모습 생각했는데	憶汝四五載
꿈에 볼 때 언제나 아름다웠네.	夢見每丰姿
갑작스레 장부 되어 절을 올리니	壯未猝前拜
어색하여 마음이 기쁘지 않네.	窘塞情不怡
집안 안부를 감히 묻지 못하고,	未敢問存沒
우물쭈물 시간만 끌게 되었네.	囁嚅爲稍遲
옷에는 온통 진흙 묻어 있었고,	黃泥滿袍繭
허리뼈는 펴지를 못하는구나.	骨骼得天虧
종을 불러 말 모양 살펴봤더니	呼奴視馬貌
새끼당나귀 갈기가 겨우 나 있네.	大抵騃而鬐
내가 너 나무랄까 무서웠는지	恐吾有咄罵
탈 만했다 좋은 말로 이야기하네.	好言云可騎
말 안 해도 마음속이 서글퍼져서	黙然中慘惻
갑작스레 마음이 가라앉았네.	頓令心氣衰
……	

〈학가가 왔기에 그를 데리고 보은 산방으로 가 이렇게 읊다

[學稼來 携至寶恩山房有作]〉

1802년 유배 직후에 잠시 찾아왔던 후로 거의 4년 만인 1805년 늦가을, 맏아들 정학연이 강진에 다시 방문했다.[4] 그사이 훌쩍 자라 수염이며 얼굴 모양새까지 제법 사내 티가 난다. 한참 만에 만난 부

자 사이는 어색하기 짝이 없었는데 다산은 그런 속내를 애써 숨기진 않는다. 겨우 인사를 마치고 나서 아들놈 행색을 찬찬히 살펴보니 기가 턱 막힌다. 온몸은 진흙투성이에다 허리를 삐끗했는지 운신도 편치 않아 보인다. 무엇을 타고 이 먼 길을 왔나 내다보았더니 어린 당나귀 한 마리가 눈에 띈다. 아버지가 저것을 타고 온 것이냐 나무랄까 봐 아들이 먼저 타는 데에는 지장이 없다고 선수를 친다. 아래에 생략된 부분에는 마을 농사가 작황이 좋아 그것을 팔아 노자로 삼았다는 사연과 둘이 있기에 거처가 너무 협소해 절에 따로 머물 곳을 마련해주는 이야기로 채워져 있다.

부자간의 대화가 원활하지 않고 뚝뚝 끊겼던 정황이 시 속에서 그대로 포착된다. 아들은 비좁고 누추한 거처에서 지내는 아버지의 모습에, 아버지는 먼 길을 변변찮은 나귀에 의지해 진창을 뚫고 왔을 아이의 모습에 그만 말문이 막혀버렸을 것이다.[5]

얼굴 모습이야 내 아들 같지만	眉目如吾子
웃자란 수염 덕에 딴사람 같네.	鬚髥似別人
비록 아내 편지를 갖고 왔지만	家書雖帶至
정말로 진짜인지 모르겠구나.	猶未十分眞

〈4월 20일 학포가 왔다. 서로 헤어진 지 이미 8년 만이었다

[四月二十日學圃至 相別已八周矣]〉

1808년 귀양 온 지 8년 만에 강진 생활을 청산하고 3월 하순에

귤동의 윤씨네 정자(현재의 다산초당 자리)로 거처를 옮겼다. 그로부터 한 달 뒤에 둘째 아들 학유가 찾아왔다. 처음 헤어질 때 16살이었던 아들은 23살의 청년이 되어 나타났다. 기억 속에 아들은 아직 소년에 머물러 있는데 어느새 훌쩍 자라 어엿한 장부가 되었다. 아내의 편지를 가져왔으니 의심할 여지가 없으나 아무리 보고 다시 봐도 내 아이가 아닌 것만 같다. 오랜 시간 부자간의 상봉을 그렸던 터라 벅찬 감동을 기대했었지만, 8년의 거리만큼 두 사람의 관계도 어색하고 낯설기만 했다.

너희들 둘을 믿는다

다산은 두 아들에게 수없이 많은 글을 남겼다. 병아리들의 우애를 보며 두 아들이 서로 우애를 돈독히 할 것을 주문한 〈병아리를 구경한 데 대한 설[觀鷄雛說]〉을 지었고, 1797년부터 2년간 황해도 곡산(谷山)부사로 봉직하고 있을 때 부(府)의 정각(政閣)을 세우고 정원을 꾸민 내용을 적은 〈서향묵미각기(書香墨味閣記)〉를 남기기도 했다. 이때 두 아들을 대동하고 갔는데 당시 정학연은 15세, 정학유는 12세였다. 〈서향묵미각기〉에서 다산은 부형의 관직을 따라와 여색을 밝히고 맛난 음식이나 즐기는 사람은 돼지에 불과하다고 극언을 하며 자식들의 분발을 촉구했다.

유배를 와서도 마찬가지였다. 자식과 멀리 떨어져 있지만 가계(家誡)와 서신을 통해 원거리 교육을 유지했다. 오히려 가까이 있지 못해 더 모질고 집요하게 훈도를 시켰는지도 모르겠다. 그렇지만 자식들의 성장기 시절을 함께해 주지 못한 점을 무엇보다 아쉬워했다. 유년기에 충분히 이루어지지 못한 부자간의 교감이 성장해서 제대로 이루어지기는 매우 힘들다. 어쩌면 아이들의 유년기·청소년기를 공유하지 못한 관계는 '반쪽 부자'에 불과할지도 모른다. 우스갯말로 아이가 놀아달라고 할 때는 아빠가 시간이 없고 아빠가 놀아달라고 할 때는 아이가 시간이 없어진다고 한다. 그러니 아버지의 사회적 성취와 성공을 가정의 행복이라고 치부해 그 짧은 아이와의 시간을 유예해서는 안 된다. 사회적으로 성공했지만 가정이 불행한 경우는 얼마든지 많다.

그는 가문의 불행한 사건과 가족의 연이은 죽음을 거치면서 삶의 의지를 잃었다. 게다가 언제 해배될지도 모를 유배를 당해 낯선 풍토의 땅에 버려졌다. 아내와 자식들은 너무나 멀리 떨어져있다. 그는 생계를 모두 자식들에게 맡겨야 하는 가장으로서의 죄스러움과 무력감에 고통스러웠다. 자식에게 무엇이든 해주고픈 부모의 마음은 다른 부모와 같았지만, 아무것도 해줄 수 없는 자신의 처지는 그를 줄곧 괴롭혔다. 이러한 일련의 절망스런 사건을 한 개인이 모두 감당해내기란 결코 쉬운 일이 아니었을 것이다.

인생이란 외로움과 지루함을 얼마나 자기답게 견뎌내느냐에 따라 달라진다. 인생은 어떤 상황이든 외롭기 마련이고, 외롭지 않은 사람은 이 세상에 없다. 또 대개의 일상은 더디고 지루하다. 살면서 드라마틱한 사건은 결코 자주 일어나지 않을 뿐더러 행운도 재빨리 비껴나간다. 무한한 일상을 반복할 뿐이다. 다산은 외로움과 지루함을 학문과 저술로 견디고 극복해나갔다. 가족의 곁에 머물 수도, 지켜줄 수도 없는 아버지였기에, 아픔과 절망을 혼자 감당해야만 했던 아버지였기에 그의 부정이 학문과 저술 속에서 더욱 애절하게 빛나는 게 아닐까?

내 아들,
내가 만난
최고의 사람

김창협

저 산꼭대기 아버지 무덤 / 거친 베옷 입고 누우신 그 바람 모서리

나 오늘 다시 찾아가네 / 바람 거센 갯벌 위로 우뚝 솟은 그 꼭대기

인적 없는 민둥산에 외로워라 무덤 하나

지금은 차가운 바람만 스쳐갈 뿐 / 아 향불 내음도 없을

갯벌 향해 뻗으신 손발 시리지 않게 / 잔 부으러 나는 가네

– 정태춘, 〈사망부가〉 중에서

대단한 문장가, 불우한 가족사

김창협(金昌協, 1651~1708)은 본관은 안동(安東)이고 자는 중화(仲和), 호는 농암(農巖)·삼주(三洲)이다. 여러 관직에 임명되기는 했으나, 모두 사직하고 학문에만 전념했다. 문장에도 능하고 글씨도 잘 썼으며, 경술과 문장을 함께 갖춘 흔치 않은 문인이었다. 그의 동생 김창흡과 함께 조선 후기 문단에 커다란 영향을 끼쳤으며, 저서로는《농암집(農巖集)》등이 있다.

그는 박지원(朴趾源)이나 이용휴(李用休)와는 아주 극명하게 대비되는 문장가였다. 박지원과 이용휴가 낙차가 매우 큰 변화구를 자유자재로 구사하는 기교파 투수라면, 김창협은 포수의 미트를 철렁거리게 할 만큼 강력한 강속구를 구사하는 정통파 투수라고 볼 수 있다. 우리 문학사가 박지원이나 이용휴의 글처럼 비교적 기묘하고 화려한 글에 후한 평가를 내려왔지만, 이제는 김창협 같은 정통 문장가의 위상에 대해서도 관심을 기울일 때가 되었다. 김창협은 특히 애제문(哀祭文)에서 진가를 발휘한다. 그는 문장 기교보다 슬픔 자체에 집중한다. 그래서 그가 보여주는 슬픔은 묵직하게 사람들의 가슴을 울린다.

김창협은 아버지인 김수항(金壽恒)이 1689년에 적소(謫所)에서 사사된 것을 계기로 삶의 의지를 끊고 스스로 은둔을 택했다. 삶에 있어 아버지의 불행보다 실감 나는 예고편은 없다고 여겼던 것일까.

그는 슬하에 2남 5녀를 두었다. 그러나 4년 사이에 장성한 세 명의 자식을 잃었다. 누구보다 총명했던 셋째 딸과 무엇이든 함께 했던 아들, 그리고 항상 아프기만 했던 둘째 딸이다. 기간으로는 4년 이었지만 실제로는 석 달 사이에 모두 잃은 것이나 마찬가지였다. 셋째 딸과 아들은 석 달 간격으로 죽었고, 둘째 딸은 이미 살아 있지만 죽을 날을 받아놓은 것과 다름없었다. 한 번으로도 끔찍한 고통을 그는 연속으로 세 번 겪어냈으니, 그 지극한 아픔을 그 누가 이해할 수 있으며 그 무엇이 위로가 될 수 있었을까?

자식을 잃은 뒤에는 누구를 위해서도 다시는 시를 쓰지 않았다. 가족들의 연이은 죽음은 그로부터 삶의 의지를 빼앗고 큰 충격에 빠트리기에 충분했다. 그는 가족들의 연이은 죽음을 견뎌내다 5년 후인 1708년에 조용히 세상을 떠났다.

쟁기로 이곳을 갈지는 말아다오

〈죽은 딸 오씨 부인에 대한 제문〉에는 그들 가족의 행복했던 한때가 기록되어 있다. "그래도 너희 형제가 차례로 장성하여 제때에 시집 장가 가고 당장 역병에 걸려 죽는다거나 요절하는 등의 불행이 없는 것을 보고 사람들은 혹 나를 복 있는 사람이라고 했다. 나도 스스로 '사람이 이런 복을 얻었으면 분수에 족한 것이니, 정말 다른

그렇게 아버지가 된다

변고 없이 여생을 마칠 수 있으면 좋겠다.'라고 생각했다. 일찍이 네 어미에게 이런 말을 한 적이 있는데 네 어미 역시 내 말을 수긍하지 않은 적이 없었다. 아, 이러한 복, 이러한 소원이 어찌 사치스러운 것이겠느냐." 이때까지만 해도 그의 인생은 평탄해보였다. 50대가 될 때까지 어린 아들을 잃은 일을 빼고는 커다란 불행이 닥치지 않았다.

아, 이곳은 안동 김창협의 어린 아들 청상이 묻힌 곳이다. 이 아이가 태어나기 전에 아비는 단구(丹丘: 신선이 산다는 곳)에 어린 학이 있는 꿈을 꾸었고, 얼마 뒤 청풍(淸風)의 관사에서 아이를 낳았다. 눈썹은 깨끗하고 눈도 예뻤으며 얼굴은 말쑥한 것이 가문 대대로 전해 오는 문재를 이을 수 있을 것 같았다. 그런데 결국 기사년(1689) 5월 29일에 병에 걸려 죽고 말았으니, 태어난 무진년 5월 8일에서 겨우 한 돌이 지났을 뿐이다. 아, 슬프다. 아이가 죽은 이튿날 양주(楊州) 와공리(瓦孔里) 설곡(雪谷)에 있는 돌아가신 아버지의 묘지 옆에다 묻고, 아비가 먹으로 글을 쓴 자기를 덮어 그 자리를 표시한다. 아, 피붙이가 이따금 흙으로 돌아가는 것은 운명일 뿐이다. 뒷사람들은 이곳에 쟁기를 대어 파헤치지 말기를 바란다.[1]

〈어린 자식 청상의 광지[幼子淸祥壙誌]〉

1689년에 늦게 얻은 아들 김청상(金淸祥)이 죽었다. 겨우 돌을 넘기고 죽은 탓에 특별히 기록할 만한 추억조차 없다. 가뜩이나 짧은 글인데 그나마 아이에 대한 기억은 겨우 "눈썹은 깨끗하고 눈도 예뻤으며 얼굴은 말쑥하다.[眉淸目盻 姿貌端秀.]"라는 8자에 불과하다. 세상이 기억할 것은 없지만 아비에겐 지울 수 없는 기억이다. 무엇보다 아쉬운 것은, 틀림없이 가문의 뛰어난 문재를 타고났을 아이가 재주를 펼쳐보지도 못한 채 세상을 떠난 것이다. 이것이 불행의 서곡에 불과했음을 그때는 꿈에도 생각지 못했으리라.

집에도 들어가지 못하고

…… 이듬해에 거사는 의정공을 따라 서울로 돌아갔다가 9년 뒤에 기사년(1689)의 화를 만나 다시 영평의 산중으로 들어갔는데, 당시에 네 나이가 11세였다. 그런데 아우 숭겸(崇謙)과 함께 십여 판(板)의 글을 배우자마자 문리가 나서 스스로 주자의《통감강목(通鑑綱目)》을 읽으면서 막히는 곳이 없었다. 날마다 문을 닫고서 책을 손에 들고 꼿꼿이 앉아 글을 음미하였는데 거의 침식을 잊을 정도였다. 거사는 그 모습이 어여쁘고 기특하여 금하지 않고 이르기를, "이 딸아이는 성품이 차분하고 소박하니, 글을 알더라도 해로울 것이 없다." 하고는《논어(論語)》와《상서(尙書)》를 대략 가르쳐주되 끝마치지는 않았다. 그런데도 그 식견이 밝아서 제아무리

육예(六藝), 육경(六經) 등 경전을 두루 읽은 사람이라 해도 그보다 나을 수는 없었다. 거사는 은거하는 가운데, 숭겸이 그때 아직 어렸으므로 아침저녁으로 함께 지내며 고금의 치란(治亂)과 성현의 언행을 논함으로써 가정에서의 낙으로 삼을 만한 사람이 오직 너뿐이었다. 6년 뒤에 정국이 바뀌고 마침 오씨가 구혼을 해오므로, 거사는 마침내 너를 그 아내로 삼아주어 양주(楊州)의 선영 아래에서 예를 갖추어 보내고는 삼주(三洲)의 물가에 머물러 살았다.
……

〈죽은 딸 오씨 부인 묘지명 병서[亡女吳氏婦墓誌銘 幷序]〉[2]

셋째 딸아이의 이름은 운(雲)이었다. 아주 영특하여 진작 문리가 나서 어려운 책도 척척 읽어 내려갔다. 공부에 빠져 밥 먹는 것도 잠을 자는 것도 잊을 정도였다. 재주를 발휘할 기회가 없는 시대에 재주를 타고나는 사람이야말로 애초에 재주 없이 태어난 사람보다 더 아프지 않을까. 그렇게 호학의 취미를 가지고 있던 딸은 시집간 뒤로 7년이나 책 한 줄 읽는 모습을 시댁 식구에게 보이지 않았다. 남편에게도 마찬가지였으니, 여자로 태어난 숙명을 체념한 듯 받아들이는 모습이었다. 딸이 살아생전에 했다는 말이 참언처럼 가슴을 저리게 한다. 김창협이 일가의 일찍 죽은 여자를 위해 묘문을 지은 적이 있는데, 딸아이가 당시에 그 글을 보고 말하기를 "이 사람은 그래도 우리 아버지의 문장을 얻어 그 이름이 영원히 전해질 것이니, 죽음이 불행하지 않겠어요."라고 하였고, 또 이따금 제 남편에게 이르기를,

"저는 여자라 한스럽게도 세상에 드러난 공덕이 없으니, 차라리 일찍 죽어서 우리 아버지의 몇 줄 글을 얻어 묘석에 새겼으면 좋겠어요."라고 말하기도 했다. 남자로 태어났다면 큰 학자나 문장가가 될 수 있었을 텐데, 제 재주로 세상에 이름을 남기지 못하고, 문장가인 아버지가 빗돌에 새긴 글로 기억될 수밖에 없는 딸을 안타까워했다.

버티던 아이, 지키던 아버지

…… 아, 너마저 죽었느냐, 너마저 죽었느냐. 네 여동생과 오라비가 잇달아 부모를 버리고 죽은 지 얼마나 되었다고 너마저 죽는단 말이냐. 네가 병에 걸린 지 벌써 5년이 되었는데, 그동안 의원을 바꾼 것도 수십 차례이고 약도 온갖 것을 다 써보았지만 끝내 조금도 효과가 없었다. 그래도 나는 네가 어쩌면 죽지 않을 수도 있다고 생각했는데, 이제 결국 죽고 말았단 말이냐. 너는 타고난 자질이 매우 아름다워, 정신이 맑고 환하여 안팎으로 흠이 없었으며 민첩하고 총명함이 특출하게 빼어났다. 효성과 우애로 말하면 어려서부터 자라서까지 털끝만치도 부모의 뜻을 거스르거나 동기간에 불화한 적이 없었고, 정직함과 사리에 통달함으로 말하면 세속의 부녀들이 모두 지니고 있는 편벽되고 사사롭고 자만하는 태도가 전혀 없었으니, 이와 같은 됨됨이는 세상에 찾아보기 어렵다고

할 수 있다. 그러나 기(氣)가 맑은 사람은 대체로 장수를 누리지 못하고 재주가 빼어난 사람은 체질이 튼튼하지 못하며 인(仁)한 마음과 선한 행실은 대체로 하늘의 보우를 받지 못한다. 이는 내가 이미 네 여동생과 오라비의 경우에서 증험한 것이니, 내 어찌 너만 그러지 않으리라고 생각했겠느냐. 그런데도 네가 어쩌면 죽지 않을 수도 있다고 생각한 것은 어째서이겠느냐. ······[3]

〈죽은 딸 이씨 부인에 대한 제문[祭亡女李氏婦文]〉

이씨 부인은 이태진(李台鎭)의 아내로, 김창협의 둘째 딸이다. 어떤 병인지 확인할 수는 없지만 5년 동안 병을 앓았다. 앞서 3명의 아이를 잃어서 이 아이만은 꼭 살려보려고 용한 의원과 좋다는 약은 다 써봤지만 끝내 무위로 돌아갔다. 김창협은 딸이 죽지 않을 것이라 생각했던 이유를 다음과 같이 들었다. 셋째 딸은 아이를 낳은 지 7일 만에 죽고 둘째 아들은 갑자기 병이 들어 5일 만에 급작스레 죽고 말았다. 병을 앓고 있던 둘째 딸에게 관심이 쏠려 있던 와중에 정작 걱정도 하지 않았던 두 아이가 갑자기 죽었으니, 죽을 것 같이 위중한 딸은 오히려 회복되지 않을까 기대를 품은 것이다. 또, 하늘이 이미 수개월 사이에 두 아이를 빼앗아 후사마저 끊기게 했으니 그 벌이 이미 혹독하고 나의 죄악을 징계하기에도 충분하므로 설마 딸아이마저 데려가지는 않을 것이라 생각했다. 그러나 이런 기대는 보기 좋게 비껴갔고, 하늘이 있다면 가서 따지고 싶을 만큼 모진 상처만 연속되었다. 이제 이만하면 충분하겠지 했지만 하늘은 일말의 자비심도 없었다. 연이어 자식의 죽음을 보고 슬퍼하는 것을 곁에서 묵묵히 지켜보던 딸이 이렇게 말하곤 했다.

"제 병이 치료하기 어렵다는 것을 모르지는 않습니다. 그런데도 제가 기어코 견뎌내고 죽지 않으려는 것은, 우리 부모가 지금 참혹한 처지에 있는데, 제가 다시 건강하게 일어나 부모의 슬하에서 즐겁게 모심으로써 조금이나마 그 마음을 풀어드리려는 것뿐입니다."

딸아이는 부모를 위해 병과 싸워 버티려 했고, 아버지도 딸아이를 구하고자 백방으로 애를 썼다. 그러나 상황을 돌리기에는 병이 너무나도 깊었다. 죽기 얼마 전, 딸이 병세가 위중한 상태에서 자신을 찾아왔으나 두 아이를 잃은 직후라 경황이 없어 곁에서 치료해주지 못하고 다시 시댁으로 돌려보냈던 일이 있다. 자신의 곁에 있었든 없었든 아이의 운명과 커다란 상관이 있었겠냐마는 딸이 떠나고 없는 지금, 마음에 걸리는 그때의 기억은 목에 걸린 가시처럼 아프게 남아있다.

내가 만난 사람 중에 최고였던 너

…… 아, 19년 전 이달 그믐날은 바로 네가 태어난 날이다. 태어나자마자 우렁차게 울고 침상에서 놀던 네 모습을 지금 추억해보면 어제인 듯 또렷한데 갑자기 죽어 신주에 이름만 남긴 채 아무리

그렇게 아버지가 된다

──참으로 너는 그렇게 무심하고 나는 이다지도 무디단 말이냐?
어쩌면 천명과 인사는 본디 어쩔 수 없는 것이라
나와 네가 어쩌해볼 도리가 없는 것이 아니겠느냐?
아, 원통하다. 아, 혹독하다.

부르고 찾아봐도 다시는 볼 수가 없으니, 이 어찌된 일이냐, 이 어찌된 일이냐. 나는 늙어 다른 자식이 없고 너도 자식 없이 죽어버려서 나는 결국 혈혈단신으로 머리가 허옇게 센 채 천하의 외로운 사람이 되고 말았으니, 이야말로 인간사의 지극히 애통한 일이다. 그렇지만 내가 뼈를 깎는 슬픔이 갈수록 심해지는 것은 무엇보다 너의 재주와 자질이 아깝기 때문이니, 그 어찌 부자간의 사사로운 정일 뿐이겠느냐.

너는 나면서부터 총명하고 영특하여 보통 아이들과 매우 달랐고 자라서는 준수한 풍채가 옥산(玉山)처럼 빼어났으니, 옛날의 이른바 '뜰의 지란[芝蘭]'이라는 것도 너에게 비교할 수는 없었다. 게다가 정직한 심사, 해맑은 흉금, 활달한 기상, 강개한 지조와 절개는 더욱 쇠한 세상의 사람들과 같지 않았으니, 내가 50년 동안 세상을 살며 많은 사람을 보아왔지만 너 같은 사람은 거의 보지 못했다. 그래서 나는 늘 '하늘이 너를 낸 것이 우연한 일이 아닐 것이다. 필시 장차 큰 인물이 되어 나라에 쓰일 것이지 한 집안을 빛내는 정도에 그치지는 않을 것이다.'라고 생각하였는데, 하나도 이룬 것이 없이 오늘날 갑자기 죽을 줄이야 어찌 생각이나 했겠느냐. 4

〈죽은 아들의 생일에 쓴 제문[亡兒生日祭文]〉

이것은 아들이 죽은 지 열흘 째 되는 날이자 아들의 생일(10월 29일)에 쓴 글이다. 19년 전 침상에서 놀던 그 모습이 아직 선한데, 신주에 적혀있는 이름을 확인한다는 사실이 너무도 기가 막히다. 총명한데다 준수한 용모까지 갖추었고, 마음가짐, 회포, 기상, 지절(志節)에 이르기까지 어디하나 흠잡을 곳이 없었다. 김창협은 50년 동안 살아오며 본 사람 중에 가장 최고였다고까지 평가했다. 자식에 대해 이 정도로 평가하는 것은 결코 쉬운 일이 아니다. 무사히 잘 성장만 했다면 가문은 물론이거니와 나라를 빛냈겠지만 어느 것 하나 이루지 못하고 요절해버린 것이 허망하기 그지없다. 위의 인용문에는 나오지 않지만 글의 말미에는 "뛰어난 재주 탓에 하늘이 일찍 데려간 것이니 차라리 재주 없이 오랫동안 자신의 품에 데리고 있기를 바란다."라며 거듭 안타까움을 표현했다.

…… 아, 숭겸아, 끝장이구나, 끝장이구나. 재주는 많은데 복록은 적고 계책은 원대한데 이룬 것은 얼마 되지 않아서 한을 품은 사람이 세상에 어찌 없겠는가마는 너처럼 슬픈 경우는 예로부터 드물었다. 준수한 자품, 영특한 기질, 통달한 식견, 원대한 뜻을 백 가지 중에 하나도 발현하지 못했는데, 이제 두꺼운 땅속에 묻혀 장차 세속의 범상한 이들과 똑같이 허무하게 사라지고 만단 말이냐? 옛날 재능 있는 사람과 뜻 있는 선비들이 세상에 쓰이지 못하고 죽어도 영원히 이름이 전해진 것은 저술이 후대에 전해졌기 때문이다. 너는 문장에 힘쓴 지가 그다지 오래되지는 않았으나 뛰어난 재능으로 빨리 성장하여 옛 문인들의 기상과 격조를 단기간에 익혔는데, 흩어지고 남은 것 중에 그래도 2~3백 편의 작품은 찾

을 수 있을 것이다. 그러나 세상에는 안목을 갖춘 이가 없어 대체로 작자의 나이와 지위를 기준으로 글의 경중을 판단하곤 한다. 너는 일개 포의로 약관의 나이에 죽었으니, 네 시가 아무리 기록할 만하다 한들 또 누가 채록하겠으며 누가 전수하겠느냐. 그리고 만일 후대에 전해진다 하더라도 후세 사람들이 자안(子安: 왕발(王勃)의 자), 장길(長吉: 이하(李賀)의 자) 등과 같은 무리로 보고 만다면 네가 지녔던 인품과 뜻이 끝내 천년 뒤에 드러나지 못할 것이니, 어찌 슬프지 않겠느냐, 어찌 슬프지 않겠느냐.

　나는 오 서방의 처를 잃은 뒤로 정신력이 완전히 떨어지고 병이 더욱 심해졌는데 지금 또 너를 잃고 보니 허전하고 망연한 것이 마치 바보 같고 미치광이 같아서 더 이상 정상적인 사람 같지가 않다. 그런데 지금 또 이 서방의 처가 숨이 끊길 듯 병이 날로 심해져서 조석으로 죽을 날만 기다리고 있는 형편이니, 마음이 목석이 아닌 이상 그 고통을 어떻게 감당할 수가 있겠느냐. 그 때문에 너를 보내는 마당에 말이 마음처럼 제대로 나오지 못하였으니, 너는 이 점을 서운하게 여기지 말고 부디 내가 올리는 술 한 잔을 흠향하기 바란다. 아, 슬프다. 아, 애통하다. 부디 흠향하거라.[5]

〈죽은 아들에 대한 제문[祭亡兒文]〉

　1700년에 첫 제문을 쓰고 한 달쯤 뒤, 발인 때였다. 묏자리 찾기가 쉽지 않았던 모양이다. 선영은 이미 자리가 꽉 찬 상태여서 수소문 끝에 따로 묏자리를 잡고, 두 개의 혈을 마련했다. 아래는 아들의 자리였고, 바로 위는 자신이 세상을 떠난 뒤 묻힐 자리였으니, 죽어서라도 자식 곁에 있고 싶은 마음에서다.

무엇 하나 빠지지 않는 훌륭한 재주를 지녔으나 아무런 성취도 없이 그저 땅속에 묻혀 사라진다는 사실을 인정하기가 쉽지 않았다. 고작 이 세상에 남아있는 것은 200~300여 편의 글뿐이고, 게다가 어린 나이에 벼슬도 한 자리 해보지 못한 채 죽었으니 남들이 가치 절하할 것이 뻔하다. 설사 너그럽게 가치를 인정한다 하더라도 왕발이나 이하같이 일찍 죽은 시인 그 이상은 될 수 없다. 또한 아이의 진가는 인품과 원대한 포부에서 드러났는데 그러한 사실을 아는 사람은 자신밖에 없으니 더욱 슬픈 일이었다. 이 당시 셋째 딸과 아들은 이미 세상을 떠났고, 둘째 딸의 목숨도 경각에 달려 있었다. 지독한 불운에 정신이 반쯤 나갈 지경이었다. 이 아픔이 끝나기는 할까, 세월이 지나면 그래도 아픔의 무게가 조금은 가벼워지겠지, 생각하지만 지금의 아픔을 견뎌내기가 너무 힘겹다.

신사년 10월 갑인삭(甲寅朔) 20일 계유는 바로 죽은 아들의 소상날이다. 국상을 치르는 중이라 은제(殷祭)를 지내지 못하고 간소한 절차로 제사를 지내게 되었는데, 늙은 아비가 질병을 무릅쓰고 다음과 같이 제문을 지어 흠향하기를 권하는 바이다.

아, 네가 아비를 버리고 떠나 돌아오지 않고 내가 너를 잃고 홀로 살아온 지가 어느덧 354일이나 되었다. 너는 어쩌면 이다지도 무심할 수 있으며 나는 어쩌면 이다지도 무딜 수가 있단 말이냐.

내 나이 서른이 넘어서야 너를 얻게 되었는데, 너는 영리하고 조숙하여 5, 6세 때부터 벌써 밖에서 나를 따라다니며 도와주었다. 내가 재앙을 당해 벼슬길에 나가지 않은 뒤로는 외로이 은거하는 10여 년 동안 오직 너와 서로 의지하여 살아갔으니, 출입하고 기거할 적에도 오직 너에게 의지하였고 질병에 걸리거나 우환이 있을 때에도 오직 너에게 의지하였으며 산에 오르고 물가에 임하며 낚시하고 소요할 때에도 오직 너와 함께하였고 좋은 시절 한가한 날에 술을 마시며 시를 읊어 감회를 풀어내고 한가로이 즐기는 것도 오직 너와 함께하였으며 텃밭을 가꾸고 누대를 짓고 못을 파고 꽃을 심고 나무를 키우는 것도 오직 너와 함께하였고 고금의 인물의 문장 수준과 일의 시비, 득실을 강론하는 것도 오직 너와 함께하였으며 나아가 빈객과 문생이 출입하고 왕래할 적에 응대하는 것도 오직 너와 함께했다. 그러는 가운데 너의 기풍과 격조, 언론과 식견이 또 내 뜻에 맞지 않는 것이 드물었으니, 서로 형적이 없이 이해되고 편안히 마음이 맞아 더 이상 곤궁한 생활이 슬프지 않고 부귀가 부럽지 않았다. 부자간의 사랑이야 누구에겐들 없겠는가마는 부자간에 마음이 맞아 느끼는 즐거움으로 말하면 또 어찌 나와 너 같은 경우가 있겠느냐. 그런데 너는 이 점을 유념하지 않고 결연히 영영 떠나 나를 세상에 홀로 남겨둠으로써 내가 의지하여 살아갈 것이 없게 했다. 아, 어쩌면 그리도 무심하단 말이냐.

처음 내가 너를 잃었을 때에는 정신이 없고 멍하여 네가 정말로 죽고 나 홀로 남았다는 것을 알지 못했다. 그러다가 장사를 치르고 돌아와 손님들이 흩어지고 문밖이 텅 비어 집 안이 적막해져서야 안에는 네 어미와 네 처와 네 누이밖에 없고 밖에는 두세 명의 문생만이 이따금 왕래하는 것을 보았는데, 그제야 네가 있지 않다는 것을 깨달았다. 내가 집 안에 있을 때에 곁에 모시고 앉아있을 자 누구이고, 내가 집을 나설 때에 따라나설 자 누구이며, 나의 말을 들어줄 자 누구이고, 나의 시에 화답할 자 누구이며, 내가 밖에서 돌아올 때에 말 머리에서 맞이할 자가 이제 누구란 말이냐. 멍하니 외롭게 지내고 실의에 빠져 어쩔 줄 모르는 모습이 마치 썩은 나무에 가지가 없고 불 꺼진 재가 타오르지 못하는 것과 같으니, 이와 같은 인생이 어찌 즐거울 수가 있겠느냐. 그런데도 배고프면 먹을 것을 찾고 추우면 옷을 찾고 병이 들면 약을 찾아 구차히 1년의 세월 동안 수명을 연장해왔으니, 심하다, 나의 무딤이여.

사람들은 나의 병이 오래도록 낫지 않는 것을 두고 슬픔이 지나쳐 몸이 상한 것이라 생각하고는 네 생각을 하지 말고 내버려두라고 충고하곤 한다. 그러나 나는 지나치게 슬퍼한 적이 없다. 다만 생각이야 어찌 안 할 수 있겠느냐. 책을 펼치면 생각이 나고 술과 밥이 있으면 생각이 나고 옛사람의 좋은 시문을 보면 생각이 나고 의논할 만한 일을 만나면 생각이 나고 집 안팎을 출입하며 너와 나이가 비슷한 후생을 보면 생각이 나고 산수를 만나면 생각이 나고 풀이 나고 꽃이 피면 생각이 나고 바람이 맑고 달이 밝으면 생각이 나고 꾀꼬리의 지저귐, 매미 소리, 기러기 울음소리, 학 울음소리가 들리면 생각이 나곤 했으니, 사물이 감흥을 촉발하는 경우라면 어떤 경우인들 네 생각이 나지 않았겠느냐. 생각이 나는 데 보지 못하면 슬픔이 따르기 마련이다. 슬픔은 그래도 억제하여 너무 심한 지경에 이르지 않게 할 수가 있지만, 우연한 사물을 보고 생겨나 무한히 맴도는 생각이야 내가 또 어떻게 안 할 수가 있겠느냐. 그것은 아마도 마음이 담벼락처럼 꽉 막혀 있어야만 가능할 것이니, 내 아무리 무디다 하나 그럴 수야 있겠느냐.

요컨대 한 가닥의 숨이라도 붙어있는 한 너를 생각하지 않는 날이 없을 것이니, 세상의 일상적인 사물과 사람들이 함께 즐기는 것들이 모두 감상을 불러일으키는 계기가 되곤 한다. 노쇠하고 병든 내가 어떻게 이것을 감당할 수 있겠으며, 또한 너의 효심으로 어찌 이런 슬픔을 부모에게 끼치려고 하였겠느냐. 그러나 너는 한 번 가서 다시는 돌아오지 않고 나는 살아서 죽지 못한 채 어느새 1주년인 오늘에 이르렀다. 너의 제부, 제형과 가까운 벗들이 마치 너를 다시 보려는 듯 모두 소상에 달려왔으나 너는 끝내 볼 수가 없고 나는 상복을 벗어 보통 사람과 다름없이 지내고 있으니, 참으로 너는 그렇게 무심하고 나는 이다지도 무디단 말이냐? 어쩌면 천명과 인사는 본디 어쩔 수 없는 것이라 나와 네가 어찌해볼 도리가 없는 것이 아니겠느냐? 아, 원통하다. 아, 혹독하다. 내 말은 여기까지인데, 너는 들었느냐, 못 들었느냐? 슬프냐, 아니 슬프냐? 아, 슬프다. 부디 흠향하거라.[6]

〈죽은 아들의 소상 때에 쓴 제문[亡兒初碁祭文]〉

그렇게 아버지가 된다

51세인 1701년 아들의 소상 때 지은 제문이다. 세월이 지나도 아물지 않는 아픔도 있다. 너무나 기가 막힌 사실을 접하게 되면 처음엔 현실감조차 느끼지 못하다가 세월이 지날수록 상실감은 더욱 생생해진다. 위의 글은 자식을 잃고 쓴 제문 중 최고의 명문으로 꼽기에 충분하므로 다소 길지만 전문을 소개했다.

　　무엇이든 함께했던 오직 하나뿐인 아이였다. 원문에도 '오직 하나뿐인 너[惟汝]'를 반복적으로 사용했다. 외출할 때나 집에 있을 때, 아플 때나 근심이 있을 때, 유람을 하거나 한가로이 즐길 때, 집 주위 조경을 할 때나 옛사람들의 글을 읽을 때, 손님이나 제자들을 접대할 때 등 그 어떤 것도 함께하지 않는 것이 없었으나, 이제 그 무엇도 함께할 수 없게 돼버렸다.

　　너무도 참담한 일을 겪게 되자 실감하지 못하다가 시간이 흐르고 세월이 흐를수록 아들의 부재는 점점 생생한 현실이 되어 부딪혔다. 함께했던 모든 일은 누구도 함께할 수 없는 일들이 되었다. 모든 일을 함께했던 것은 '누구인가[誰歟]'라는 어구는 누구도 그 자리를 대신할 수 없음을 말한다. 자신의 모습을 '썩은 나무'와 '불 꺼진 재'에 빗댄 것은 그 정도로 자신이 어떤 즐거움도 느낄 수 없는 상태임을 표현한 것이다. 대부분의 절망과 아픔은 세월과 함께 희석된다. 하지만 세월이 지날수록 더욱 선명해지는 절망과 아픔도 존재한다. 그 어떤 것으로도 대체재를 삼을 수 없는 것은 바로 자식이다. 대체할 수 없는 것의 부재는 고통과 아픔만 낳을 뿐이다.

　　그리움이 깊어지자 생각이 난다. 오지랖 넓은 사람들은 아들 생각을 하지 말라고 충고한다. 생각하고 싶지 않을 때 그리 할 수 있고, 생각이 떠오를 때 다른 생각을 할 수 있다면 얼마나 좋을까. 아들 생각은 '언제나' 떠올랐다. 함께했던 모든 일, 모든 곳, 모든 때, 모든 시간, 들리는 모든 것, 보이는 모든 것이 아이를 떠올리게 만들었다. 생각날 때 볼 수 없으면 슬플 수밖에 없다. 늘 생각이 나지만 볼 수는 없으니 당연히 '언제나' 슬프다.

자신은 '무딤[頑]'으로 자식은 '무심함[愍]'으로 정의 내린다. 자식을 잃고도 꾸역꾸역 밥을 밀어 넣고 숨을 쉬고 있는 자기 자신을 무디다고 표현했다. 아무리 유명을 달리했다고는 하지만 이토록 지독한 아픔과 그리움만 던져놓고 다시는 찾아오지 않는 자식은 무심하다고 표현했다. 이 엄청난 상실감을 그는 어떻게 견디어낼 수 있었을까?

다시는 시를 짓지 않으리

외아들 김숭겸의 죽음은 어떤 아픔보다 고통스러웠다. 그로 인해 대가 끊어졌고, 남긴 자손이 없었기에 손자를 보는 행복도 허락되지 않아서다. 살았어도 죽은 것보다 못하다는 말은 그에게 가장 어울리는 표현일지도 모르겠다. 〈죽은 아들의 무덤에 제사할 때 고한 제문[祭亡兒墓文]〉은 52세(1702년)에 쓴 글이다. 여기에는 아들을 잃은 일곱 가지 슬픔에 대해 말하고 있다. 첫째, 아들을 잃어도 다른 아들이 있거나 손자가 있으면 위로가 되겠지만 자신은 후사가 완전히 끊어진 일. 둘째, 아들의 종형제 중에 양자를 얻어 후사를 잇고 싶지만 여의치 않아 제사가 끊어질지도 모르는 일. 셋째, 아침저녁으로 보고 듣는 것은 오직 아내의 눈물 젖은 얼굴과 며느리의 통곡 소리뿐이어서 지난날 느꼈던 집안에서의 즐거움을 다시는 누릴 수 없는 일. 넷째, 판단하기 어려운 문제를 만날 때 의논할 상대가 사라진 일. 다섯째, 제자들과의 사이에서 중간 역할을 충실히 맡아주어 강학의 즐거움을 누릴 수 있었는데 그러한 즐거움이 사라진 일. 여섯째, 산수 유람을 함께하며 추억을 쌓던 일을 더 이상 하지 못하게 된 일. 일곱째, 더 이상 함께 자연을 감상하며 시를 읊지 못하게 된 일 등이다. 결과적으로 슬프지 않은 일이 없다는 토로였다.

김창협은 자신의 아들을 위해 모두 4편의 제문을 남겼다. 가슴에서 토해낸 절실하고 애달픈 글이었다. 그리고 아들을 잃은 후부터 더 이상 시를 짓지 않고 남의 만시도 쓰지 않았다.[7] 아들 생전에 함께 다니면서 여러 편의 시를 함께 짓곤 했으니, 아마도 시를 쓰면서 아들의 추억을 떠올리거나 다른 사람의 만시를 쓰며 아들의 죽음을 재확인하는 일들을 견디기 힘들었으리라. 그는 아들과 하늘에서 다시 만났을까. 그곳에서는 그토록 보고 싶었던 아들과 함께 유람하며 다시 시를 쓰고 있을까.

얼음처럼 사라지고
눈길처럼 지워지다

홍경모

아버지에 대한 나의 기억은 몇 가지 두드러진 이미지로 요약된다.

언제나 책상에 앉아 무엇인가 열심히 읽고 쓰시던 모습, 끝없이 선량하고

장난기마저 감도는 웃음 띤 얼굴, 전화를 통해 들려오는 낭랑한 목소리,

호리호리한 몸매에 가볍고 빠르게 걸으시던 모습 같은 것들이다.

지금도 나는 하루에도 몇 번씩 길에서 손때 묻은 책가방을 들고 팔랑팔랑

가볍게 어디론가 바쁘게 걸어가시는 아버지의 뒷모습을 본다.

– 장영희, 《나의 삶 나의 아버지》의 〈나 그대 믿고 떠나리〉 중에서

할아버지 품에서 유년기를 보내다

홍양호(洪良浩)의 손자로 잘 알려진 홍경모(洪敬謨, 1774~1851)는 본관은 풍산(豊山), 자는 경수(敬修), 호는 관암(冠巖) 또는 운석일민(耘石逸民)이다. 1830년 사은부사로, 1834년 진하사로 청나라에 다녀왔다. 독서를 즐겨 장서가 많았으며, 문장에 능하고 글씨도 뛰어났다. 저서로는 《관암전서(冠巖全書)》 외에 《관암외사(冠巖外史)》, 《관암유사(冠巖遊史)》 등이 있다. 자신을 포함해 6대에 걸쳐 살아온 집 '사의당'에 대해 《사의당지(四宜堂志)》라는 책을 남기기도 했다.

그는 할아버지 홍양호의 슬하에서 성장했다. 아무리 학문적인 역량이 크고 훈도가 따스한 할아버지가 있었어도 아버지의 부재는 여전히 채워지지 않는 허전함으로 존재했다. 누구보다 따스한 가족을 만들고 싶었던 그는 마침내 아버지가 된다. 홍경모는 모두 4남 5녀를 낳았다. 그러나 1800년에 큰아들과 셋째 아들을 잃고, 1803년에 넷째 아들과 첫째 딸을 잃는다. 1834년에는 장성한 홍익주(洪翼周, 1797~1834)마저 잃었으니, 그나마 뒤에 딸 둘을 성가시킬 수 있었던 것이 다행이라면 다행이었다.

1796년에 태어나 1809년 조석정(曹錫正)의 딸에게 장가를 들어 잘 성장하던 익주는 1834년 홍경모가 진하사로 떠나는 길에 동행했다가 북경에서 급사했다. 홍경모는 외아들 익주의 죽음에 커다란 상처를 받았다. 그러나 그에게는 세상 사람들이 기억해주지 않는 한 명의 딸과 세 명의 아들이 더 있었다. 그에게 어떤 일이 벌어졌던 것일까?

1800년은 그의 인생에서 잊을 수 없는 해다. 작년 이날엔 아이들이 난간에 기대 떠들고 장난쳤는데 오늘은 시끌벅적 그 웃음소리가 통곡과 정적으로 바뀌었으니, 불과 일 년 사이에 생각지도 못한 불행이 닥친 것이다. 그는 아이들의 죽음과 관련해 네 편의 시를 지었는데, 다음은 그중 첫 번째 작품이다.

이해의 늦봄에는	維歲之暮春
요망한 징후가 매우 괴이했네.	妖徵大怪異
뜰의 오리 두 다리 부러졌고,	庭鵝折兩脚
동산의 학 두 날개 끊어졌지.	園鶴斷雙翅
밤중에 흰 고양이 집에서 울고,	白貓夜嘯屋
아침에 폭설 내려 지붕 덮었네.	大雪朝埋瓦
천연두의 재앙이 널리 퍼져서,	瘡疹旣蔓延
차츰 불이 치열하게 타오르는 듯.	其漸如火熾
어느새 이십여 일 동안에,	於焉卄日內
나의 두 어린 자식 빼앗아갔네.	攼我兩稚子
봄바람 죽은 풀에 불어댈 때에,	春風吹死艸
널 보내고 우이동에 묻게 되었지.	送汝埋牛耳
일찍 죽은 혼이 어찌 비틀거리랴.	殤魂何玲瓃
형제가 서로 함께 의지하겠지.	弟兄相與倚

긴긴 밤은 한결같이 아득하노니,　　　　厚夜一茫茫

어찌 능히 내 생각 알 수 있겠나.　　　　豈能知我思

바늘방석 앉은 듯 흔들어대니,　　　　抓我如坐鍼

하루에도 수도 없이 일어나구나.　　　　一日百十起

아비 되어 진실로 선량함 없어,　　　　爲爺信無良

너를 끝내 죽음에 이르게 했네.　　　　使汝竟至死

나의 슬픔 해소할 수가 없으니,　　　　我悲不可解

내 그리움이 언제나 끝나게 될까.　　　　我思何時已

소리 끊기고 내 목 메어지게 하니　　　　聲斷哽我咽

너무나도 애통해서 눈물도 안 나네.　　　　痛極反無淚

죽었으니 누구를 허물하리오.　　　　冥漠夫誰尤

아! 운명일 뿐이로구나.　　　　烏乎命已矣

〈아이를 곡하다[哭兒 幷序]〉

　　그해의 늦봄에는 웬일인지 불길한 징조가 가득하더니 마마가 들불처럼 번져 20일 만에 두 명의 아이를 빼앗아갔다. 다행이라고 할 수 있을지 모르겠지만 형제를 나란히 묻고는 죽어서 서로라도 의지하기를 바란다. 수시로 찾아오는 사소한 추억은 아픔이 되어 그를 쉴 새 없이 괴롭혔다. 아이들은 무릎에 올라와 장난을 치다가 때때로 수염을 잡아당기기도 했고, 가끔은 책과 그림을 마구 흩트려놓거나 바둑 둔 것을 마구잡이로 어지럽히기도 했다. 아마도 그럴 때마다 몹시도 야단을 쳤던 건 아닐까 자꾸만 그 장면들이 떠올라 후회스럽다.[1] 추억과 기억뿐만이 아니라 눈앞에 남겨진 아이와 관련된 물건들을 볼 때마다 슬픔과 고통은 가차 없이 소환된다. 광주리에는 아이가 쓰던 부채와 먹이 들어있고, 평상에는 아이가 평소에 차고 있던 장식품이 놓여있다. 뜰에는 아이의 신발 자국들이 고스란히 남아있고, 아이가 옷을 걸던 횃대에는 먼지가 끼었다. 물건들은 그 자리 그대로이지만 아이들만 떠나가고 없다. 차마 없애지는 못하고, 그대로 두고 보자니 억장이 무너진다.[2] 생시의 기억과 생시의 물건들은 곁을 맴돌며 그를 수시로 괴롭혔다.

또 다른 아픔의 시작

마마의 신은 빛나는 혼령이십니다. 바람처럼 엄숙하게 뜰에 갑작스레 내려와서 나의 자녀들을 보호하여 처음부터 끝까지 탈 없이 지나가게 해주시기를. 돌보고 돕기를 안색도 좋고 건강하게 해주소서. 술과 안주는 깨끗하고 또 향기롭습니다. 어떻게 그 은혜에 보답할 수 있겠습니까. 자리를 깨끗이 하고 향을 태웁니다. 계절은 서리와 이슬이 이미 내리고 있고 국화꽃 향기도 납니다. 좋은 철 길한 날에 신을 산의 남쪽에서 전송을 합니다.[3]

〈마마에게 제사를 지내는 제문[祭痘神文]〉

두신(痘神)과 관련된 글은 대개 제문의 형식을 띠고 있으며 조선 후기에 집중적으로 창작되었다.[4] 뚜렷한 치료법이 전무한 상황에서 두신을 찾을 수밖에 없는 간절함이 있었던 것이다. 홍경모 역시 두신에게 제문을 올려 아이들이 무탈하기를 바랐지만 그의 소망은 끝내 이루어지지 않았다.

…… 네 형이 일찍 죽었을 때 내가 몹시 가슴이 아파 진실로 하루라도 참을 수가 없었다. 그런데 금세 또 너를 얻어 그 정을 옮기고 그 사랑을 모아서 지난날 네 형을 잃었던 슬픔을 잊을 수 있었다. 그러다가 이제 또 너를 잃게 되었으니 어찌 옛날 네 형이 죽은 것을 슬퍼하고 네가 죽은 것은 슬퍼하지 않을 수 있겠는가. 창자가 끊어지고 눈물은 말랐다.

너는 성품이 빼어나고 영리하여 말을 배우자 숫자를 알았고, 숫자를 배우자 문자를 깨우쳤지. 내가 《서경》을 읽고 있을 때면 옆에 앉아서 일(一), 오(五), 인(人) 석 자를 가리키면서 말하기를 "이것은 어떤 글자이고 이것은 어떤 글자입니다."라고 하면서 으레 붓을 찾아 원문 그대로 썼으며, 말을 할 즈음과 놀이를 할 때에 이르러서는 또한 여러 아이들보다 뛰어난 것이 많았다.

아! 총명한 성품을 가지고 싹이 나고도 자라지 못했으니 곧 그 애비와 어미가 된 자가 어찌 원통하고 아깝게 여기지 않을 수 있겠는가. 4년 사이에 갑자기 이와 같은 네 명의 아이를 잃었으니 비록 길을 가는 모르는 사람이라도 알게 된다면 반드시 참혹하게 여기고 놀라서 눈물을 흘릴 것이다. 하물며 그 부모 된 마음은 돌이켜보건데 얼마나 애통하겠는가. 원통하도다. 내가 너와 함께 부자 사이가 된 것이 겨우 4년이었다. 그러나 지난 세월은 짧았고 내가 살아갈 앞날은 긴데 또 어찌하여 아무 도움이 없는 슬픔을 품어야 하는가. 그러나 나에게 있어서 삼사 년 동안 길러낸 노고는 마치 얼음에 새겼다가 얼음이 이미 녹은 것과 같고, 너에게 있어서 삼사 년 동안 이 세상에서 산 자취는 눈에다 도장을 찍었으나 흔적이 없어진 것과 같으니, 장차 후세에 태어나는 사람에게 어떻게 내가 너를 자식으로 삼았다는 것을 알게 할 수가 있겠는가.

이것은 모두 나로서는 원통한 것이고 너로서는 슬퍼할 일이다. 나의 원통함과 너의 슬픔을 붓대를 잡고서 다 말하고자 한다면 목이 메어 글을 이루지 못하고 삼킨 것은 다시 토할 수도 없다. 그러나 만약에 기록을 하지 않는다면, 어떻게 남들이 너의 슬픔과 나의 원통함을 알 수가 있겠는가. 비로소 일, 오, 인 석자를 가지고 운자로 삼아서 태어나고 죽은 날과 달을 기록한다.[5]

〈아이를 곡하다[哭兒 幷序 □ 癸亥]〉

1800년에 두 명의 자식을 잃고 견디기 힘든 나날을 보냈지만 아픔은 그것으로 끝나지 않았다. 1803년에 또 다시 두 명의 아이를 잃게 되었으니, 팔증(八曾, 1800~1803)과 첫째 딸(?~1803)이 또 한 달 안에 나란히 세상을 떠난 것이다. 특히나 팔증은 두 명의 아이를 잃은 해에 태어나서 아픈 시간을 잘 견딜 수 있게 해준 아이였다. 게다

가 총명하기까지 해 말을 배우면서부터 숫자와 글자도 척척 읽어
내려갔고, 그 어려운 《서경》에서 일(一), 오(五), 인(人) 석 자를 찾아
물어보곤 했다. 그랬던 아이가 마마에 걸려 세상을 떠났다. 홍경모
는 4년 동안 결국 네 아이의 죽음을 지켜봐야 했다. 자신이 아이를
기른 노고는 얼음에 새긴 흔적이 얼음이 녹아 사라진 것과 같고, 아
이가 세상에 살았던 자취는 눈에 찍은 도장이 눈에 덮여 흔적도 없
이 사라진 것과 같다고 했다. 자신의 허망한 심정을 뼈아프게 토로
한 셈이다. 아이는 이 세상에 남긴 자취 하나 없이 허망하게 사라졌
지만 자신마저 끝내 기록을 남기지 않을 수는 없었다. 아이가 물어
본 석 자의 글자를 운자 삼아 세 편의 시를 썼다. 그중 한 편이 다음
과 같다.

일찍 아이 잃은 슬픔 없겠냐만	誰無哭殤悲
나와 같은 사람은 드물었었네.	如我鮮其匹
딸 하나에 아들 세 명을	一女三男子
사 년 만에 모두 다 잃어버렸네.	四載忽爾失
인간사가 아! 불쌍할 만하니,	人事嗟可憐
하늘도 어찌 불쌍히 여기지 않으랴.	天心胡不恤
창자는 부르짖으면 끊길 것 같고,	寸腸呼欲斷
눈물 어린 눈은 말라서 탈 날 것 같네.	淚眼枯而眹
어찌 장자의 말은,	如何莊叟言
팽과 상이 하나로 돌아간다고 했나.	彭殤同歸一

만약에 이런 처지 당한다면,　　　　　　　　若使當此境

달관함 기필할 수 없을 것이네.　　　　　　　達觀未可必

〈아이를 곡하다[哭兒 幷序□癸亥]〉

　　그 당시 자식을 한두 명 잃는 것쯤이야 특별할 것도 없었지만 4년 동안에 네 명의 아이들을, 그것도 같은 마마병으로 잃은 경우는 흔하지 않았다. 창자는 마디마디 끊길 것 같고, 눈은 항상 눈물을 흘려 탈이 날 정도였으니 자신의 처지를 하늘이 안다면 불쌍히 여길 것이라고 한탄한다. 장자는 〈제물론(齊物論)〉에서 800년 산 팽조(彭祖)의 장수나 19세 전에 죽은 상자(殤子)의 단명이나 차이가 없다고 했지만, 그것은 자신과 같은 처지를 겪지 않았기에 함부로 뱉을 수 있는 이야기라고 했다.

　　경신년 계미월 기사일 입추는 곧 우리 죽은 아이의 생일날 아침이다. 간략하게나마 과일을 갖추어 무덤에 제물을 올리노라. 애비가 병이 들어 몸소 올릴 수가 없어서 유모에게 대신 제물을 차리게 하되 이 제문을 가지고 고한다.

　　아! 네가 나와 작별하고 세상을 떠난 것이 지금까지 4개월 하고도 보름이 더 지났다. 모든 사람이 서로 이별하고 이별한 지 한 달이 되면 오히려 생각이 나고 그리워함이 있는 것인데, 하물며 부자간의 정임에랴. 한 달도 그와 같으니 하물며 네 달이나 지나 오래되었음에랴.

　　　　　　　　　　　　그렇게 아버지가 된다

예전에 외갓집에 너를 보낼 적에 네 어머니가 갈 때 유모까지 따라갔는데도 나는 오히려 더욱 그리워 날마다 안부를 물었고 닷새 만에 한 번씩 찾아갔었다. 그런데 지금 갑자기 너를 황량한 산옆에 묻어 땅강아지 개미와 함께 있고, 등나무 넝쿨과 함께 이웃하고 있는데 날짜가 지나가도 안부도 묻지 않고 한 달이 넘어도 너에게 가지 않았던 것은 어째서인가. 나는 평소의 마음으로 보자면 단 하루라도 안주하고 있지 못할 것이고, 날이 쌓였다가 한 달이 되고 달이 쌓였다가 몇 달이 되어서도 반드시 장차 초조한 마음으로 미친 듯이 달려갈 것이다. 그런데도 이와 같이 하지 않고 먹고 숨 쉬는 것을 자연스럽게 하고 있으니, 사람의 일은 이렇게 하지 않으면 안 되어서 그런 것인가, 아니면 초조한 마음으로 미친 듯 달려가도 슬픔을 늦추는 데에 도움이 안 되어서 그런 것인가.

서하가 눈을 먼 것과 창려가 애도하여 읊은 것이 사람이면 견딜 수 없는 경지였으나, 나의 오늘날에 비유하면 어른과 어린애인 것이 비록 다르기는 하지만 자식을 잃은 심정은 매한가지다. 옛사람의 생각은 눈이 먼 데까지 이르렀고, 지금 내 생각은 차츰 인정을 잊는 데에 이르고 있으니, 생각하고 그리워하는 마음이 옛사람에게 미치지 못해서 그러한 것인가, 아니면 어찌할 수 없어서 그렇게 생각이 멀어지는 것인가.

그러나 네 나이 또래 아이를 보거나, 너와 같이 놀던 아이를 보면 네 생각을 하고, 네가 쓰던 종이, 부채, 붓, 먹을 보면 네 생각을 하고, 진귀한 채색 그림을 볼 때, 밥을 먹을 때도 네 생각을 하고, 잠잘 시간이 됐을 때, 비가 오거나 바람이 불 때, 달 아래 꽃 아래에 있을 때도 네 생각을 하게 된다. 이는 모든 옛사람들이 자식을 생각하는 감회이기도 하지만 다만 옛사람의 생각이 이와 같은 것은 아닐 것이다. 지금 나의 생각도 옛사람과 같긴 하나 단지 이와 같기만 한 것은 아니다. 비록 많은 사람들이 이런 지경에 처하거나 이런 때를 당한다면 모두 이와 같겠지만 꼭 수많은 사람의 생각이 모두 이와 같은 것은 아니다. 또 천하 만세에 있는 사람들이 이와 같다면 천하 만세의 수많은 사람들의 지금 생각이 어찌 그럴 따름이겠는가. 만약 내가 생각지 않는다고 하면 그만이거니와 만약 내게 그런 생각이 있다면 아득한 내 생각은 언제 그칠 수 있는 것인가.

아! 슬프도다. 오늘은 무슨 날인가. 바로 네 생일날 아침이다. 지난해 오늘은 음식을 베풀어 너에게 먹였었는데 어찌하여 우구(牛丘)의 무덤이 되었는가. 네 어머니는 널 생각하다가 피눈물이 푸른색이 되었고, 유모는 너를 곡하여 흐느끼다가 펑펑 울고 말았으니 나는 장차 무엇으로 마음을 먹어야 하는가. 아! 너의 운명이 궁해서인가, 너의 가문이 화를 입어서인가, 너의 병을 잘 고치는 의사가 없어서인가. 이런 마음과 원한은 언제쯤 그칠 수 있을까. 아! 끝이 있는 것은 말이나, 끝이 없는 것은 생각이다. 나의 입은 쓰디 쓴 소태를 씹는 것 같고, 나의 배는 칼날에 베이는 것 같다. 말을 다 하자 피가 마르고 창자가 마디마디 찢어진다. 하늘이여

원망스럽구나, 하늘이여 원망스럽구나. 너는 알고 있느냐 알지 못하느냐. 아! 원통하도다.[6]

〈죽은 아들 생일 아침에 쓴 제문[祭亡兒生朝文]〉

경증이 세상을 떠난 지 4개월 보름이 지나 생일을 맞아서 쓴 제문이다. 경증은 외갓집에 제 엄마와 유모를 대동해서 보내도 마음이 놓이지 않아 매일매일 안부를 물었고, 닷새에 한 번 꼴로 찾아가기까지 했던 아이다. 그렇게 잠시라도 떼어놓을 수 없는 아이가 세상을 떠났다. 무엇을 하든 아이가 떠오른다고 길게 열거한 대목은 김창협이 아들을 위해 쓴 제문과 놀랄 만큼 유사하다. 불과 일 년 전에는 생일상을 함께 차려 먹었는데, 지금은 산속에 묻혀 땅강아지와 개미, 등나무 넝쿨과 이웃하고 있는 이 기막힌 현실을 받아들이기 힘들다. 늘 울고 있는 아내와 유모를 볼 때마다 자신도 다잡은 마음이 무너져 내린다. 생일은 어느 날보다 경사스러워야 함이 당연한데, 지금 맞이한 생일은 제삿날과 다름없이 슬픔만 가득하다.

끝나지 않은 아픔

갑오년 2월 내가 진하정사로 명령을 받고 연경에 갈 때, 아들 익주가 아버지인 나를 모시고 가기를 원하기에 같이 가는 것을 허락했다. 삼월 초칠일에 압록강을 건너고 요동의 벌판을 지나 산해관을 뚫고 31일 동안을 가서 연경에 들어가 옥하관을 머무는 곳으로 삼았으니 사월 초칠일이었다. 익주가 평상시처럼 저녁밥을 먹으며 사람들과 대화를 하다가 미처 끝내기도 전에 갑자기 숨이 막혀 소생하지 못했으니 참혹하고도 원통한 일이다. 염을 마치고 관에 넣고 옥하관의 북쪽 캉(炕)에 빈소를 차렸다. 오월 초순에 조선으로 돌아오는 길에 두 마리 노새에 관을 싣고 가다가 유월 십이일에 의주를 건넜고, 칠월 초팔일에 서울에 도착해서 남문 밖에 널을 멈추어놓고 드디어 염습을 한 뒤 관을 바꾸어 구월 초사일에 발인하여 천안 용곡 선영 아래로 향했다. 늙은 아버지가 눈물을 적시며 제문을 지어서 초하루 계해일에 술을 뿌리고 길게 울며 직접 영결하려고 했지만 병이 들어 침상에 있느라 스스로 제문을 읽을 힘이 없다. 종질인 건주에게 이 제문을 읽게 하여서 대신 고하게 한다.[7]

〈죽은 아이 현감에 대한 제문[祭亡兒縣監文]〉

1834년 홍경모는 진하정사로 연경에 가게 되었다. 당시 부사는 이광정(李光正)이고 서장관은 김정집(金鼎集)이었다. 홍양호는 아들 익주와 함께 길을 나서게 되었는데, 연행사로 갈 때 자식과 동행하는 것은 흔한 일이었다.

출발한 지 한 달여 만에 연경에 도착했고, 이때까지만 해도 모든 것이 순조로워 보였다. 그런데 어이없게도 아이가 저녁을 먹다

그렇게 아버지가 된다

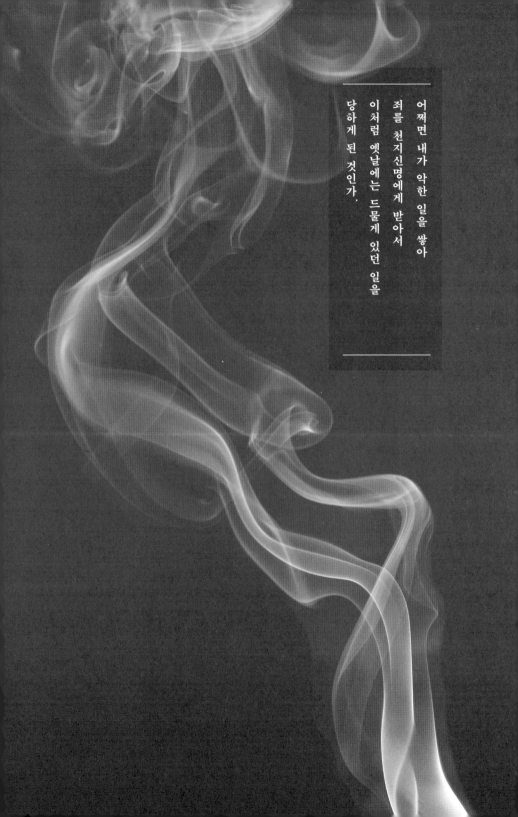

어쩌면 내가 악한 일을 쌓아
죄를 천지신명에게 받아서
이처럼 옛날에는 드물게 있던 일을
당하게 된 것인가.

돌연 급사를 하고 말았으니, 어떻게 손을 쓸 수도 없는 죽음이었다. 같이 갔던 일행도 지켜보던 중국 사람들도 한마음으로 슬퍼했다. 당시 중국에는 시신을 성 안에 둘 수 없다는 풍속이 있었는데, 그나마 다행스럽게도 중국 관리의 호의로 시신을 잠시 놓아둘 수 있었다. 일정을 취소하지 못하고 공무를 수행할 수밖에 없던 상황에 이로부터 무려 3개월이 지나 다시 서울로 돌아오게 됐다. 과연 무슨 정신으로 공무를 수행했을까? 일정을 마치고 돌아오며 두 번이나 염을 했고, 시신의 손상도 컸을 테니 당시의 참혹한 풍경을 미루어 짐작할 만하다. 그는 무려 2400여 자에 달하는 장문의 제문을 짓는다.

> 강을 건너오자 어린 아이가 가슴을 치고, 집 문에 들어서자 젊은 며느리가 머리를 파묻고 울고 있으니, 비록 이것이 쇠나 돌로 만든 창자라도 당연히 상처를 받을 지경인데 하물며 내가 노년이 되어 약해진 마음으로 어떻게 그 일을 견딜 수가 있을 것이며, 너 또한 눈을 감고 떠날 수가 있겠는가. 내가 너를 영과 박의 사이(영읍(嬴邑)과 박읍(博邑)의 중간 지점을 가리키는 말로, 죽어서 타향에 장사 지낸다는 뜻)에 장사를 지낼 수가 없어서 널을 어루만지며 돌아와 우선 여기에다 가매장을 하는 것이니 이곳은 한양성 남문 밖에 있는 권찰방의 집이다. 나는 여기에 있고 네 아내는 여기에 있으며, 너의 두 아들과 며느리도 여기에 있고 친지와 일가붙이도 여기에 있으며, 문하에서 공부하던 학생들이나 옛날 아전들도 모두 여기에 있으니 혹시라도 너를 볼까 하여 온 것이다. 그런데 도리어 깜깜

하고 아득하여서 마침내 너를 볼 수 없게 되었으니 네가 과연 그
것을 아느냐, 모르느냐. 사람으로 이치에 거슬리는 서글픔이 어찌
한이 있겠느냐마는 어찌 지금 나의 심정과 같겠는가. 연경으로 사
신 가면서 자식을 데리고 간 사람이 한정돼 있었겠냐마는 나처럼
이러한 변고를 당했겠는가. 옛날 일을 일일이 헤아려보더라도 거
의 짝이 될 만한 사람이 없었으니 어쩌면 내가 악한 일을 쌓아 죄
를 천지신명에게 받아서 이처럼 옛날에는 드물게 있던 일을 당하
게 된 것인가. 원통하고 원통하고, 원망스럽고 원망스럽도다.[8]

〈죽은 아이 현감에 대한 제문[祭亡兒縣監文]〉

뜻밖의 비보에 모든 가족들은 깊은 충격에 빠진다. 홍익주의 아
내와 두 자녀들은 단숨에 달려와 통곡했다. 수많은 사람들이 연행을
갈 때 자식들을 동행했지만 이런 흉한 일을 겪는 경우는 유례를 찾
아보기 힘들다. 겨우 찾아낸 사례로 이황의 조카인 이밀(李宓)이 아
버지를 따라 연경에 왔다 통주(通州)에서 세상을 떠난 일이 전부다.

네가 죽은 것을 비록 시운에 돌리더라도 실은 우리 집안의 불행과
관계된다. 내 운명의 길이 기이하고 곤궁한 탓에 너의 운명과 재
수가 여기에 그친 것이니 되레 누구를 원망하겠는가. 옛날 우리
증조할아버지가 세상을 떠날 때의 나이가 너보다 한 살이 많았고,
아버지께서 세상을 등지신 것은 겨우 약관을 지나서였다. 그런데
이제 또 네가 젊은 나이에 일찍 요절했으니 그 횟수로 말한다면

백 년이 차지 못하였고, 그 세대로 말한다면 겨우 5대밖에 안 된다. 5대 백 년 사이에 세 번이나 이러한 상을 당하게 되었으니 하늘은 왜 나의 집에 이와 같이 혹독한 화를 거듭 내려서 참혹스러운 변고가 있게 하는가. 아! 아버지가 세상을 떠날 때 우리 할아버지께서는 이미 노쇠한 나이셨고, 나는 태어난 지 두 돌이 되지 못했다. 고아로 의지할 곳이 없었는데 다행스럽게도 어른이 되었고, 또 다행스럽게도 너를 얻어서 부자지간으로 38년을 살았다가 이제 갑자기 너를 잃게 되었으니 화변의 혹독함과 일정치 않은 사람의 일이 내 몸에 이와 같이 편벽되게 치우치는 것은 어째서인가.

할아버지께서 쓰신 아버지의 제문에 이르기를 "어린애가 어른을 곡하는 것은 순리이나 늙은이가 젊은이를 곡하는 것은 순리를 거스른 것이니 순리를 거스른 데에서 순리를 구하는 것은 할 수 없는 것이다."[9]라고 했으며, 또 말하기를 "열 개의 손가락이 많기는 하지만 그것을 베면 아프지 않은 손가락이 없는 것은 혈기의 본성이다. 그렇다고 해도 하나만 시력을 갖고 있으면 시력을 갖고 있는 눈을 더욱 아껴주는 것은 경중이 나누어져 있기 때문이다. 4대의 종지(宗旨)를 너에게 맡기고, 여러 사람들은 오직 너에게 의지하고 있는데 경중의 분수가 어떠하겠는가."라고 했으며, 또 말하기를 "네가 나를 장사 지내지 않고 나에게 너를 장사 지내게 하여 상복을 입고 죽장을 짚고 눈물을 펑펑 흘리면서 곡을 하게 하였으니, 이것이 어찌 꿈속에서조차 생각했던 것이며, 인정상 견딜

수 있는 것이겠는가."라고 하셨다. 원통하고 원통하며, 원망스럽
고 원망스럽도다.¹⁰

<죽은 아이 현감에 대한 제문[祭亡兒縣監文]>

웬일인지 그의 집안사람들은 단명하는 경우가 많았다. 홍경모
자신도 아버지를 세 살에 여의었기에 아들의 단명이 대대로 이어져
내려오는 불운의 연속인 것만 같아 하늘이 원망스러웠다. 할아버지
가 지은 아버지의 제문을 인용하면서 자식을 잃었던 할아버지의 심
정을 온전히 이해하고, 그 기막힌 상황이 오롯이 자신의 것이 된 지
금이 기가 막힐 뿐이다.

그래도 삶은 살아야 한다

아들 홍익주와 함께 떠난 연행이 설렘에서 참담함으로 바뀌는 데는
그렇게 오랜 시간이 걸리지 않았다. 오히려 투병의 기간이 길었더라
면 후회가 남지 않도록 최선을 다해봤을 텐데 저녁밥을 먹던 아이가
갑작스레 쓰러져 불귀의 객이 되고 말았으니, 가혹한 하늘은 그러한
기회조차 주지 않았다.

일정을 중도에 접고 먼저 귀환했을 법도 한데 그는 묵묵히 공무
를 끝까지 수행했다. 제문에 상세히 기록되어 있지는 않지만, 그의

고통과 아픔이 어떠했으리라는 것은 짐작하기 어렵지 않다. 그렇게 석 달에 걸쳐 공무를 수행하고 서울까지 시신을 운반했다. 그 당시 해외에서 시신을 운반해 오는 일이 얼마나 힘들고 곤욕스러웠을까. 시신의 손상을 막을 수 없었을 것이고, 그것을 고스란히 지켜봐야 했을 아버지의 심정은 또 어떠했을까. 돌아와서는 비보를 접한 가족들을 한참 동안 위로해야 하니 그 또한 고통의 연속이었을 것이다.

운명은 너무나 가혹하지만 나약한 인간은 모든 일을 하늘에 순명할 수밖에 없다. 그렇다고 해도 삶 전체를 송두리째 뒤흔드는 운명 앞에 허물어지는 마음을 다잡기란 쉽지 않다. 어린 자식을 상실할 때는 같이 하지 못하는 미래에, 장성한 자식을 잃을 때에는 같이한 수많은 추억이 있던 과거에 더더욱 아팠으리라. 어느 하나 아프지 않은 죽음은 없었다.

그렇게 아버지가 된다

아프지 않은
손가락은
없다

채제공

아버지에게는 독특한 버릇이 있었다.

식사를 하려고 가족들이 상에 빙 둘러앉으면 언제나 '다 왔니?' 하시며

우리 다섯 형제가 다 모인 것을 확인하고 나서 벌떡 일어나 큰형인

내 머리를 쓰다듬으시고 순서대로 막내까지 머리를 만져보시고 나서야

자리에 앉아 '이제 됐다. 식사하자' 하셨다.

— 박동규·박목월, 《아버지는 변하지 않는다》 중에서

살가운 남편, 따스한 아버지

채제공(蔡濟恭, 1720~1799)은 본관은 평강(平康)이고 자는 백규(伯規), 호는 번암(樊巖)·번옹(樊翁)이다. 오광운(吳光運, 1689~1745)을 스승으로 모셨다. 정조 12년에 우의정의 자리에 오르고 이듬해에는 좌의정에 올랐는데, 그 후 3년 동안 영의정과 우의정 없이 독상으로 있었다. 특히 수원 화성 건설을 진두지휘하여 정조의 깊은 신임을 받았으며, 남인의 실질적인 지도자로 이가환, 정약용과 운명을 함께한다.

　외부 활동에 누구보다 바빴던 인물이었다. 하지만 가족들에게는 더할 나위 없이 따스한 사람이었던 모양이다. 부인이나 자식에 대한 정은 각별하기만 했다고 한다. 채제공은 동복 오씨(同福吳氏) 오필운(吳弼運)의 딸을 첫 번째 아내로 맞았지만 후사가 없어서 채홍원(蔡弘遠, 1762~?)을 양자로 삼았다. 그다음 안동 권씨(安東權氏) 권상원(權尙元)의 딸을 두 번째 아내로 삼았지만 역시 후사가 없었다. 그 뒤 측실에게서 채홍근(蔡弘謹, 1775~1792)과 채홍신(蔡弘愼, 1779~1786) 두 아들을 얻게 되었으니, 뒤늦게야 제 핏줄인 자식을 가진 셈이다. 뒤늦게 얻은 자식이니 더욱 어여뻤으리라.

지각이 이미 이와 같았으니	知覺已如許
총명함은 너무나 사랑스러웠네.	聰明可愛哉
매번 부모를 생각하는 마음 가져서	能思二親每

겨우 4살이라 말하기 어려웠네.	難道四齡纔
여종 등에 기대 편안한 잠 마다하고	婢背和眠負
강가에 한가하던 날에 왔도다.	江頭閒日來
무릎 맴돌며 노는 일 아니라면	非緣繞膝戲
어찌 환히 웃을 수 있을 것인가.	那得使顏開

〈홍신은 나를 보지 못하면 으레 울곤 했다. 성 안에서 며칠 간격으로 강가로 나온
것을 보고 기뻐서 이 시를 짓는다[弘愼不見我輒啼哭 自城內 間數日出江上 喜而賦]〉

영특했던 아이는 유달리 아버지를 따라서 아버지를 보지 못하
면 울면서 찾아가자고 보채곤 했다. 불과 4살 밖에 되지 않은 아이였
지만 부모에 대한 정만은 각별했다. 여종의 등을 빌려 편안하게 잠
을 자는 게 더 좋을 법도 한데, 그것조차 포기하고 아버지를 찾아왔
다. 생각해보면 아이와 함께하는 시간을 빼고는 거친 세상사에 웃을
일도 드물었을 것 같다. 아이는 아버지를 따랐고 아버지는 아이가
사랑스러웠으니, 이보다 더한 행복도 없었을 것이다. 체제공은 이 세
아들과 어떻게 지냈을까?

속 깊었던 예순둥이 채홍신

아이는 번암 채제공 백규가 나이 예순에 얻었다. 아이에게는 배다

른 형이 있는데 이름이 홍근(弘謹)이었다. 나는 아이의 이름을 홍신(弘愼)이라 했는데, 근신하여 나에게 부끄러움을 끼치는 일이 없게 하려고 해서였다. 아이의 엄마는 성이 김씨고 평양 사람이다. 아이가 젖을 떼자마자 정경부인(貞敬夫人) 권씨(權氏)가 아이를 품에 안고 길렀는데 잘 때든 먹을 때든 잠시도 아이를 떼어놓지 않았다. 아이는 부인을 어머니로 여겨서 생모가 있는 줄도 알지 못했다. 차츰 깨우치는 것이 있게 되자 매번 스스로 말하기를 "저는 평강(平康) 채홍신이란 사람입니다."라고 했다. 남들이 "너의 성이 뭐니?"라고 물으면 곧바로 대답하기를 "채권(蔡權)입니다."라고 했으니 그의 뜻은 아버지와 어머니의 성을 합쳐서 함께 가지고 싶었던 것이다. 그러니 부인이 더욱 기특하게 생각하고 사랑하였다. 아이는 머리뼈는 크고, 눈동자가 깊고도 밝았으며 목소리가 매우 힘찼다. 웃으면 두 눈썹이 서로 이어져서 사물을 보지 못하는 것 같았는데 이런 습관은 조상 때부터 그랬다고 한다. 아이가 어리기는 하나 마음속에는 지혜가 많아서 말을 꺼낼 적에는 다른 사람들은 미처 생각하지 못한 것이 있었다.

5세 때 나를 따라 명덕산(明德山)의 집에 머물러 있었는데 신발이 다 떨어져서 나가 놀 수가 없었다. 하녀가 서울로 가는 노복에게 부탁을 해서 그 상황을 부인에게 알리니 아이가 그 말을 듣자마자 말하기를 "알릴 필요가 없습니다. 저는 어머니가 수중에 돈이 떨어지면 염려하실 걸 알고 있습니다. 비록 신발이 없다 해도 저는 당연히 견딜 수가 있습니다."라고 했다. 7세 때 아버지를 보기 위해 처음으로 우거하던 노량진의 정자에서 나와 문밖에 나가 놀다가 자신의 집이 있는 방향을 잃어버리게 되었다. 좌판에서 물건을 파는 사람에게 울면서 묻기를 "우리 아버지는 병조판서와 호조판서를 역임하셨고, 머리칼이 흰데 그분의 집이 어디에 있습니까?"라고 했다. 시장 사람들이 나의 아들인 줄 알고 데리고 집으로 왔으니 아이의 언행이나 행동거지가 아버지인 나와 똑 닮았기 때문이다. 내가 유달리 사랑했기에 볼 때마다 반드시 한바탕 웃곤 했으며, 비록 하루라도 만나보지 못하게 되면 시무룩하니 무언가를 잃은 듯했다.

8살에 명덕(明德)에 있는 집에서 당진(唐疹: 홍역)으로 죽었으니 병오년 2월 17일이었다. 병이 들자 약을 권하기 위해서 내가 아이에게 필묵과 종이를 주었는데 아이가 그것을 오래도록 만지작거리다가, 부인을 쳐다보면서 말하기를 "잘 간직해 두세요. 훗날에 글씨 쓰기를 익히는 데 쓸 수 있을 겁니다."라고 했다. 병이 갈수록 악화되자 나에게 "어떻게 하면 제가 살아날 수가 있을까요?"라고 하기에, 내가 "약을 싫어하지 않으면 살아날 수가 있다."라고 대답했다. 오호! 아이가 어찌하면 살아날 수 있는지 생각해서 나에게 방법을 물었건만, 내가 매우 모진데다 또 험한 팔자여서 끝내 아이를 살려내지 못하였으니 내가 아이를 저버린 것이다. 죽은 지 이튿날에 입관을 시켰고 더디게 새벽이 오자 죽산(竹山) 율현촌(栗峴村)에 보내서 깨끗한 곳을 택해서 묻었는데, 율현은 내가 묻힐 곳으로 점찍어 놓았던 곳이다. 이후에 부자간에 놀게 되면 과연 세상에 살던 때와 같이할 수 있겠는가, 그러지 못하겠는가.
아이는《당음소시(唐音小詩)》를 배워서 거의 반 권이나 읽었었다.
그런 까닭으로 내가 준 책과 필묵과 종이를 관에 넣어서 갔으니
그 일이 아주 서글펐다. 4일이 지난 을미일에 아버지인 67세 늙은
이가 통곡을 하면서 이 글을 쓴다. 또한 후대 사람이 이 애를 슬프
고 불쌍히 여겨서 혹시라도 무덤을 파서 시신이 드러나게 하는 일
은 없게 하기를 바란다.[1]

〈서자 홍신의 무덤에 기록하다[庶子弘愼瘞誌]〉

서자인 두 아이도 사실 배다른 아이였다. 아이는 생모의 존재도
모를 만큼 권씨 부인 밑에서 잘 자라주었다. 누군가 성을 물으면 아
버지와 어머니의 성을 합쳐서 채권이라고 답하곤 했다. 또 5살 때엔
신발이 다 떨어져 못 신게 되었는데도 어머니가 돈이 없어 염려할
것이 걱정되어 극구 알리지 않으려 했다고 하니 그 나이답지 않은
행동이었다. 앞선 시에서는 4살 때 제 스스로 아버지를 보러갈 수 없
어서 여종에게 보채 결국 찾아가는 이야기가 나왔는데, 7살이 되어
서도 여전히 아버지와 떨어져 있는 것을 견디지 못했다. 아버지에게
가려고 혼자 집을 나섰다가 길을 잃었는데 똑 부러지게 아버지 이름
과 관직을 대고 집을 찾아내기도 했다. 그렇게 영특했던 아이만 보
면 저절로 슬금슬금 웃음이 나왔고, 하루라도 보지 못하면 병이 날
지경이었다. 그랬던 아이가 8살에 홍역에 걸려 세상을 떴다. 아이의
관에 그가 아껴 두었던 종이와 절반쯤 읽었던《당음소시》, 필묵 등을

함께 넣어주었다. 저승에서라도 외롭지 않기를 바라는 마음에서였다. 가장 늦게 얻었으나 가장 먼저 떠나보낸 그 아이는 더 이상 아버지를 찾아오지 못했다.

천상에 어울리는 마음을 가졌던 채홍근

홍근은 겨우 나이 여섯 살이나	謹也纔六歲
벌써 아버지를 사랑할 수 있었네.	已能愛其父
아비와 떨어진 지 닷새도 안 돼	離父未五日
얼마나 울었는지 알 수가 없네.	啼泣不知數
노새 새끼 한 마리 빌려서 타고	借騎一驢兒
동쪽으로 15리쯤 나오게 됐네.	東出十五里
약한 허리 안장을 버틸 만했으니	弱腰能勝鞍
또한 기이한 일이 될 만하였네.	亦足爲奇事
소매 속에 밤을 잘 간직했다가	勤護袖中栗
무릎 꿇고 내 앞에 밤을 올리고	跪膝獻我前
펄쩍펄쩍 뛰면서 방 안 보다가	踴躍覽室宇
뜰 내려와 달려가다 또 넘어졌네.	下堦走且顚
편편한 돌을 이미 더듬고 나서	盤石旣自探
연못을 차례대로 돌아다니며	蓮塘次第巡

뚜렷하게 옛 이름 기억을 하고	歷歷記舊名
재잘재잘 지난 해 일도 얘기하니	喃喃話前年
귀하고 천함 비록 다르다 하나	貴賤雖云異
지극한 애정은 어찌 간격 있겠나.	至情何間焉
네가 이 세상에 나면서부터	自汝墮地來
엄마 품 떠난 것이 오늘 밤 처음이니	離母始今夕
삼가서 한밤중에 울지 말거라.	愼勿夜中泣
아비 곁이 어미 곁보다 나을 터이니.	父側勝母側

〈홍근이 온 것이 기뻐서[喜弘謹至]〉

56살에 어렵게 얻은 귀하고 귀한 아들이다. 비록 측실에게 난 자식이었지만 너무나도 소중한 핏줄이었다. 아버지와 떨어진 지 닷새도 안 되어 보고 싶다며 얼마나 울고 보챘으면 고작 6살 어린 아이를 노새에 태워 보냈을까? 아버지에게 주려고 챙겨온 밤을 오자마자 건네주고는 천방지축 이곳저곳을 돌아다니며 아는 척을 하는 걸 보니, 아마도 이런 일이 자주 있었던 모양이다. 반갑긴 하지만 오늘이 제 엄마 품을 떠난 첫날이라 행여나 저녁에 엄마 생각이 나서 울지나 않을까 걱정이 된다. 부자간의 두터운 정이 물씬 느껴지는 작품이다. 이때만 해도 그의 곁에는 아들 홍원과 홍근, 홍신이 함께하고 있었다.

…… 나는 내가 죽은 뒤에는 네가 생계를 꾸려갈 수 없을 것이라

생각하여 일찍이 한 해에 백 섬쯤 걷을 수 있는 홍주(洪州)의 전지(田地)와 장원(莊園) 땅을 문서로 만들어 너에게 주었다. 그랬더니 네가 가만히 어머니에게 말하기를 "아버지의 은혜가 지극하십니다. 다만 생각건대 훗날 맏형의 집안 형편을 보존하기 어려움이 반드시 오늘날과 같지 못하다면 남들이 장차 아버지가 서자를 편애해서 이렇게 못 살게 되었다고 할 것입니다. 만약 이리 된다면 저 때문에 아버지에게 누를 끼치게 될 것이니 제가 어떻게 밥을 편안히 먹으며 살아갈 수 있겠습니까. 지금은 비록 감히 사양하지는 않았지만 뒷날에는 반드시 이 땅을 맏형에게 돌려주려고 하니 어머니께서 이 땅 문서를 간직해두시길 원합니다."라고 했다. …… 작년 섣달에 네 맏형이 응제하라는 명령을 받고 새벽에 대궐로 나아갔을 때 너는 뒤따라 나가 온종일 금문 옆에서 기다렸었다. 해가 지고 네 형이 과거에 급제했다는 이름이 밖에서 들리니, 마침내 말고삐를 잡고 채찍질하여 길에 층층이 언 얼음을 뛰어넘고 신발이 중문에 닿기도 전에 큰 소리로 부르짖어 말하기를 "형님이 과거에 합격했습니다."라고 했다. 나는 놀라고 기뻐하다 잠시 후 안정을 찾고 너에게 이르기를 "경사스러운 일을 알리는 것이 비록 급하기는 하나, 깜깜한 밤에 말을 달려서 오다가 만약에 말이 넘어지기라도 한다면 어찌 다리와 팔이 부러지지 않을 수 있겠는가?"라고 하니, 네가 "기뻐서 견딜 수가 없어 팔이 부러지고 다리가 부러지고 하는 것을 스스로 돌볼 겨를이 없었습니다."라고 대답했다. ……[2]

〈죽은 서자 홍근에 대한 제문[祭亡庶子弘謹文]〉

아이는 특히 큰 글씨를 잘 썼고, 시·서·화에 모두 능해 삼절(三絶)이라 일컬어졌다. 게다가 품성 또한 남달랐음을 위의 글에서 확인할 수 있다. 홍주에 있는 땅을 제 몫으로 챙겨 문서를 만들어 주었더니, 훗날 적자인 형이 어렵게 되면 챙겨주라며 굳이 사양하고 문서를 어머니에게 맡겼다. 또 형의 급제 소식을 마치 제 일처럼 기뻐하며 한밤중에 험한 길을 달려와 전했다고 하니, 두 이야기 모두 적서의 갈등을 찾아볼 수 없는 아름다운 미담이다. 채제공은 세상에서 욕심이 많은 사람은 오래 살고, 욕심이 없는 사람은 일찍 죽는다면서 아이에게 불길한 일이 닥칠까 근심했다. 아이답지 않은 너그러운 마음씨가 세상보다 천상에 더 어울렸던 탓일까. 아버지의 불길한 예감은 적중했고 결국 짧은 삶을 살고 세상을 떠났다.

유세차('이 해의 차례는'이라는 뜻으로 제문 첫머리에 관용적으로 쓰는 말) 계축 삼월 초구일 임인에 아비는 서울 미동에 있는 본가에 있었다. 눈물로 몇 줄의 글을 갖추어 아들 홍원에게 주고 채로헌으로 가서 죽은 서자의 영령에게 글을 읽어 알린다. 아! 오늘이 바로 네가 죽은 날이다. 네가 죽고 처음에 내 마음은 살아서 먹고 숨 쉬고 싶지 않았다. 아침에서 저녁이 되고 어제에서 오늘이 되자 편안하고 즐겁게 여겨지고, 흰 머리 늙은이인데도 아무 병이 없구나. 한 해 동안에 하고많은 세상의 일을 경험하였고 앉아서 너의 죽음을 보았던 날이 서서히 돌아오게 되었는데, 내가 정말 너를 잊고서 그렇게 하는 것이겠는가. 잊어버리는 것은 내가 원하는 것이나 겨

우 잊어버리고자 하면 너의 몸이 벌써 내 앞에 서있고 네 목소리
는 벌써 내 귀에까지 들렸으니, 잊고자 함에 뜻을 두어도 마침내
너를 잊지 못하게 함을 도와 이루는구나. 내가 장차 어떻게 이러한
것을 처리할 수가 있겠는가. 섣달 그믐날 밤 꿈속에서 네가 웃으
며 말하는 모습과 와서 날 시중드는 것이 이전과 다름이 없었다.
나는 그 꿈에서 깨어나 너무 슬퍼 그대로 누운 채 베개 위에서 시
를 짓기를 "책을 쌓은 시렁은 스산하고 붓과 안석은 넘어졌으니,
세상에서 부자 사이 인연이 짧았구나. 세상에서 어떤 날에 다시
한번 만나게 되랴. 너 죽은 지 이제 곧 2년이 되어가네. 지하에서
도 세월을 기억하고 있었는지 꿈속에서도 찾아와 말하고 웃으니
가련해 견딜 수 없다. 기력 쇠해 청산의 흙에 가서 울지 못하니 내
한을 응당 너의 외숙에게 전하리라."라고 했다. 아! 네가 죽어서 영
면에 들어서도 성품에 뿌리박힌 효성으로 나를 잊지 못하는 것을
이와 같이 하는데도 나는 도리어 널 잊는 것으로 자신을 보호하는
묘책으로 삼고 있으니, 나는 진실로 잔인한 사람일 것이다. ……[3]

〈홍근의 소상 때 지은 제문[祭弘謹小祥文]〉

아이가 떠나고 1년의 세월은 살아있어도 살아있는 시간이 아니
었다. 어떻게 버티었는지 기억도 나지 않지만 야속한 세월은 어쨌든
그럭저럭 흘러가기는 했다. 하지만 수시로 직접 마주하고 있거나 목
소리가 들리는 듯한 착각에 빠지기도 했다. 잊으려 하면 더욱더 기
억이 선명해졌고, 그 잊으려는 마음조차 잊지 않으면 견딜 수가 없

그렇게 아버지가 된다

나의 정신은 이미 거칠어지고
나의 창자는 이미 좀먹어 가고 있기에
말을 문장으로 만들 수가 없다.

었다. 꿈에서라도 보길 바랐지만 막상 꿈에 나타나기라도 하는 날엔 그리움에 생병이 날 지경이었다. 자식의 상실은 세월이 지난다고 아픔이 경감되거나 잊히는 것이 아니다. 부모가 세상을 떠나는 순간까지 아물지 않는 상처로 남을 뿐이다.

계축년 4월 10일, 늙은 아비는 수원의 유영(留營)에서 휴가를 받아 죽주(竹州)의 남산촌(南山村)에 있는 부모님 묘소에 성묘를 하고, 길을 달리해 율현(栗峴)으로 가서 떡과 술, 과실과 고기를 가지고 통곡을 하며 슬픈 마음을 서자 홍근의 묘소에 쏟아놓는다.

아! 내가 작년 3월 이후로 정신이 흐릿하여 멍청한 사람처럼 네가 있는 곳을 알지 못했다가 이제 와서 보니 네가 여기에 묻혀있구나. 아! 네가 묻힌 곳에 내가 찾아왔는데 너는 어찌 펄쩍 뛰며 기뻐하면서 홍신과 함께 나를 말 머리에서 맞아주지도 않고 풀이 무성한 한 줌의 흙 속에서 무심하게도 움직이지도 않는가. 이미 네가 있는 곳을 알고 있는데도 끝내 너의 얼굴을 볼 수가 없으니 도리어 이전에 네가 묻혀 있는 곳을 알지 못했던 것이 나을 듯하구나. 그러니 내가 어떻게 견딜 수가 있겠는가, 내가 어떻게 견딜 수가 있겠는가. 나의 정신은 이미 거칠어지고 나의 창자는 이미 좀먹어 가고 있기에 말을 문장으로 만들 수가 없다. 정은 한 잔 술에 있고 마음을 두서너 줄로 드러내니 네가 반드시 나의 마음을 위로하고 싶다면 눈물을 거두고 이 잔을 받아야 할 것이다.[6]

〈홍근의 무덤에서 읽을 제문[祭弘謹墓文]〉

그렇게 아버지가 된다

〈등연적봉기(登硯滴峯記)〉, 〈유칠장사기(遊七長寺記)〉, 〈회룡사관폭기(回龍寺觀瀑記)〉 등에 의하면 홍근은 어디를 가든 항상 데리고 다니던 아이였다고 한다. 그런데 이제는 어디에서도 만날 수가 없다. 그동안 차마 아이의 무덤을 볼 수 없는 마음에 소상 때까지 무덤을 찾지 못했었고, 차마 가보지 않고는 견딜 수 없는 마음에 결국은 이렇게 아이의 무덤 앞에 서게 됐다. 아이의 무덤과 마주하는 순간 아이의 죽음은 현실이 되고 통곡이 저절로 흘러나온다. "네가 여기에 있었구나.[汝在]"라는 두 번의 탄식은 그래서 더욱 안타깝다. 너는 여기에 있으나 여기에 없다는 것은 인정하기 힘든 죽음을 인정할 수밖에 없는 슬픈 의식이었다. 아이의 무덤 앞에서 쓴 제문은 짧을 수밖에 없다. 도대체 어떤 말을 하고 어떤 글을 써야 한단 말인가.

가슴으로 낳은 아들, 채홍원

가까운 이별도 너무나 그리워지는데	近別已戀戀
멀리 이별하게 되면 늘 생각나네.	遠別長懸懸
나 늙어버렸는데 너만 있으니	吾老只有汝
우리 가문 너에게 의지해 전하리.	門戶憑汝傳
조상 업적 잇는 것은 네 문장 원하였고	繩祖願汝文
부모 이름 드러냄은 네 현명함 기원했네.	顯親祈汝賢

이별할 때에 가르치는 훈계 있으니	別時有敎誡
스스로 잊지 말아야 할 것이다.	能自不忘旃
먼 연나라 달이 세 번 초승달 되어야만	遼燕月三弦
사신의 수레가 그제야 돌아오겠다 말했지.	使車始言還
말 위에서 갑자기 꾸었던 꿈에	馬上忽焉夢
네가 와서 내 앞에 있더구나.	汝來在我前
모든 집안 평안하다 말을 하면서	爲言盡室安
기뻐서 웃는 몸가짐도 허물되지 않았네.	歡笑儀不愆
어느 날에 돌아와서 널 가르쳐	何當歸敎汝
네가 경서 전공케 할 수 있을까.	俾汝一經專

〈아침에 양수하의 가게를 떠났다. 가는 길이 십 수 리가 될 만하니 가마 속에서 잠시
잠이 들었다. 꿈에 아들 홍원을 보았다.(을묘에 날씨가 개었는데 동관역에서 잤다)

[朝發兩水河店 行可十數里 轎中乍睡 夢見兒子弘遠(乙卯 晴 宿東關驛)]〉

채제공은 두 부인에게 자식이 없자 백종조(伯從祖) 명윤(明胤)의
손자이자 현감(縣監) 민공(敏恭)의 아들인 채홍원을 양자로 삼는다.
홍근, 홍신을 얻은 것은 말년의 일이었다. 그러나 그의 곁을 지킨 자
식은 채홍원이 유일했다. 채제공은 아들인 그에게 여러 편의 시를
남겼는데, 이 작품은 분명치 않지만 채제공이 사신으로 갈 때 준 것
으로 보인다. 자식에 대한 그리움이 주된 정조를 이루고 있지만 가
문의 대를 훌륭하게 이어주길 바라는 마음도 담고 있다.

채홍원은 몰년조차 분명치 않다. 노론의 고문으로 죽었다고도

하나 또한 확실치 않다. 그러나 아버지 사후에 모진 세월을 겪었던 것만은 사실로 보인다. 식년문과에 급제하고 이조참의를 거쳐 1797년에 승지가 되었으나, 1801년 수렴청정을 하게 된 대왕대비 정순왕후 김씨에 의해 파직돼 귀양 간 기록이 남아있기 때문이다. 그는 특히 다산과 친했던 사이여서 다산의 문집에는 그에 관한 여러 편의 시와 편지가 남아있다.

정조는 채제공의 뇌문을 지으면서 "친히 뇌문을 지으니 오백여 마디의 말일세. 평소의 일을 두루 서술하니 나의 글에 부끄러움이 없네. 아들 홍원에게 이르노니 선친을 더럽히지 말고 한결같이 따를지어다.[親製誄文 五百餘言 歷鋪平素 予筆無愧 寄語弘遠 毋忝毋貳.]"라고 했다. 그가 정조의 바람처럼 아버지의 유지를 잘 받든 훌륭한 인물로 살았는지 평가를 내리기는 쉽지 않지만, 아버지에게 누를 끼칠 만한 일을 하지 않았던 것만은 분명해 보인다.

떠나간 아들, 남은 아들

제 핏줄은 서자가 되고 양자는 적자가 되는 얄궂은 운명이었다. 서자인 두 아들도 배다른 자식이었다. 채홍신은 8살에 세상을 떴고, 채홍근은 18살에 세상을 떴다. 유독 아버지를 따랐던 홍신은 막내였지만 가장 일찍 세상을 뜨고 말았다. 자식의 성장은 불화와 충돌을 동반한다. 자의식이 커질수록 부모의 품에서 벗어나려 하기 때문이다. 그러나 8살은 부모와 가장 예쁜 기억들만 공유하는 꽃 같은 나이다. 성장 불화나 충돌이라고 하기에는 너무도 미미한 갈등만 있었을 것이다. 갈등조차도 너그럽게 보면 아이의 귀여움에 불과한 것들이다.

채홍근의 죽음은 애달프고 아팠다. 어디에 가든 늘 함께했던 소중한 아들이 허망하게 떠났다. 채제공은 소상이 될 때까지 아이의 무덤을 찾지 못했다. 그것이라도 보고픈 마음과 차마 볼 수 없는 마음이 꽤 오랜 시간 그를 망설이게 했다. 아이가 누운 그 자리에 가면 아이를 보는 것 같겠지만, 아이가 누워있는 자리를 보는 것은 아이의 죽음을 인정해야 함을 의미하기도 한다. 그는 소상이 지나서야 아들 무덤 앞에서 짧은 제문을 지었다. 대단한 문장가인 그에게도 쉽지 않은 글이었으리라.

양자였던 채홍원과의 사이는 매우 원만해서 그에게 여러 편의 시를 남겼다. 제 핏줄은 모두 세상을 떴지만 마음으로 키운 자식은 남았다. 어쨌든 채홍원은 적자였다. 적자와 서자의 관계는 아주 돈독해서 홍원과 홍근은 남다른 우애를 자랑했었다. 누구의 핏줄이든 자신의 대를 잇는 자식이 있다는 것은 그에게 적지 않은 위로가 되었을 것이다. 가족이란 것을 꼭 유전적인 것에 국한할 수는 없지 않을까. 세 아들이 있었다. 둘은 오랜 시간 함께하지 못하고 세상을 떴지만 머무는 시간 동안 큰 행복을 주었고, 나머지 하나는 내 핏줄은 아니었지만 끝까지 듬직하게 아비 곁을 지켜주었다. 서자든 적자든 양자든 모두 아들이고 가족이었다.

두 개의 구슬은
어디로
흩어졌을까

이하곤

굴욕과 굶주림과 추운 길을 걸어

내가 왔다.

아버지가 왔다.

아니 십구 문 반의 신발이 왔다.

아니 지상에는

아버지라는 어설픈 것이

존재한다.

— 박목월 〈가정〉 중에서

두 개의 구슬을 가지고 노는 듯이

이하곤(李夏坤, 1677~1724)은 유별난 장서가로 알려져있다. 원하는 책이 있으면 옷을 벗어주고서라도 구입해서 수집한 책들을 개인 서고인 완위각(宛委閣)에 간직했다. 완위각은 만 권 이상의 장서가 수장되어 있다 하여 만권루(萬卷樓)라 부르기도 했다. 완위각은 조선 후기 4대 장서각으로 현재 충청북도 진천군에 터가 아직까지 남아있다. 이하곤은 학문과 서화에 조예가 깊었으며, 문집으로는 《두타초(頭陀草)》가 남아있다.

> 2년 뒤 임오년(1702)에 네 동생 봉석(鳳錫)이 태어났다. 그해 겨울 네 엄마가 너희들을 데리고 회천(懷川) 외가에 갔다가, 계미년 봄이 되어서야 처음으로 금계(金溪: 지금의 충청북도 진천)의 집에서 온 가족이 모였다. 그때 봉석은 벌써 상을 짚고 일어설 정도로 의기가 어엿했고, 너는 말씨나 몸가짐이 더욱 어여쁘고 사랑스러웠으니, 우리는 마치 두 개의 구슬이 앞에 있는 듯 하루 종일 너희들과 놀았단다. 네 엄마는 늘 말했었지. "봉혜 같은 딸이 있고 봉석 같은 아들이 있으니 저는 세상 남부럽지 않습니다."[1]
>
> 〈봉혜를 곡하며[哭鳳惠文]〉

족보에는 2남 3녀만 기록되어 있으나 그 외에 두 명의 아이가 더 있었으니, 바로 이봉석(李鳳錫, 1702~1704)과 이봉혜(李鳳惠, 1700~1706)다. 위의 글은 1703년의 풍경으로, 당시 봉석은 막 걸음마를 뗀 두 살배기였고 봉혜는 말을 시작하는 네 살 무렵이었다. 사이 좋게 딸 하나 아들 하나, 무엇도 부럽지 않은 행복이었다. 지나고 생각해보면 행복이란 다름 아닌 일상의 소소한 기억들이다. 특별하게 기억될 것도 없는 평범한 일들이 나중에 눈물겹게 그리운 법이다. 아무것도 아니고 아무 일도 벌어지지 않은 그 시간들이야 말로 행복의 다른 이름은 아닐까. 하지만 그런 시간들은 모르는 사이 손가락 틈 사이로 빠져 흩어지는 모래알 같다.

위에서는 드러나지 않지만 생략된 부분에는 두 아이가 세 고모의 틈에서 사랑을 담뿍 받으며 노는 장면이 인상적으로 그려져있다. 달 밝은 밤이나 꽃 피는 아침이면 산에 오르거나 시냇가에 나갔고, 평대를 거닐기도 하고 작은 배를 젓기도 했으며, 투호를 하거나 바둑을 두기도 하고, 술을 마시며 노래를 부르기도 했다.[2] 그렇게 영원할 것 같던 행복은 채 2년이 지나지 않아 불행으로 바뀌어 가족들을 집어삼키기 시작했다.

행복한 시간은 왜 이다지도 짧더란 말인가

봉석이 죽은 지도 벌써 사흘째가 되는 날, 아비인 학림(鷄林) 이하

그렇게 아버지가 된다

곤(李夏坤)이 눈물을 흘리며 말한다.

내가 어찌 차마 너의 묘지명을 쓸 수 있단 말인가. 내가 어찌 너의 묘지명을 쓸 수 있단 말인가. 내 나이 26살에 처음 너를 낳았는데 너는 태어나 남다른 자질이 있었고, 올해 갑신년(1704) 지금 네 나이가 겨우 세 살인 데도 점잖고 듬직해서 흡사 어른과 같았다. 부모가 가르치면 너는 반드시 성의를 다하여 받아들였다. 내가 일찍이 네가 하는 짓이 기특하여 네 엄마에게 말했더니 네 엄마도, "낳은 자식이 이 애와 같다면야 비록 사내아이 하나만 있다 해도 충분할 겁니다."라고 했다.

어찌 다만 부모의 마음만 그렇게 여겼겠는가. 남들도 너를 원대한 그릇으로 여기지 않는 이가 없었고, 나를 너 같은 아이를 둔 사람으로 여겼으니 너의 사람됨이 어떠한지 알 수가 있다. 5월에 너를 데리고 아버지를 따라 강화도로 오게 됐는데, 바다 섬의 기후가 육지와 어긋난 데다가 올 여름의 혹독한 더위 또한 사람이 견딜 수 있는 것이 아니었다. 네가 설사병으로 한 달 남짓 되는 시간 동안 수척해지면서 내 근심은 깊어졌다. 8월에 내가 시험에 관한 어떤 일로 서울에 갔다가 9월에 돌아와서 너를 살펴보았더니, 정신과 몸이 온전하고 살이 올라 애초에 병을 앓지 않았던 사람과 같았다. 쉽게 건강을 회복한 것을 매우 기뻐했는데, 22일에 갑작스레 풍휵증을 앓으면서 밤을 새워도 손을 쓸 수 없었다.

아! 네가 어찌 일찍 요절해야만 하느냐. 이것은 아비인 내가 몸에 악행을 쌓아 하늘에 죄를 짓게 되자 나를 죽이지 않고 도리어 아들인 너를 죽여 살아있는 나에게 끝없는 고통을 끌어안게 하기 위함일 것이다. 아! 어떻게 슬픔을 참을 수 있겠는가. 같은 달 아무 날짜에 양지의 신창리(新倉里)에 있는 내 어머니의 묘 옆에다 무덤을 쓰고자 하는 것은 너의 혼백으로 하여금 의지해서 돌아갈 곳이 있게 하려고 해서다. 명에 이른다.

　내가 이 글을 써서 너를 매장한 곳에 함께 묻노니 너를 찾아오는 자들이 나의 슬픔을 알 수 있게 하기 위해서다.[3]

<죽은 아이 봉석에 대한 광명[亡兒鳳錫壙銘]>

　1702년 이하곤의 나이 26살에 이봉석을 낳고, 1704년 아버지 이인엽(李寅燁)이 강화유수로 임지에 갈 때 아들 봉석을 데리고 강화도로 따라갔다. 강화도에 온 지 얼마 되지 않아 설사병이 시작되었는데, 조금 차도가 있나 싶다가 갑자기 풍흉(風搐: 신생아에게 생기는 파상품으로 다른 말로 제풍(臍風)이라고도 함)이 빌미가 되어 손 한번 제대로 못 쓰고 급작스럽게 아이를 잃고 말았다. 아이의 죽음은 아버지인 자신을 자책하기에 충분했다. 하필이면 왜 아이를 강화도로 데려왔을까? 좀 더 적극적으로 치료했다면 낫지 않았을까? 그러다가 종국에는 자신의 악행이 쌓여 하늘이 내린 벌이 분명하다고 단정 짓는다. 그나마 자신의 어머니 무덤 옆에 아이의 무덤을 쓰는 것으로 위안을 삼으려 했다. 그렇게 하면 할머니 옆에서 조금이나마 덜 외롭지 않을까, 아비로서 해줄 수 있는 게 그것밖에 없었다.

[5]

네 어머니 자리보존 하고 있으면서	汝母長在床
눈물은 도무지 마르질 않네.	淚眼曾未乾
황량한 산속에서 눈보라 칠 때	荒山風雪中
너의 뼈는 어찌 그리 춥지 않으랴.	汝骨寧不寒
잊으려 해도 그렇게 할 수 없으니,	欲忘情未能
혼자서 나의 애만 끊어지누나.	獨自摧我肝

〈죽은 아이 봉석을 애도하며[悼亡兒鳳錫]〉(이하 같은 시)

　　〈죽은 아이 봉석을 애도하며[悼亡兒鳳錫]〉는 14수의 연작시로 구성되어 있다. 7언 율시 1편, 7언 절구 1편, 5언 6구 12편으로 형식도 제각각이니 이하곤의 황망한 마음을 그대로 반영한다. 아이를 묻고 왔을 때의 끔찍한 심정은 박완서의 《한 말씀만 하소서》의 한 구절로 짐작해 볼 수 있다. "내 아들은 지금 어떤 모습으로 땅속에 누워 있는 것일까? 내 아들이 어두운 땅속에 누워 있다는 걸 내가 믿어야 하다니. 발작적인 설움이 복받쳤다. 나는 내 정신이 미치기 직전까지 곧장 돌진해 들어갔다가 어떤 강인한 저지선에 부딪쳐 몸부림치는 걸 여실하게 느낀다. 그 저지선을 느낄 수 없어야 미칠 수 있는 건데 그게 안 된다."⁴ 게다가 추운 겨울날 아이를 묻고 돌아왔다. 그 기막힌 현실을 인정하는 것이 여간 어려운 일이 아니었다. 뼈에 사무치는 아픔이었다. 그래서 실을 뽑듯 계속해서 슬픈 감정에 사로잡혀있었다. 힘든 모습을 남에게 보여주기 싫어 억지로 웃음이라도 지을라

치면 남들은 속도 모르고 통달한 사람이라며 추켜세우곤 했다.[5]

[8]

하얀 얼굴 잘생긴 눈썹과 눈이	白晳好眉眼
눈에 선하여 어찌 잊을 수 있나.	宛宛豈可忘
네 동생이 와서 옷자락 끌면	汝妹來牽衣
네가 옆에 있는 줄 알게 되었네.	翻疑汝在傍
죽지 않았을 때 생각하노니	沉思未死時
어찌 다시 창자가 남아날는지.	那復有寸腸

[10]

높은 숲 아래에서 밤을 땄었고,	摘栗高林下
맑은 못물 가에서 거북 놔줬네.	放龜淸池畔
부자간에 서로가 부둥켜안았으니,	翁兒相抱持
즐거워서 밥 생각 몇 번이나 잊었던가.	此樂幾忘飯
갈수록 벌써 묵은 자취 됐으니,	冉冉跡已陳
서재에서 어찌 차마 볼 수 있으랴.	西齋那忍看

생시의 모습과 기억은 자꾸만 떠올라 살아있는 사람을 힘겹게 만든다. 더 이상 볼 수 없고 더 이상 만들 수 없는 기억들은 살아있는 사람을 자꾸만 생시의 시간에 멈춰있게 한다. 발작적인 아픔이 몰려온다. 괜찮은가 싶다가도 끊임없이 처음 그만큼의 고통으로 괴

그렇게 아버지가 된다

롭다. 빼어난 용모를 지녔던 아이가 그 모습 그대로 당장 눈앞에 나타날 것만 같다. 아이는 말도 채 배우지 못했었지만 아버지 글 읽는 소리를 흉내 내곤 해서 웃음을 터뜨리게 했다. 그때 읽던 책들은 오랫동안 아무렇게나 흐트러져있다.[6] 그렇게 죽은 아이 생각에 정신이 나가 있을 때 봉석의 동생이 아버지 옷자락을 끈다. 봉석인가 싶어 흠칫 놀랐다가 이내 정신을 차린다. 동생인 이석표(李錫杓, 1704~?)[7]는 봉석이 죽은 그해에 태어나 무사히 성장해서 아버지의 행장을 쓰고 시문을 수습했다.

옷자란 나무 아래서는 밤을 땄고, 못물 가에서는 거북을 놓아주었다. 부자간에 너무 좋아서 부둥켜안고 즐거워하느라 밥때를 넘긴 적이 한두 번이 아니었다. 아직도 나무와 못물은 그대로인데 함께 놀던 아이만 이 세상에서 사라지고 없다. 아이가 있던 서재에서는 그곳의 자취들이 훤히 보이는 탓에 그쪽으로는 차마 눈 돌릴 용기가 없다.

또 다른 아픔의 시작

이듬해 갑신년(1704)에 아버지께서 강화유수로 부임하시어, 나와 너희들은 모두 따라갔었지. 그런데 가을에 봉석이 갑자기 찬바람을 맞고 앓다가 죽고 말았다. 부모의 참혹한 심정이야 원래 말로 할 수 없다지만, 너 역시 큰 슬픔에 잠겨 매번 말하곤 했다.

"아아 봉석아, 너는 어찌하여 부모님의 사랑을 버리고 죽었니? 너는 왜 혼자 무서움도 없이 빈산에 버려져있니?"

그 말이 처절해서 차마 들을 수가 없었다. 너는 또 부모가 지나치게 슬퍼할까 걱정하여 좋은 말로 위로하고, 또 재롱을 떨며 우리가 한 번이라도 웃는 것을 보려고 애썼지. 우리는 세상을 떠난 봉석이 생각에 견딜 수 없었지만 그래도 네가 온갖 정성과 효도를 다하는 까닭에 조금이라도 슬픈 마음을 달랠 수 있었건만, 이렇게 하루아침에 너마저 우리를 버리고 떠나갈 줄을 누가 알았겠느냐? 아아, 예전에 네가 봉석을 원망했었는데, 우리가 또 너를 원망하게 되었구나. 너는 이를 아느냐, 모르느냐? 아아 가슴이 아프다, 가슴이 아프구나.[8]

〈봉혜를 곡하며[哭鳳惠文]〉 (이하 같은 시)

봉석이 세상을 뜨면서부터 가족들은 그 아픔을 온몸으로 견뎌내야만 했다. 봉석이가 죽었을 때 봉혜는 고작 5살이었다. 아이는 아이답지 않은 소리로 동생을 잃은 슬픔을 이야기했고, 어떻게든 집안의 분위기를 돌려보려고 애를 썼다. 어린 나이라 뚜렷하게 알 수는 없었겠지만, 집안을 짓누르는 무거운 분위기를 감당하기도 쉽지 않았을 것이다. 그럼에도 불구하고 도리어 어른들에게 위로하는 말을 건네고 재롱을 떨었으니 그 배려 깊은 마음 씀씀이가 부모를 위로하기에 충분했다. 봉석이가 죽고 엄마가 빨리 죽고 싶다는 말을 하자,

"엄마 죽지 마셔요. 엄마는 저를 엄마 없는 아이로 만들지 마세요."라며 엄마를 달래고, 엄마를 도와 집안 살림까지 곧잘 거들곤 했다. 길쌈과 바느질은 물론 음식까지 만들었다. 할아버지에 대한 정도 각별해서 신선한 과일이나 물고기를 볼 때마다 갖다드리고 싶다고 입버릇처럼 말하던 속 깊은 아이였다. 엄마가 그 이유를 물으면 "할아버지의 수염과 머리가 이미 하얗게 변해서 불쌍해서 그래요."라고 대답했으니 듣는 사람들이 모두 기특하게 여겼다.' 그런 딸아이가 세상을 떠났다. 이 아이에게 도대체 무슨 일이 생겼던 것일까?

마침 이 해에 서울 근방은 마마가 크게 유행했다. 그래서 나는 '네가 아직 병에 걸리지 않았으니 멀리 시골로 피하는 게 좋을 듯하다'고 생각하여 마침내 너를 데리고 길을 떠났지. 죽산(竹山)의 가섭리(迦葉里)에 도착했는데 그날은 바람이 크게 불어 추웠단다. 네가 수레 안에서 나왔을 때 안색이 언 배와 같더니 잔뜩 얼어붙어 한참 동안이나 말을 하지 못했단다. 네 엄마가 급히 술을 입에 떠 넣고 화로를 피워 네 몸을 데워주자 차츰 얼굴색이 돌아오고 말도 하게 되었단다.

이튿날 새벽 네가 배앓이를 하며 토했지만, 나는 찬바람을 맞아 그런 것이니 크게 걱정할 일이 아니라고 여겨 오래 머물지 않고 길을 떠났다. 식송촌(植松村)에서 점심을 먹을 때 네가 또 토하는데 얼굴을 보니 정신이 쏙 빠진 듯 하고, 얼굴빛이 사색이 되어 있었다. 나는 두려움에 젖어 급히 수레를 몰았고 운정(雲亭)에 도착했을 때는 이미 밤이 깊어있었다. 몇 가지 약을 먹여보았지만 듣지 않았고, 이틀이 지나자 마마 자국이 나타나기 시작했지. 의원 유상을 불러 진맥하게 했더니, "피가 요도를 따라 흐르니 유부(俞跗)나 편작(扁鵲)이 오더라도 어쩔 수가 없게 되었습니다."라고 하더구나.

너는 과연 8일이나 일어나지 못했고, 10월 그믐날 아침부터 저녁까지 수십 번이나 설사를 하고 배가 북처럼 부풀러 올랐으며, 숨소리가 빨라져서 쇠를 긁는 듯했다. 나는 네 발을 안고 앉았고, 네 엄마는 내 곁에 앉았지. 이때 등불은 밝게 빛나고 바람은 요란하게 문풍지를 흔드는데, 우리 부부는 그저 눈물만 흘리면서 서로를 바라볼 뿐이었다. 너는 갑자기 눈을 떠 나를 보고 몇 마디 말을 하다가 곧 목이 메어 그만두었는데, 마치 부모와 영결하는 말을 하는 듯했단다. 이때 네 부모의 마음이 어떠했겠니? 아아, 가슴이 미어진다, 가슴이 미어지는구나.[10]

민간에 천연두와 관련하여 수없이 많은 금기가 있었다는 사실은 그만큼 적절한 치료 방법이 없었음을 방증한다. 천연두를 예방하는 가장 확실하고 안전한 방법은 천연두 발생 지역을 피해 다른 곳에 가 있는 피두(避痘)였다.[11] 이하곤도 서울에 천연두가 유행하자 아이를 데리고 피두 길에 올랐다. 추운 날씨에도 아이를 수레에 싣고 죽산에 내려왔지만 그날 새벽부터 아이의 상태는 이미 심상치 않았다. 이틀 동안 이러저런 약을 쓰고 여러 가지 조치를 취해봤지만 아

나는 네 발을 안고 앉았고, 네 얼굴은

이때 등불은 밝게 빛나고 바람은 흔들리고

문풍지를 흔드는데, 우리 부부는 그

눈물만 흘리면서 서로를 바라볼 뿐이었다

무런 소용이 없었고 되레 우려하던 마마 자국이 보이기 시작했다. 유 의원은 어의를 지낸 유상(柳瑺)이라는 천연두 전문 의원이었다. 유 의원은 어떠한 방법을 쓰더라도 소생시킬 수 없다며 단호하게 청천벽력과 같은 진단을 내렸다.

죽음의 과정을 담은 묘사는 그야말로 처참하고 참혹하다. 아이의 증상은 더욱더 위중해지는데 눈물을 흘리는 것 외에는 다른 도리가 없다. 아이는 세상을 뜨면서 "아버지 잘못이에요, 아버지 잘못이에요."라는 말만 되풀이 하며 숨을 거두었다. 반면, 〈망녀봉혜광지(亡女鳳惠壙誌)〉에는 봉혜가 아버지를 원망하는 말 없이 조용히 운명하는 장면만 나온다.[12] 봉혜의 죽음을 두고 이하곤은 끊임없이 자책했을 것이다. 어느 일 하나 후회되지 않는 것이 없었다. 남쪽으로 피두한 일, 찬 곳에 노출시킨 일, 적절한 치료를 하지 못한 일 등을 곱씹으며 자책과 후회를 되풀이했다.

부자의 인연으로 다시 만나리

나는 네가 세상을 떠난 뒤로 흙덩이처럼 방안에 앉아 하루 종일 벽만 바라보며 몽롱하고 멍청하고 마치 미친 듯 술에 취한 듯 있단다. 앉아서는 무슨 일을 해야 할지 모르겠고, 나가서는 어디로 가야 할지를 모르겠구나. 어쩌다 책을 펼쳐놓고 한숨을 내쉬고,

그렇게 아버지가 된다

어쩌다 밥상을 앞에 놓고 탄식하며, 더러는 그림자를 보며 중얼거리기도 한단다. 산을 보아도 네가 떠오르고, 물가에 가도 네가 떠오르고, 평대의 솔바람 소리를 들어도 네가 떠오르고, 달밤에 작은 배를 보아도 네가 떠오르니, 언제 어디서나 모두 네 생각뿐이로구나. 하지만 너의 자취는 이미 연기처럼 먼지가 되어 사라졌으니, 찾아도 보이지 않고 구해도 얻을 수가 없구나.

아, 나와 네가 아버지와 딸로 인연을 맺은 세월이 6년밖에 되지 않으니, 언제 지하에서 다시 만나볼 수 있을지 모르겠다. 그러니 지금부터 죽을 때까지 너를 그리워하고 너를 슬퍼하지 않는 날이 없을 것 같구나. 아, 이를 어찌 참아낼 수 있을까! 불가의 윤회설은 우리 유자들이 말하는 것은 아니지만, 양숙자(羊叔子)가 반지를 찾던 일[探環][13]과 방차율(房次律)이 항아리를 캐내던 일[發甕][14]은 그 일이 매우 신이하니, 과연 전하는 말과 같다면 그러한 이치가 없다고만은 할 수 없을 것이다. 나는 이제부터 다시 태어날 때마다 너와 다시 부자가 되어 금생에서 다하지 못한 인연을 잇고 끝없는 슬픔을 조금이라도 위로 받을 수 있기만을 바란다. 아 슬프다, 아 슬프다![15]

아들을 잃은 지 2년 만에 다시 딸을 잃고 말았다. 아무 일도 손에 잡히지 않고 어떻게 마음을 잡아야 할 지 모르는 고문 같은 시간들의 연속이다. 유자로서는 믿을 수 없는 내세를 기약할 정도라니, 그렇게라도 하지 않으면 도무지 견딜 수 없어서였을 것이다. 이 제

문은 자식을 대상으로 한 제문 중에서도 명편에 속한다. 도에 넘치
게 감정을 내비치는 것이 흠이라고 볼 수도 있겠지만, 감정을 절제
하고 휘둘러 표현한 작품보다 더 애절하고 자연스럽다. 놓지 않고
항상 손에 쥐고 놀던 두 개의 구슬들은 어디로 사라진 것일까?

초목 사이 가려진 외롭게 놓인 무덤	晻翳孤墳草樹邊
해질녘 지팡이 짚고 홀로 눈물 글썽대네.	斜陽拄杖獨潸然
쓸쓸한 건 가을이 슬퍼서가 아니니	蕭條不是悲秋意
취한 듯 미친 듯 벌써 한 해 지났구나.	如醉如癡已一年

〈죽은 딸의 무덤을 살펴보고 서글픈 마음에[省亡女墳愴懷]〉

아이는 종종 꿈속에 나타나 《금강경》의 게송을 읊고있었는데,
마치 아비의 사무치는 아픔을 위로하는 것만 같았다.[16] 해질녘 아이
의 무덤 앞에 서서 한참 동안 눈물을 흘리는데 차가운 가을바람에
더욱 서럽고 쓸쓸해진다. 생각해보면 아이를 잃은 그 해를 어떻게
견디었는지 자신도 알 수가 없다. 맨정신으로는 도저히 견딜 수 없
는 시간들을 마치 술에 취한 듯 미친 듯 그렇게 흘러왔다. 그는 이십
대의 어린 아버지가 감당하기 어려운 아픔을 두 번이나 겪었다. 본
인의 선악과는 인과관계가 없는 이 운명적 불행은 원망할 대상도 하
나 없이 오롯이 혼자 견뎌내야 할 일인용의 고통이었다.

그렇게 아버지가 된다

그래도 삶은 살아가야 하는 일

부모가 자식의 제문과 묘지명을 짓는 것은 차마 할 수 없는 일이다. 어쩌면 글을 쓰면서 몇 번이나 붓을 놓고 눈물을 흘려야 할지도 모른다. 그럼에도 결국 쓰게 되는 이유는 그것이라도 하지 않고서는 견딜 수 없는 마음에서다. 아무런 사회적 관계를 맺지 못한 어린 자식들의 죽음을 글로 쓰기가 어려웠겠지만, 그럴수록 글을 쓰지 않고서는 견뎌내기가 힘들었을 것이다. 나라도 기억해주어야 이 세상에 온 흔적이라도 남지 않을까 하는 안타까운 마음에서였다. 족보에도 기록이 남지 않고 가까운 가족들의 기억에서도 차츰 지워진다면 그야말로 이 세상에 존재했던 순간도, 내 자식으로 살았던 흔적도 모조리 사라질지도 모른다는 서글픈 마음에서였다.

그는 글을 쓰면서 수없이 자책했다. 순간순간의 선택마다 과연 최선이었을까 자책하고 반성하고 괴로워했다. 봉혜의 제문은 전체적으로 애달픈 내용을 담고 있지만, 그중에서도 실력 있는 의원으로부터 사망선고나 다름없는 진단을 받는 장면과 아무것도 해줄 수 없는 부부가 그저 죽어가는 아이를 끌어안고 울고 있을 때 바람이 문풍지를 때리는 장면은 특히 인상적이다. 부부가 느꼈을 절망과 슬픔이 온전히 전해지는 장면이라 할 수 있다.

봉석이 죽은 해에 태어난 또 다른 아들 이석표는 건강하게 자라 아버지의 행장을 짓고 시문을 수습했다. 이하곤은 모두 2남 3녀를 키웠다. 살고 싶은 의지가 꺾이는 순간에 새롭게 태어난 생명은 또 한 번 삶을 살아갈 이유를 만들어준다. 살 수 없는 지옥과 같은 마음에 허덕인 것도 아버지였기 때문이고, 살아야 하는 절박한 마음을 품게 된 것도 아버지였기 때문이다. 아직 돌봐야 할 자식이 있는 아버지인 이상, 삶은 그렇게 치열하게 버텨내고 살아내야만 하는 것이다.

날마다 숨 쉬는 순간마다

오광운

"아들아, 아무리 처한 현실이 이러해도

인생은 정말 아름다운 것이란다."

−〈인생은 아름다워(La Vita E Bella)〉(1997)에서 로베르토 베니니의 대사

연이은 불행과 슬픔

오광운(吳光運, 1689~1745)은 걸출한 시인이었다. 본관은 동복(同福)이고 자는 영백(永伯), 호는 약산(藥山)이다. 영조의 탕평책 아래에서 청남(淸南) 세력의 정치적 지도자로서 활약했다. 관직은 개성유수에 이르렀으며, 저서로는 《약산만고(藥山漫稿)》가 있다. 그는 남인 시맥을 계승하는 인물로 한시사에서 굵직한 위치를 차지하고 있지만, 그것보다 훨씬 저평가된 인물로 알려져있다.[1]

족보에 기록된 아이는 오대관(吳大觀)과 오대성(吳大成) 둘뿐이다. 오대관은 오광운의 나이 46세 때 죽었고, 오대성은 오광운의 사후에 죽었다. 아래 시에 나오는 병오년(1726)은 오광운의 나이 38세 즈음이니 오대관이 죽기 전에 또 다른 아들의 죽음을 먼저 경험했다는 이야기가 된다. 기존 연구에서는 오광운이 남긴 곡자시가 모두 오대관을 대상으로 한 것이라 밝히고 있으나 사실은 9살에 요절해 족보에 기록도 남아있지 않은 오창석(吳昌錫)이란 아이가 하나 더 있었고, 오광운은 이 아이를 위해 1420자에 달하는 〈술애(述哀)〉라는 장편시를 남겼다.

> 넌 죽고 난 살아서 계절이 바뀌었으니,　　　　汝死吾生節序遷
>
> 가는 구름, 흐르는 물 한결같이 아득하네.　　　歸雲逝水一茫然
>
> 땅속에서 새해 온 줄 어찌 알 수 있겠는가　　　那能地下知新歲

세상에 있었다면 열 살이 되었으리.	若在人間始十年
음침한 골짜기에 소나무 깔려 햇빛이 없는데,	陰壑松平無白日
양지 바른 언덕엔 얼음 녹아 더욱 슬픈 샘물 흐르네.	陽坡氷釋更悲泉
설날에 세배하던 예를 넌 잊지 않았으리니	元朝省禮渠忘否
등불이 가물대는 밤에 베개 가에 와야하리.	須趁燈殘夜枕邊

〈병오년 설날에 죽은 아들의 무덤에 곡을 하다[丙午正朝 哭亡兒墓]〉

9살에 죽은 아이는 땅속에 있다. 아이의 나이는 이미 9살에 멈춰있지만, 부모는 살았다면 몇 살일까 끊임없이 헤아려본다. 햇볕도 들지 않는 음침한 곳에도 계절이 바뀌어 얼음이 녹았다. 누군가의 빈자리는 늘 크기 마련이지만 봄날에 맞는 부재는 빈자리의 무게를 더해준다. 생명이 돌아오는 봄날, 차디찬 땅속에 있을 자식이 떠올려지는 것만으로 부모에게 봄날은 더 이상 봄날일 수 없다. 졸졸졸 녹아 흐르며 봄을 알리는 샘물 소리는 슬픈 샘물[悲泉]이 되어 그저 우는 소리를 낼 뿐이다. 늦은 세배라도 좋으니 그것을 핑계 삼아 꿈속에서라도 볼 수 있길 바라는 아버지의 마음이 애처롭다.

그렇게 아버지가 된다

천 개의 글자로도 부족한 아픔의 기억

도포는 봄날 풀들 푸른 것 같고,	袍如春草綠
발에는 검은 실로 만든 신발 신었네.	足躡烏絲履
피부는 흰 눈처럼 희기만 하고,	肌膚玉雪皎
머리털은 칠흑처럼 시커멓구나.	頭髮鴉雛色
눈썹과 눈은 그림도 그만 못해서,	眉目畫不如
예쁘고 귀한 인상 아름다웠네.	盈盈豊犀角
길가에 가고 있던 여러 사람들	行路千百人
입을 모아 잘난 애라 칭찬하였고,	一一稱兒好
자꾸 쳐다보며 탄식하기를	躊躇發歎息
세상에 없는 보배를 만난 듯했네	如逢世外寶
더러 와서 종놈에게 물어보기를	或來詢從者
"나이가 몇 살이나 되었더냐?"	年齒幾何哉
사람들 모습만을 칭찬할 뿐이니	人但賞其貌
어떻게 아이 재능 알 수 있겠나.	那得知其才
비록 아이 재능을 안다 하여도	雖使知其才
어떻게 아이의 덕 알 수 있겠나.	那得知其德

〈술애(述哀)〉(이하 같은 시)

생략된 시의 앞부분은 아이가 4~9살에《천자문》에서《당음(唐

音)》까지 공부한 내력과 아이의 놀랄 만한 재기를 소개한 후, 할아버지 할머니와의 각별했던 사연을 다루고 있다. 외직으로 떠나는 아버지와 집에 있는 할아버지 사이에서 누구와 있어야 할지 갈등하는 아이가 고민 끝에 내놓은 깜찍한 해결책은 "잠시 아버지를 따라갔다가 곧장 할아버지께 돌아올게요."였다.

위에 인용된 시의 대목은 아버지를 찾아 떠나는 장면을 그린 것이다. 오광운은 도포, 신발, 피부, 머리털, 눈썹과 눈, 인상까지 하나하나 짚어가며 아이의 빛나는 용모를 정성스레 설명하고 있다. 또 그런 아이에게 관심을 갖는 남들의 말을 들어 아이의 용모뿐 아니라 은근슬쩍 재능과 덕까지 에둘러 칭찬을 늘어놓는다. 아버지의 아이에 대한 주체할 수 없는 사랑이 그대로 전해진다. 전반부에서는 대체적으로 할아버지와 손자와의 각별한 사랑을 중심으로 이야기를 이끌어가고 있다.

물건 보면 마음을 뒤흔들어대니	有物來相攪
눈물방울 마음속에 떨어지누나.	滴滴心頭墜
너의 선홍빛 궤안에서는	汝有猩紅几
문방구 찬란하게 비추어대네.	文房燦相暎
채색 붓대 수십 개 거기 있는데	彩管數十枚
푸른 자루, 붉은 자루 제각각이고	青紅各異柄
먹도 수십 개나 거기 있었는데,	陳玄亦數十
길고 큰 것 손바닥 크기만 했네.	長大如手掌

연경의 시장에서 사온 계란처럼 미끄러운 종이는	燕市夘滑牋
겹겹이 쌓인 채로 번쩍거렸네.	疊積色輝晃
아이가 살았을 땐 만지던 것이	兒也生時玩
죽고 나니 물건 누가 감상을 하랴.	人亡物誰賞
물건들 수습해서 종놈에게 주어	收拾付蒼頭
장사 지낼 곳에서 태우라 했지.	焚之葬汝處
또 하나의 자그마한 가마 있으니	又有一小轎
서쪽 갈 때 거기다 너를 태웠지.	西行曾着汝
아! 불쌍하구나 가마 위의 아이	可憐轎上兒
옥과 같은 모습 뉘 다시 보겠나.	玉貌誰復見
다시 깊이 감춰두라 명령을 하니	亦命深藏去
눈에 띄는 일 차마 못 견디겠네.	不忍入顧眄
작은 책 한 권만을 남겨뒀으니	獨留一小卷
네 시를 적어 놓은 필적이었네.	汝詩復汝筆
대대로 전하여 자손에게 보여서	傳家示後人
만에 하나라도 영향 남도록 하리.	影響存萬一

자랑하기에도 벅차고 바빴던 아이는 끝내 세상을 떠났다. 아이를 구명하기 위한 눈물겨운 노력들은 모두 무위에 그쳤다. 할아버지와 할머니의 입을 빌려 자신의 절통한 심정을 대신한 것은 과도하게 감정에 빠지는 것을 경계해서다. 주위에 있던 아이의 흔적은 그대로 날카로운 흉기가 되어 수시로 그를 괴롭혔다. 궤안, 붓, 먹, 종이 등

어느 것 하나 아프지 않은 것이 없었다. 살아생전 자랑스러웠던 아이의 흔적들은 그만큼의 낙폭으로 아픔이 되어 부딪쳤다. 유품을 소각하는 일은 살아남은 사람들이 망자의 기억으로부터 빨리 벗어나와 되도록 빨리 일상으로 복귀할 수 있게 도움을 준다. 이제는 제법다 정리했다고 생각했는데 아이를 태우던 가마를 본 순간 간신히 추슬렀던 마음이 또 한 번 무너져 내린다. 그러나 끝내 정리할 수 없었던 물건이 하나 있었으니, 아이의 필적이 고스란히 담긴 시집이었다. 이것만은 애초부터 태울 생각이 없었는지 자손들에게 대대로 물려줄 것이라 했다. 물건은 태우거나 치울 수 있다지만 함께했던 기억들은 가슴 깊숙이 잠복했다 불시에 찾아와 그를 괴롭혔다.

9년 동안 부자 사이 되었지만	九年爲父子
남들의 백 년보다 더욱 좋았네.	勝他人百年
이번 생은 영원히 끝이 났으니	今生長已矣
내생(來生)에서 훗날 인연 맺을 것이네.	來生結後緣
내생과 그리고 다시 내생에서도	來生復來生
대대로 부자 사이 되고 싶어라.	世世爲父子
산에서 교(喬)나무와 재(梓)나무 되면	在山爲喬梓
나는 교나무 되고 아이는 재나무 되리.	我喬兒爲梓
물에서는 조개와 구슬이 되면	在水爲蚌珠
난 조개 되고 아이는 구슬 되리라.	我蚌兒爲珠
내생에 진실로 좋은 사이 되더라도,	來生固爲好

지금 이 생은 어떻게 해야 할 건가.	今生何爲乎
저녁 되면 노부모 잠자리 살피고,	昏夕定老親
적막한 내 베개로 돌아오는데	寂寞歸私枕
초경에 내 아이를 못 보게 되면	甲夜不見兒
이경에도 능히 잘 수 없었고	乙夜不能寢
이경에 내 아이를 보지 못하면	乙夜不見兒
삼경에도 꿈꾸지 못하였도다.	丙夜夢不成
북두성 기울 때야 아이 꿈꾸니	斗斜始夢兒
음성과 모습이 평소처럼 뚜렷하였네.	音容宛平生
더러는 병상에 누워 있었고,	或臥在床褥
더러는 앉아 책을 보고 있었지.	或坐對書帙
더러는 내 팔뚝을 베고 있었고,	或枕我一腕
더러는 내 두 무릎 매만졌으며	或撫我雙膝
때로는 날이 평안할 때면	或如平安日
너에게 글 외우고 읽게 했으며,	課汝誦且讀
때로는 병을 앓고 있을 때에는	或如疾病時
네게 탕약과 환약 권하였도다.	勸汝湯丸藥
깨고 나서 급히 널 매만졌으나	覺來急撫汝
아비 옆에는 네가 있지 않았네.	汝不在吾側
창문 열자 하늘이 멀찍했으니	拓窓天漠漠
네 혼백을 어떻게 구할 수 있으랴.	魂魄何以求

앞에 생략된 부분은 장지로 가는 전날과 당일의 풍경을 그린 내용이다. 그 와중에도 부모님 때문에 마음껏 슬퍼하지도 못하며 아픔을 삭이고 있었다. 부모 앞에서는 그것이 자식을 잃은 참담한 아픔이라도 드러내지 않으려고 애썼다. 할아버지와 할머니가 쏟아내는 슬픈 감정 앞에서도 아이의 아버지는 슬픔을 억누르는 장면이 여러 번 등장한다. 온 가족이 함께 같은 아픔을 겪고 있고, 자신이 가장 힘든 당사자임에도 그는 위로를 받기보다 다른 사람을 위로하려는 마음이 더 깊었다. 그렇지만 무엇보다 참을 수 없었던 것은 주변 사람들의 성급한 위로였다. "아이를 아이라고 부르지 마소. 아이는 이제 당신의 아이가 아니잖소.[莫呼兒爲兒 兒今非汝兒.]"라는 말까지 들었다고 하니, 때로는 무관심이나 침묵보다 배려나 위로가 더 상처가 되기도 한다.

죽은 아이와는 끝까지 인연을 이어가고 싶었다. 이것으로 영영 볼 수 없고 모든 것이 끝이라는 것을 받아들일 수가 없었다. 내생과 그다음 내생에서도 부자가 되고 싶다는 말은 피를 토하는 절절한 상실감의 표출인 셈이다. 부모님의 잠자리를 살펴드리고 자신의 방으로 돌아오면 그제야 아이의 부재가 온몸으로 전해져왔다. 잠을 도통 이루지 못하다 꿈속에서 아이를 만난다. 생시의 기억이 생생하게 현시되는 것은 꿈에서나 허락되는 행복이었다. 그러나 잠이 깨면 꿈속이 행복했던 만큼 부재의 현실은 감당하기 힘든 불행으로 돌아왔다.

누가 말했던가? 슬픔 잊는 방법은 　　　　　　　　　執云忘悲術

그렇게 아버지가 된다

세월이 가장 좋은 약이 된다고	歲月爲良藥
눈길 가면 모든 생각 떠올라서는	遛目皆成思
억지로 밀쳐내도 소용없었네.	强排亦無益
꽃이 피면 아이가 생각이 나고,	花開思阿兒
잎이 지면 아이가 생각이 나네.	葉落思阿兒
풀 푸르면 아이가 생각이 나고,	草綠思阿兒
새가 울면 아이가 생각이 되네.	鳥鳴思阿兒
달이 밝아도 아들놈 생각이 나고,	月明亦汝思
비가 내려도 아들놈 생각뿐이네.	雨鈴亦汝思
바람 부나 눈 오나 흐리거나 갠 날에	風雪與陰晴
어느 땐들 생각이 나지 않겠나.	何時思不觸
무성하게 자란 석류나무 아래는	離離石榴下
옛날에 네 자취가 생생하구나.	宛宛舊行跡
아련한 내 아들 창석은	依俙吾昌錫
꽃 꺾어 나무 옆에 기대어 있네.	折花倚樹邊
눈에 선한 내 아들 창석은	髣髴吾昌錫
열매 따서 아비 앞에 올려드렸네.	摘實獻爺前
더군다나 아들과 조카들이	況復子與姪
옛날처럼 늘어 앉아 있음이랴.	列坐如夙昔
네 번째 자리를 돌아다보니,	環顧第四座
자리 비어 볼 수가 없게 되었네.	座空無所覿
너의 형제들 이름 부를 때에는	呼汝兄弟名

착각해서 이따금 너를 불렀네.	錯呼時呼汝
그 소리에 눈물이 샘물같이 흐르면	應聲淚如泉
자리 꽉 채운 애들 애처로워 말을 못하네.	滿座慘不語

처음에 아이를 잃었을 때는 경황이 없어 슬퍼도 슬픈지 몰랐다. 그러다 하루 이틀 날짜가 지나고 세월이 흐를수록 아픔은 강도를 더해가고, 아무것도 위로가 되지 않는 시간만 남아있을 뿐이다. 아들과 관련된 물건은 물론이고 자연의 풍광을 비롯해 세상에 있는 어떤 것을 보아도 아들이 떠올랐다. 언제 어디서 무엇을 하고 보고 듣든 아이 생각이 났다. 꽃이 피고, 잎이 지고, 풀이 푸르고 새가 울어도, 달이 밝고 비바람이 불어도, 또 눈이 오고 흐리거나 개인 날에도 온통 아이 생각뿐이다. 가장 견디기 힘든 순간은 아들 또래의 친척 아이들을 볼 때였다. 내 아들도 그 틈에 섞여있겠지 착각을 해서 아이 이름을 잘못 부른다. 이름을 부른 자신이나 그것을 들은 친척들도 흠칫 놀란다. 이 절절한 아픔을 도대체 어떻게 견뎌낼 수 있었을까?

먼지 낀 등롱은 남아있건만

오광운의 큰아들 오대관(吳大觀, 1711~1734)은 자가 경숙(敬叔), 호는 현계(玄溪)이다. 1732년 10월 정시문과에 장원으로 급제하였는데,

어쩌면 신선 세계에서 노는 것이 임박하여

돌아오지 않는 것인가.

그렇지 않으면 네가 나를 돌아보고 있는데

어둡고 어두워서 내가 알지 못한 것인가.

음식을 베풀어 예를 갖추어 떠나보내니

원컨대 조금 더디고 더디게 가라.

이때 강박(姜樸)이 축시를 지어주기도 했다.[2] 관직은 병조좌랑에 이르렀다. 문집으로《현계유고(玄溪遺稿)》가 있었던 것으로 보이나, 현전하지 않는다. 오대관은 1734년 오광운이 46세 때 23세의 나이로 세상을 떴다. 과거 시험에 장원으로 급제하여 기대를 한 몸에 받고 있던 전도유망한 아들의 죽음은 부모에게 깊은 상흔을 남겼다. 오광운은 큰 아들의 죽음에 제문, 묘지명, 행장, 문집 서문, 몇 편의 한시 등을 썼다. 아들의 죽음으로 기록할 수 있는 모든 형식의 글을 남겼으니, 쉽게 유례를 찾아볼 수 없는 일이다.[3]

해마다 새 추위가 빈방으로 스며들면 책상 위에 책을 놓고서 부자가 등불 하나를 함께 쓰며 앉아있곤 했다. 하루는 아들이 하인 한경구에게 대나무를 깎아 종이를 발라 등롱을 만들게 했다. 연기를 멀리하여 눈이 신 것을 막으려는 뜻에서였다. 등롱을 사용한 지 열흘도 못 되어 아들은 병이 났다. 그래서 이 물건은 마침내 안 보이는 곳으로 치우게 됐다. 아들이 죽은 지 몇 달이 지나자 서리 기운은 싸늘하고 서재는 쓸쓸한데, 도서는 지난날과 같았지만 엉긴 먼지가 눈에 가득했다. 내가 문득 일어나 복도 사이를 방황하다가 이 등롱과 마주쳤다. 이에 길게 호곡하며 말했다. "등롱이여, 등롱이여. 네가 여태도 인간 세상에 남아있었느냐. 어이해 사람의 목숨이 종이만도 못하단 말이냐." 마침내 시를 지어서 그 느낌을 기록해둔다.[4]

그렇게 아버지가 된다

물건 남고 사람 죽어 피눈물 어지러운데　　物在人亡血淚紛

가을날도 황혼 무렵 어이한단 말이더냐.　　如何秋日又黃曛

깊고 깊은 땅속에는 등촉조차 없을 테지만　深深地下無燈燭

적막한 세상에는 읽던 책만 남았구나.　　寂寂人間有典墳

글 지으며 반평생을 너와 함께하였더니　　玄草半生惟汝共

맑은 달빛 훗날 밤은 뉘와 다시 나누리오.　清光後夜更誰分

빈방에 달빛 검어 슬피 읊어 앉았노니　　虛堂月黑悲吟坐

반딧불이 장막으로 들어오지 말려무나.　　莫遣流螢透帳纁[5]

〈죽은 아들이 살았을 적에 만든 종이 등롱을 보고 쓰다[題亡兒舊製燈籠]〉

　　유달리 친밀한 부자 사이였다. 오광운은 〈아들 대관에 대한 제
문[祭子大觀文]〉에서 "나와 너는 24년간 부자 사이였고, 20년간 사우
사이였으며, 10여 년간 친구 사이였다.[若吾與汝 二十四年父子 二十年師
友 十年知己.]"라고 토로하기도 했다. 아들이 살아있을 때 부자간에 등
잔불을 사이에 두고 자주 책을 읽었는데, 등잔불에서 나오는 그을음
을 막기 위해 등롱을 만들었다. 하지만 고작 10일 만에 아들이 병을
얻어 더 사용치 못했고 아들은 그대로 세상을 뜨고 말았다. 어느 날
문득 먼지가 뿌옇게 앉은 그때의 등롱과 마주친 순간, 종이로 만들
어진 등롱의 현존과 자신의 골육으로 만들어진 자식의 부재 사이에
서 상실감은 극대화된다. 마지막에 반딧불이가 들어오지 않았으면
하는 바람은 이승에서의 인간적인 즐거움이나 행복과는 단절하겠다
는 의지의 표현이다. 그는 등롱 아래에서 아이와 함께 읽던 책을 다

시 펴볼 수 있었을까?

비와 이슬에 새로 심은 가래나무 가지 몇 개 자랐을까.	雨露新楸長幾枝
영원히 이별했으니 머리 전부 희어졌네.	窮天一別髮絲絲
흐린 봄날 이어지다 한식날 되었으니,	春陰脉脉爲寒食
병들고 쓸쓸하여 홀로 장막 내렸네.	病思荒荒獨下帷
풀 무성한 무덤을 돌보지 못하는 건,	不去掃墳芳草裏
해 질 녘 아들놈 기다리는 듯 마음이 애타서네.	猶疑望子夕陽時
이제부터 화표주로 무덤 가는 길 나타내면,	從今華表旌神道
학 되어 돌아오는 기약 어쩌면 있을 테니.	化鶴歸來倘有期

〈죽은 아들 좌랑의 묘소에 석상과 화표를 세웠다. 병이 들어서 몸소 가서
세우는 일을 감독하지는 못했다. 또 한식날을 만났으니 감회가 있어서 읊노라

[亡兒佐郎墓 設石床華表 病未能躬往董役 又逢冷節 感而有吟]〉

아들의 제문을 8월에 썼으니, 이 시는 그 이듬해에 지은 것이다.
아들이 세상을 떠난 지 반년이 훌쩍 지난 이날은 묘소 주변을 단장
하는 날이었다. 아파서 직접 가지는 못했다고 하나, 아마 차마 아들
의 무덤을 보지 못하겠다 하는 마음도 있었을 것이다. 7~8구는 화표
주의 고사를 사용해서 간절한 그리움을 드러냈다. 정영위(丁令威)가
신선이 되고 나서 천 년 만에 학으로 변해 다시 고향을 찾아와서는
요동 성문의 화표주 위에 내려앉았듯 수없이 많은 세월이 흘러도 좋

으니 언젠가는 자신에게 되돌아와 달라는 바람을 담았다.

> 옛날에 네가 도중에 읊는 시에서 "채찍을 멈추고 자주 뒤를 보는
> 것 괴이하게 보지 마소. 사흘 동안 부모님 떠났으니 마음으로 그리
> 네."라고 했으니 너의 근심하는 마음이었다. 나는 곧 문에 기대어
> 바라보며 생각건대 이제 너의 상여가 멍에를 메고 출발했을 것이
> 다. 가면 어디로 가려고 하는가. 나에게 문 앞에 기대서 기다리게
> 하지만 어느 날에 돌아오게 되겠는가. 하늘은 아득하고 아득해서
> 끝이 없고, 땅은 깊고 깊어서 돌아올 기약이 없으니 영원히 길이
> 이별을 하는 것이고, 사흘 동안 떨어져 있는 것이 아니다. 옛날에
> 근심하는 마음이 저와 같았는데, 이제는 돌보지 않는 것이 이와 같
> 구나. 너는 하늘이 낸 효자로서 어찌 옛날에는 효심이 대단하더니
> 만 이제는 사그라졌던가. 어쩌면 신선 세계에서 노는 것이 임박하
> 여 돌아오지 않는 것인가. 그렇지 않으면 네가 나를 돌아보고 있
> 는데 어둡고 어두워서 내가 알지 못한 것인가. 음식을 베풀어 예
> 를 갖추어 떠나보내니 원컨대 조금 더디고 더디게 가라. 상향.[6]
>
> 〈견전제문(遣奠祭文)〉

견전(遣奠)은 견전제(遣奠祭)의 준말로, 장례식에서 발인할 즈음
에 죽은 이의 집 문 앞에서 지내는 제사를 말한다. 아버지 오광운이
외직에 있어 사흘 동안 떨어져 있었을 때 오대관이 지은 시를 언급
하는 것으로 제문을 시작했다. 고작 사흘을 떨어져 있을 때도 시를

지어 아쉬운 마음을 담았던 아이는 영영 돌아오지 않을 먼 길을 떠났다.

여러 면에서 뛰어난 자질을 지녔던 아들의 죽음이라 아쉬움은 더욱 컸다. 부모가 위기의 순간에 자신의 목숨을 던져 자식을 구하는 것은 본능이다. 자식을 보내고 혼자 살아남은 부모에게는 죽은 것과 다름없는 삶만 남아있을 뿐이다. 그러니 자식의 죽음을 보며 살아있는, 또 살아내야 하는 부모는 죽은 것보다 못한 삶을 꾸역꾸역 버텨내야만 한다.

태울 수 없는 기억들

오광운은 9살 아이와 23살 아이를 연이어 잃었다. 그의 나이 38세와 46세 때의 일이다. 잃은 자식의 나이로 아픔의 정도를 가늠할 수는 없지만, 어린 아이와 장성한 아이의 죽음 중 어느 쪽이 더 애달팠을까? 뛰어난 재주를 타고났지만 세상을 향해 나아가지 못하고 기억될 자취 또한 남기지 못한 자식의 죽음과 이제 막 어른이 되어 세상에 한 발을 내딛고 포부를 펼치려고 했던 자식의 죽음. 각각 그것대로 모두 아팠으리라. 그는 이 지독한 슬픔을 어떻게 받아들였을까?

어린 아들의 죽음에는 무려 1420자에 달하는 장시를 써내려갔다. 여러 편의 연작시로 만시를 쓰는 일이야 드물지 않지만, 한 호흡으로 이렇게 길게 쓴 시는 유례를 찾아보기 힘들다. 그렇게라도 쓰지 않으면 견딜 수 없는 심정이 절실하게 다가온다. 조손 간의 사랑이 애절하게 펼쳐져 있고, 불행으로 인한 온 가족의 상실감이 면면히 담겨있다.

장성한 아들의 죽음은 다른 의미로 또 아쉬움을 남겼다. 자신이 장원급제를 하고 14년 뒤에 또한 장원급제한 아들이었다. 모든 것을 함께했던 아들이 어느 날 아무것도 함께할 수 없는 아들이 되어 떠났다. 그는 그런 아들을 위해 제문, 묘지명, 행장, 문집 서문, 만시 등을 지었는데, 애도문이 일상화된 시대였다 하더라도 이것은 매우 드문 일에 속한다. 기억할 일만 남은 아버지는 기억할 수 있는 일은 모두 찾아다녔다.

기억은 모두 아린 바늘이 되어 찔러댄다. 아이가 썼던 물건들을 모두 모아서 태우고 없앴지만 어느 순간 잊고 있었던 물건들이 하나둘 튀어나올 때마다 간신히 붙잡고 있었던 삶의 의지도 슬그머니 힘을 잃는다. 태울 수도 지울 수도 없는 기억들은 불시에 수시로 찾아와 슬픔의 나락으로 떨어트리곤 한다. 못해준 일은 아쉬움으로 남고 잘해준 일은 그리움으로 남는다. 더 이상 새로운 추억을 만들어낼 수 없는 옛 기억들은 도돌이표처럼 계속해서 맴돌 뿐이다. 그것이 바로 자식의 죽음이다.

텅 빈 집에 차마 들어서지 못하고

1 졸고, 〈山雲 李亮淵의 詩世界 研究〉, 한양대학교 석사학위논문. 이 논문에 이
    양연의 생애와 시 세계가 정리되어 있다.

2 "嗚呼! 凡兒女之仰其父也, 莫不以爲愛己莫我父若也, 賢知亦莫我父若也.
    唯父言, 信而從, 有或爲父者, 處其兒, 不得其道, 使兒喫得狼狽, 兒却不怨
    其父, 而號訴父不已. 汝之信汝父, 殆有甚焉, 而汝之一生間關, 以汝父也.
    然一未嘗有幾微色焉, 而常願父之善指導焉. 及汝病也, 謂唯汝父能活汝,
    望汝而來, 又治之失宜, 使汝死. 汝更不忍忘父, 臨絶, 摩掌父手, 愛不能捨.
    爲汝父者, 到此, 却作如何心腸? 或曰, '禍福死生, 無非命也.' 然天人二而一
    也. 人事如此, 故天命乃如此. 汝命之不幸, 由我人事之不善. 吾於汝, 豈能
    無愧恨? 使作肚裡一塊, 死前, 勞个得. 嗚呼!"

3 연제와 대상: 연제는 소상(小祥)으로 3년상일 경우는 13개월에, 기년상일 경우
    는 11개월에 지내는 제사이고 대상(大祥)은 3년상일 경우 25개월에, 기년상일
    경우 13개월에 지내는 제사다.

4 변제(變制): 소상(小祥)을 마친 뒤에 상복을 빨고 수질(首絰)을 벗음. 또는 대
    상(大祥)을 마친 뒤에 상복을 벗는 것을 의미한다.

5 길례(吉禮): 상례(喪禮), 장례(葬禮) 등의 흉례(凶禮)를 제외한 대사(大祀), 중
    사(中祀), 소사(小祀) 등 모든 제사 의식을 가리킨다.

6 "父臨淵翁以丁酉三月二十一日戊戌, 將撤亡仲子戒懼堂之筵几, 因上食酌
    酒而告之曰: 嗚呼! 翊也. 予喪汝, 天喪予也. 汝能讀我書而今亡之. 嗚呼! 汝
    病可以無死, 而以予誤藥死. 人謂死生命也. 我安得不恨. 汝年, 可以有子而
    無子, 汝才性, 可以有成而無成. 我安得不悲! 汝臨終喟然曰: '男兒止於斯

耶? 持母衰, 貽父慽, 不孝也.' 遂不瞑, 按之, 使瞑而不得. 汝之悲恨, 將天長
地久, 更無可已之日矣. 嗚呼! 汝每入夢, 以衰絰見, 死者, 無練祥變制之節而
然歟? 抑痛結, 不泯而然歟? 喪終而吉禮也, 不可作千古衰絰之鬼. 今以黑冠
帶, 設汝筵而喩之, 從今, 或以常服, 入夢 可以知汝有靈, 而能省吾言矣."

7 첫 번째 시는《임연백시(臨淵百詩)》에〈귀신도 울게하다[泣鬼神]〉라는 제목으
로, 두 번째 시는《임연백시》와《임연당별집(臨淵堂別集)》에〈가을 풀[秋草]〉
이라는 제목으로 실려있다.

8 병혁(病革): 병세가 위급한 것을 이른다.《예기(禮記)》〈단궁상(檀弓上)〉에 있
는 "夫子之病革矣."에서 나온 말이다.

더 이상 일기를 쓸 수 없었네

1 김하라,《兪晩柱의《欽英》연구》, 서울대학교 박사학위논문, 2011 참고.

2 《흠영》, 1784년 1월 19일. 이 장에서《흠영》의 번역은 김하라의《일기를 쓰다》
(돌베개, 2015)를 참고하였다.

3 《흠영》, 1784년 10월 22일.

4 《흠영》, 1785년 11월 2일.

5 《흠영》, 1784년 11월 1일.

6 《흠영》, 1784년 11월 5일.

7 《흠영》, 1786년 7월 19일.

8 《흠영》, 1786년 7월 20일.

9 《흠영》, 1782년 5월 15일.

10 《흠영》, 1784년 윤3월 9일.

11 《흠영》, 1787년 5월 8일.

12 …… 汝之書籍, 堆在案, 記日之草, 又溢箱. 其經鳌正繕寫者, 十之二三, 而
其未者七八. 惟此七八者, 件段錯雜, 月日散亂, 紙壞字暗, 不可究尋. 吾方
神亡性易, 又一字入目, 淚已下落紙, 紙爲之腐. 闔不忍讀, 掩不忍開. 然是

皆汝精神·志業·名理·言論·識趣之所萃也. 吾又何忍遂廢不收? 誓整釐成
帙, 巾衍藏之, 以待敦兒長大也. ……

13 兪漢雋, 〈欽英日記序〉: …… 且死, 顧謂其父曰: 記日, 兒未成之書也. 請火
之. 余執書而泣曰: 此, 吾兒精神·志業·名理·言論·識趣之所萃也. 書雖未
完, 何可廢! 托西河任魯, 整釐成帙, 共五十編, 家藏之. ……

끝내 들려주지 못한 이야기

1 夫婦之際, 百福之源. 謹始之道, 不可不謹也. 都忘禮敬, 遠相狎昵, 則爲禽
爲獸, 卽在於此. 敗名墜宗, 恒由於斯, 可不謹哉. 中庸曰: "君子之道, 造端乎
夫婦." 曹南冥嘗曰: "人之平居, 不可與妻孥共處, 雖有姿質之美者, 因循汨
溺, 不能有成." 許觀雪與其內子, 相對如賓, 至老愈至, 至今人稱之不容口,
此最可法也. …… 今我送汝, 非爲隨俗婦家請邀之禮而然也. 尹丈幸在其同
鄰, 冀汝庶有薰陶之望耳. 當逐日進候, 所讀論語, 早晚請業. 如在家時, 愼
勿汗漫出入, 優遊度日, 虛送此時月也. 一爲前輩長者所不禮之人, 則來頭
無着足處矣, 戒之哉. 居處須是恭敬, 不得倨肆怠慢, 言語須要諦當, 不得戲
笑喧嘩. 凡事謙恭, 不得尙氣凌人, 自取恥辱. 不得飮酒荒肆廢業. 亦恐言語
差錯, 失己忤人, 尤當深戒. 不可言人過惡及說人家長短是非. 有來告者, 亦
勿酬答. 交遊之間, 尤當深擇. 雖是同學, 亦不可無親疎之辨. 此皆當請於先
生, 聽其所教. 大凡敦厚忠信, 能攻吾過者益友也, 其諂諛輕薄, 傲慢褻狎,
導人爲惡者損友也. 推此求之, 亦自合見得五七分, 更問以審之, 百無所失
矣. 但恐志趣卑凡, 不能克己從善, 則益者不期疎而益遠, 損者不期近而日
親. 此須痛加點檢而矯革之, 不可荏苒漸習, 自趣小人之域. 如此則雖有賢
師長, 亦無救拔自家處矣. 見人嘉言善行, 則敬慕而紀錄之. 見人好文字勝
己, 借來熟看, 或傳錄之而咨問之, 思與之齊而後已. 右六條, 朱子訓子書,
日間當誦念而體行之, 勿以故紙上陳言看之也.

2 奴來見書, 審比來侍奉眠食能無, 足慰積久慮念之意. 第新舍旣傾, 則汝輩

그렇게 아버지가 된다

容身無地. 本以不勤之志, 又當棲遑之際, 其無意於文學, 只事優遊, 可想矣. 遠地想念, 憂歎何言. 汝素抱宿痾, 心力亦甚短弱, 雖不能終宵竟晝以竭其力, 其於念玆在玆, 惟日孜孜, 則不患其不優矣. 此意必須語于汝叔父, 同體我意, 勿以尋常規責視也. 若讀詩經, 則讀法已言于百宜書, 亦須如此. 汝輩終無破釜甑燒廬舍之意, 每以白駒光陰, 有若爲汝輩留者然, 是必不然. 古人 "悲歎窮廬, 悔將何及?" 等語, 實是經歷熟味之語也. 今見尹昌喜書, 其人才分姿性, 比汝輩不啻累倍, 而書中慥慥之意, 多有感發者. 自吾來此, 多見人物, 汝輩年紀, 無若汝輩者, 中心菀歎, 向誰道破. 凡爲學者必窮其義理, 作文者必窮其蹊徑, 然後庶爲吾所得而不爲他歧之惑矣. 日課之工, 最緊且大. 古人以日計不足, 歲計有餘言之者, 信矣. 一日之間所得雖少, 今日明日, 積以累日, 則其所得何如耶? 汝輩望須一變舊套, 日用之間, 必須嚴立課程, 夔夔不懈. 則此心亦有所依而立者, 不專至於放倒之境矣.

3 寒冽轉深. 侍外眠食如何. 余客中當寒, 苦狀百千, 而痞氣亦甚, 讀書甚妨, 悶悶何言. 汝叔侄讀何書而不至虛送此多否. 汝輩年漸長, 亦不知讀書之爲可貴, 家業之爲可繼耶. 何待余苦口言也. 須慎旃哉. 女兒亦不可使矇然無識. 汝妹課授內範日一二行, 從容教諭. 今多內多教之, 而必使知其文義及書字爲可, 亦可兼諺解教之也.

4 〈祭亡子文[丁酉]〉: 至情無間, 何用文爲. 父子之親, 一氣相仍, 雖幽明路殊, 生死形異, 旨意所存, 自相感通. 是以父祭子子祭父之文, 古不多見, 盖其至情所在, 不可以言語文字而爲之也. 然而今汝之死歸, 我未隨喪而使汝獨歸, 則烏可無一言乎. 嗚呼痛哉. 惟汝文學之懿, 孝順之性, 非惟其父許之, 鄉黨諸友之所稱. 自汝孩提以後, 未嘗有子弟之過, 兼以端飭之行謙謹之操, 而韜晦隱約, 無一毫加人之意, 以有爲無, 以實爲虛. 此余之所貴, 而人所不知者也. 語其姿稟則近乎仁, 語其性情則近乎靜. 仁靜之必壽, 天理之固然, 而今汝至此, 天實難諶. 莫非汝父業障之所關耶.

5 〈祭亡子小祥文〉: 嗚呼! 天鍾至情, 豈容如是. 不哭之哭, 有甚於哭. 若能一哭而洩此哀, 則雖一聲二聲, 至于千聲萬聲, 氣竭而哭之不難, 而不足以洩此哀, 徒有時隱痛而吁嘆而已, 若能一泣而洩此哀, 則雖一行二行, 至于千行萬行, 淚盡而繼血不憚, 而不足以洩此哀, 徒有時撫胸而掩淚而已. 嗚呼!

任情傷悼, 無益於汝而有損於我, 則其將割哀塞悲, 木石爲心而忘之爲貴. 汝若有知, 亦必以爲慰矣. 嗚呼! 汝妻吾婦, 汝子吾孫, 汝旣棄而歸矣, 吾將扶護而敎誨之, 使汝之魂無所憂憾. 是吾在世一日之責也. 嗚呼! 雖欲忘之而終不可忘者, 每想汝孝順之行, 端勅之操, 謙謹之德, 粹美之姿, 雖欲復見而不可得, 是豈可忘者乎. 言有盡而意無窮, 掩泣搆文, 替哭以告. 靈庶幾饗, 諒我此日之慟.

6 〈亡子成均生貟墓誌銘並序ㅁ辛亥〉: 廣州後人廣成君安鼎福有一子, 曰景曾字魯叟. 幼明粹穎異, 纔學語, 能解千餘字. 長者試之, 逐字指點, 手捷如飛, 人皆異之. 六歲入學不數歲, 文理驟達. 有客以選擇生氣法敎人, 在傍一聞心解, 屈指作卦, 座客驚歎. 十二, 誦四書二經正文. 及長, 勤學績文而尤致力於子弟之行, 夙夜敬謹, 毋或怠忽. 敦睦宗族, 欵接賓客, 鄙悖之言, 不出於口, 叱咤之聲, 不及於人. 性謙愼務韜晦, 鄕里上下, 皆得歡心. 제문과 묘지명의 번역은 고전번역원의 것을 따랐으며, 필자가 약간 수정했다.

네가 줬던 그 책을 차마 펴지 못하네

1 그에 대한 연구는 다음과 같다. 김철범의 〈지산 심익운의 삶과 문학〉(《한국의 경학과 한문학》, 태학사, 1996), 안대회의 〈좌절한 영혼의 독설—심익운(沈翼雲)의 소품〉(《문학과 경계》, 문학과경계사, 2002), 졸고 〈그 많은 하루의 시간들을 어이할까?〉(《문헌과 해석》 제51집, 태학사, 2010), 김우정의 〈심익운의 '說文'과 산문세계〉(《한문교육연구》 제35집, 2010), 심의식의 〈심익운(沈翼雲) 시의 구현 양상 분석〉(《한문고전연구》 제23권, 2011), 박경현의 〈심익운의 시문학 연구〉(이화여자대학교 석사학위논문, 2012), 졸고 〈심익운(沈翼雲)의 《백일년집(百一年集)》 연구〉(《어문연구》 제163호, 한국어문교육연구회, 2014).

2 "沈翼雲絶世才也 …… 李家煥憚盧兢, 兢憚翼雲, 家煥之博洽, 兢所不及, 而超詣則勝之, 翼雲之才, 又居其右, 然家煥以邪逆誅, 兢坐事配渭原, 宥還竟死於餓, 翼雲亦謫死, 皆以才至此." 成大中, 《靑城雜記》.

3 "沈翼雲, 字鵬汝, 文科進. 家承靑平都尉繼子派, 以先係改易事, 負名敎罪. 又以兄翔雲, 累坐廢. 兄弟, 能文善詩善札翰. 翼雲詩, 淋漓紆餘, 不似今之拗乖語. 其五占曰: '飯牛置空桶, 羣犬來舐之. 語犬且莫舐, 此是牛之餘. 聽之若無聞, 搖尾舐不休. 見此起長歎, 犬牛誠一流.'" 李圭象,《幷世才彦錄》.

4 "余第三女芍德, 患痘一月而死. 始兒之生也, 其母有芍藥之夢. 生而柔順沉靜, 無暴怒疾喜. 三歲有弟, 斷乳而不啼. 嘗與小婢戲, 婢誤剪其頂髮垂者. 其母問誰所爲, 終不言. 余使其兄, 自以其意, 徐問之, 答曰, '許以不告, 故不言也.' 余於己卯二月十日哭十歲妹, 於辛巳二月十七日哭八歲弟, 於今年二月十日乃哭吾女. 纍纍然 一丘三殤, 吁亦異矣. 余前後哭四男女兒, 年五歲最長, 又以其才性聰悟, 故悲之最甚. 嗟乎! 人之欲生男女, 以其可樂也. 今余悲之不暇, 何哉? 壬午四月十一日, 記于西湖之舍."

5 본관은 광산(光山). 자는 치규(穉奎), 호는 죽하(竹下)·이호(梨湖)·낭간 거사(琅玕居士)이다. 문집으로는 《화초만고(和樵謾稿)》가 있다. 김영진, 〈사대부 문인화가 김기서(金箕書)의 《화초만고(和樵謾稿)》〉, 《고전과 해석》 제8집, 고전한문학연구학회, 2010.

6 치절(痴絶): 우직하거나 세속과 어울리지 못하여 홀로 자유롭게 사는 것을 이른다. 본래는 진대(晉代)의 고개지(顧愷之)를 이르는 말이다.

7 "余於樂愚之生, 旣取東坡詩語, 以名之. 又爲詩以廣其意坡之詩, 及余之取其詩爲名, 蓋有激而云也. 比因愚鶩病, 寓巷西舍. 漫閱虞山初集, 有反東坡詩, 語愈激而意愈急, 讀之, 使人太息獨怪, 夫二公以彼才氣通達, 一不遇於世, 而斷斷於公卿, 至發於詩歌, 何也? 凡人之愛其子, 有甚於愛其己. 故己雖不賢而欲其子之賢焉, 己雖不達而欲其子之達焉, 此常人之通情, 而非達士之高識也. 彼二人者, 猶未免於是耶. 夫人之達與不達, 在天焉, 欲其子之達, 固妄也, 而從而笑之, 又妄也. 余故曰, '無咎無譽, 斯可矣.' 坏窩老叔, 有彌月之期, 書此以寄意. 仲秋下浣, 芝山, 病侄再拜."

8 이 시에는 상대한 분량의 병서(並序)가 함께 실려있는데, 여기에 자세한 정황이 나온다.

9 졸고, 〈세상에 다시없는 내 편을 얻다〉, 《문헌과 해석》 제54호, 태학사, 2011, 31쪽 참조.

10 《청성잡기(青城雜記)》, 〈성언(醒言)〉에 "심익운은 세상에 보기 드문 재사이다. 그의 아비 심일진은 범상한 사람으로 아들 셋을 두었는데, 맏이는 상운, 둘째는 익운, 막내는 영운이다. 서로 스승이자 벗이 되어 모두 시문을 잘했으며 심익운 이 가장 뛰어났다. 심상운과 심익운은 다 대소과(大小科)에 급제하였는데, 가문 의 허물로 인해 뜻을 펼칠 수 없게 되자 심익운은 이를 분통해 하여 마침내 한 손가락을 잘라서 세상과 인연을 끊을 것을 맹세했다. 그 뒤로 그의 시는 더욱 격 정이 넘쳐나고 까다로워져 원망하고 불평하는 내용이 많았는데 그의 재주를 아 끼는 사람들은 대부분 그를 동정했다. 그런데 끝내는 심상운의 사건에 연루되어 제주로 귀양 가서 죽었고 심상운은 처형되었다. 정조가 인재를 사랑하고 양성하 여 아무리 사소한 재능을 지닌 자라도 모두 등용되었는데, 유독 심익운 형제만 은 자신의 재주를 과신하여 느긋하게 때를 기다리지 못하였으니 그들이 화를 당 한 것은 실로 자초한 것이었다.[沈翼雲, 絶世才也. 其父一鎭, 凡庸人也, 生子 三人, 長翔雲, 仲翼雲, 季領雲. 自相師友, 詩文皆妙, 而翼雲最奇. 翔翼俱擧 大小科, 以家累不得志於世, 翼雲忿之, 遂斫一指, 以矢自廢. 其詩益感慨險 僻, 多怨懟不平之音, 愛才者多憐之. 卒以翔雲之累, 謫死濟州, 翔雲則誅. 正 宗愛養人材, 毛髮絲粟之能, 皆見用於世, 而獨翼雲兄弟, 爲才所使, 不能安 坐而俟禍, 實自取也.]"라 했다.

11 "公嘗居稷下, 與沈翊雲兄弟隣近, 仕仕作乂會. 公薄其爲人, 而取其才藝, 及 翊雲謫死海島, 其子行乞於都下. 歷公署, 公念其舊誼, 厚遺以送之, 其不以 成敗貳視者如此." 洪直弼, 〈著菴俞公(漢雋)遺事〉, 《梅山集》.

커다란 돌멩이 그 누가 내 가슴에 던져놓았나

1 시의 번역은 강민정의 《무명자집》(성균관대학교출판부, 2013)을 참고하되, 필자 가 수정했다.

2 〈歷洪州見季女, 志傷〉: 室邇人何去, 思長夢亦遲. 可憐吾女在, 子子欲依誰.

3 [32]: 我聞有神仙, 樓臺極縹緲. 倘汝遊其間, 得無愁杳杳.

4 [33]: 我聞有陰司, 此說果然否. 倘被役使繁, 汝弱奚堪久.

5 [34]: 人言水在地, 我意烟消風. 此疑終不釋, 此恨終無窮.

6 [39]: 汝本性多畏, 昏黑不獨行. 空山風雨夜, 能無怯且驚.

7 [40]: 已矣千古別, 永無相對期. 何不來入夢, 暫更接容儀.

너를 기다리며 취객처럼 무너진다

1 〈아이를 기다려도 오지 않기에 시를 써서 시름을 달랜다[待兒不來以詩寬愁]〉.

2 〈아이를 기다리다[待兒]〉.

3 이광사의 형제는 모두 5남 1녀였는데, 요절한 광진(匡震)이 있어서 장성한 아들은 모두 넷이었다.

4 작은 아버지인 이진급(李眞伋)의 아들이다.

5 유배인의 처지에 대해서는 다음의 논문이 참고가 된다. 졸고, 〈한시에 나타난 유배객의 생활 모습:《정헌영해처감록》을 중심으로〉,《어문연구》통권 147호, 한국어문교육연구회, 2010.

6 每日早起, 自卷衾褥, 恒置一處. 下帚精掃宿處, 下梳函櫛. 或對鏡鑷眉鬢, 去梳垢, 務精潔, 盥頮滌齒, 復以梳理額髮及鬢, 整洗巾梳函, 置恒處, 跪坐, 讀諺文一遍, 讀眞書若干字有程. 學于嫂, 先試針縫易者, 或編綿按綿之類, 食近學調和烹禽, 割切魚肉, 菜蔬鮓醢, 淹菹齊醬之屬, 留意知之. 食至, 斂膝敬食, 食已正容, 跪坐小頃, 習寫諺二行, 眞一行. 卽斂硯, 置恒處, 請二兄, 受若干文字有程, 復習針縫諸事. 無事, 必整儀端跪. 二嫂有未暇收拾者, 詳察頻起, 代勞治之. 兄嫂有所使, 敬諾卽起, 奉行無慢. 有所責, 羞愧思改, 無敢怒視怒答. 夕殯時事, 復如朝, 夕食後, 問古人徽言懿行于二兄, 銘心思學, 問居常行實于嫂, 銘心行之. 燈至, 或讀, 或鍼縫, 或他事, 問兄嫂有程. 將寢, 收拾器用, 整臥處, 自鋪衾蓐解衣袴, 精疊 置一處, 宿勿下階行. 當祭祀, 或節日參, 盥手, 着潔衣, 助治祭需, 必參祀如禮. 外此有漏語, 請二兄書與. 如是勤行, 遠離之老父, 喜可忘憂. 亦可慰慈母之靈矣. 丙子五月十二日, 員嶠翁書于斗南.

7　是(시)의 오자로 보인다.

그렇게 아버지가 된다

1　채팽윤에 대한 선행 연구는 다음과 같다. 여운필의 〈희암(希菴) 채팽윤(蔡彭
胤)의 시세계〉(《한국한시작가연구》 13권, 한국한시학회, 2009), 박경수의 〈希菴
蔡彭胤의 輓詩 研究〉(경북대학교 석사학위논문, 2010).

2　全兒今年九歲, 余年三十八. 目前唯全兒, 晝常置膝, 夜置懷中. 自吾之在道,
坐則撫膝, 臥則摩懷, 心忽忽然若有所失. 凡八日而走七百里, 休二日, 還走
七百里, 倍道一日, 七日而期至吾窩. 盖以踰關以來, 南北邈然, 時月之間,
老親之音問莫接, 其勢不可一日於遲留, 而亦急於吾膝與吾懷之置吾兒也.
人情孰不愛其子, 若余以甚, 一則以其幼也, 一則余得之晚也.

3　…… 我旣晚有爾 朝暮常置膝 嬌啼輒抱持 橫臥不呵叱 叫呶雜詠俳 藉蹣傲
嶹匹 家人過憂慮 鄰友煩譏詰 我聽密而笑 敎兒亦多術. 管束雖貴嚴 裁抑
不宜苹 竊觀爾眸瞭 終非中下質 吾家素醇謹 爾寧獨驕逸 稍稍及省事 可以
納天秩 文學自天性 時至春物苗 絶憐嬉舞地 至情藹欲溢 拂枕執黃扇 懷果
似陸橘 誠心愛父母 初不待勖帥 觀兒在幼志 百行已可必 從今我何憂 但願
爾無疾.

4　아내가 죽자 〈常山客夜感夢〉라는 제목의 도망시를 썼다. 《大東詩選》에는 〈悼
亡〉이라는 제목으로 실려 있다. "殘燭幢幢水檻低, 行人淚墮五更雞. 此身未
死悲何極, 今夜如生夢不迷. 凉籟在簾秋咽咽, 宿陰浮峽暗凄凄. 更憐稚子
書中意, 自別爺來日夕啼."

5　〈殤女瘞誌〉.

6　〈亡兒次得瘞誌〉.

7　은계(銀溪): 강원도 회양군 하북면 은계리(銀溪里)에 있던 역 이름이다.

8　이익, 〈채사언과 이별하며[別蔡思彦]〉: 서호의 즐거움이 끝이 없다 들었는데 그

대 지금 말 타고 홍양으로 들어가네. 쌀과 어물 많은 고을 호적에 편입되고 매학 편액 있는 데에 또 집을 짓겠지. 눈 덮인 산 이별의 꿈 놀라서 자주 깨고, 가는 그대 새벽 구름 머문 곳을 돌아보리. 가련해라 노쇠하여 날이 그리 안 많은데, 언강이 만날 길을 막아서니 어이할까.[聽說西湖樂未央 君今催馬入洪陽 稻魚鄕遠將編戶 梅鶴扁存又肯堂 別夢頻驚山雪遍 歸心應逐曉雲長 絶憐衰羨無多日 可耐冰江阻把觴.] 채응동에 대한 기록은 이익의 한시 한 편밖에 남아 있지 않다. 사언(思彦)은 채응동의 자이다.

나만 기억하는 슬픈 죽음

1 1780년(19세)에 처음 임신한 아이를 자연유산으로 잃는 아픔을 시작으로 여섯 명의 아이를 차례로 잃게 된다. 장녀는 1781년에 부인이 학질에 걸리는 바람에 8개월 만에 조산된 후 4일 만에 이름도 없이 죽었다. 장남 학연(學然, 1783~1859, 小字 武牂)은 다산의 나이 22세에 태어났고, 차남 학유(學游, 1786~1855, 小字 文牂)는 다산의 나이 25세에 태어났다. 3남 구장(懼牂)은 1789년에 태어나 두 돌이 안 되어 천연두로 인한 종기로 세상을 떴다. 차녀 효순(孝順)은 1792년에 태어나 22개월 만에 천연두를 앓다 죽었다. 3녀는 1793년에 태어난 것으로 추정되는데, 윤창모(尹昌模)와 결혼했다. 4남 삼동(三童)은 1796년에 태어나 22개월 만에 천연두와 아감창(牙疳瘡)으로 세상을 떴고, 5남은 1798년에 태어나 열흘 만에 천연두를 앓다가 죽었는데, 4남이 죽은 지 불과 열흘 만의 일이었다. 6남 농장(農牂)은 1799년에 태어나 천연두, 홍역, 종기를 연이어 앓다가 세상을 떴다.

2 幼子生於乾隆己酉十二月二十五日, 寔庚戌立春之後. 而庚戌卽先君回甲, 先君遂愛之, 每呼爲同甲, 而余以多男爲懼, 名曰懼牂. 愛之異甚, 轉呼爲懼岳, 懼岳甚相親附, 不令暫離. 辛亥二月, 余往覲于晉州, 僅以他語誆之, 得就途. 旣至晉, 聞懼岳患痘, 病中屢喚爺苦索. 三月余歸自晉, 懼岳猶識面, 然殊不親附. 越數日以脚癱氣盡而逝, 時四月二日也. 追計日, 懼岳方呻吟

痛楚, 而余時張弦管挾歌舞, 從流上下於蠹石江中. 嗚呼恨哉. 埋于馬峴之
塋, 卽我曾祖父之墓側也. 銘曰, 秋蘭兮羅生, 萋萋兮先萎. 魂升兮皎潔, 花
下兮遊戲.

3 幼女生於乾隆壬子二月二十七日, 母以順娩爲孝, 始呼爲孝順, 旣而父母愛
之, 切呼之, 舌卷聲轉爲好童. 稍長澡髮覆額, 髯髯紫頓, 如蟹螯之毛, 故每
撫頂復呼以方言曰揭押勃. 性仍孝, 父母或時忿爭, 輒從傍嬌笑兩解之. 父
母或過時不食, 輒嬌語以勸之. 生二十有四月, 患痘不能膿, 旣魘而瀉一晝
夜而命絶. 時甲寅元日之夜四更. 貌嘗端娟, 旣病焦爍如黑炭. 然將死復乘
熱, 暫作嬌笑嬌語以示之, 憐哉. 幼子懼牂亦三歲而夭, 埋于馬峴, 今亦送埋
于此. 與其兄穴相鄰如隔紙, 使相依附焉.

4 乙卯秋, 余謫金井, 歸而歲除, 越明年[卽嘉慶丙辰]正月. 日維奎開, 夫人有
身, 以十一月五日擧一男. 以新歸而娠, 又鐘文明而將末出也. 有是三喜, 呼
曰三童. 生而有骨, 自頂至額, 凸起作廉稜, 謂之伏犀. 是蓋類余而益大者也.
丁巳秋, 挈至谷山, 戊午八月, 中痘而濃不灌, 泄大作, 牙疳起, 以九月四日
夭. 悲夫! 令奴石往埋于廣州草阜之烏谷, 越明年春, 移瘞于斗尺之麓, 是唯
曾祖父之墓地也. 詩曰, 爾形焦黑如炭, 無復舊時嬌顔. 嬌顔怳忽難記, 井底
看星一般. 爾魂潔白如雪, 飛飛去入雲間. 雲間千里萬里, 父母淚落潸潸.

5 農兒孕於谷山, 生於己未十二月初二日, 死於壬戌十一月三十日. 疹而痘,
痘而癰也. 余在康津謫中, 爲文寄其兄, 令哭而諭之於其坸, 哭農兒文曰,
汝之入世而出世也, 纔三朞已, 而與我別居其二. 人有六十年生世, 而四十
年與父別者, 其可哀也已. 汝之生也. 吾憂深, 名汝曰農. 旣已家及焉, 使汝
活農而已, 然賢於死. 使吾死, 將欣然踰黃嶺而濟洌水, 是吾死賢於活. 吾死
賢於活而活, 汝活賢於死而死, 非吾之所能爲也. 使我在, 汝未必活, 而汝母
之書曰, "汝云, '父歸我則疹, 父歸我則痘.'" 汝非能有所揆度而爲斯言. 然汝
以我歸爲可依也, 汝願不遂, 其可悲也. 辛酉之冬. 果川之店. 汝母抱汝而送
我. 汝母指我曰, "彼爾父" 汝從而指我曰, "彼吾父" 而父之爲父, 汝實未知,
其可哀已. 鄰人之去, 寄矸螺二枚, 令遺汝, 汝母之書曰, "汝每康津人至, 索
矸螺不得, 意甚沮, 及其死而矸螺至." 其可悲也. 汝貌秀削, 鼻之左有小黑
子, 其笑也雙牙尖. 嗟乎! 吾唯思汝貌, 不妄以報汝. (得家書, 以其生日埋.)

남은 자식은 너희들뿐인데

1   맏이 정학연의 백일에는 〈武兒生百日識喜〉라는 시를 남긴 바 있다.

2   2월 8일 대참(臺參)이 발발하여 그 이튿날 새벽 옥에 수감되었다가, 27일 밤 2고(鼓)에 상감의 배려로 옥에서 풀려나온 후 장기현(長鬐縣)으로 정배되었다. 그 이튿날 길을 떠나 숭례문에서 3리 떨어진 남쪽 마을 석우촌에서 제부(諸父)·제형(諸兄)들과 첫 번째 이별을 하고 〈석우별(石隅別)〉을, 한강 남쪽 마을 사평에서 처자식과 이별을 하고 〈사평별(沙坪別)〉을, 충주 서쪽 하담에서 부모 무덤에 하직 인사를 올리고 〈하담별(荷潭別)〉을 각각 지었다.

3   도연명이 〈책자(責子)〉란 시에서 아들 다섯이 모두 공부를 좋아하지는 않는다고 하며 그 제6연에서 "통이란 놈은 아홉 살이나 먹었으면서, 배와 밤을 찾고 있구나.[通子垂九齡 但覓梨與栗.]"라고 했다.

4   정민의 책《삶을 바꾼 만남》에 이때의 정황이 잘 드러나 있다. 정학연의 시집《삼창관집(三倉館集)》은 우리나라에는 없고, 일본 궁내청 서릉부에 한 부가 남아 있는데, 이 시집에 당시의 여정을 읊조린 시 몇 수가 실려 있다. 〈동대문 밖 어떤 사람의 산장에 묵어 자며[寄宿東郊誰家山莊]〉와, 〈새벽에 화성을 출발하며[曉發華城]〉, 〈붉은 진흙탕을 탄식함[赤泥歎]〉, 〈광정에서 묵고[宿廣亭]〉, 〈금강을 건너며[渡錦江]〉, 〈낮에 노령점에서 쉬며[午憩蘆嶺店]〉 등의 작품이 이때 지어진 것이다. 정민,《삶을 바꾼 만남》, 문학동네, 2011, 171쪽 참조.

5   이때의 정황은 〈학가를 데리고 보은 산방에 있다가 드디어 섣달그믐이 되었다. 그믐날 밤에 마음이 서글퍼져서 별생각 없이 이렇게 읊어 아이에게 보였다[將學稼在寶恩山院 遂値歲除 除之夜心緒怊悵 率爾成篇示兒])에도 잘 드러나 있다.

내 아들, 내가 만난 최고의 사람

1   嗚呼! 此安東金昌協幼子淸祥之藏也. 始兒未生, 其父有丹丘雛鶴之夢. 旣

而擧兒于淸風之衙舍, 眉淸目盼, 姿貌端秀, 若可以繼家傳之文雅也. 乃於
己巳五月二十九日疾死, 距其生戊辰五月初八日, 歲僅周矣. 嗚呼惜哉. 死
之翼日, 瘞于楊州瓦孔里雪谷先府君墓側, 其父用墨書甃甌覆焉, 以識其處.
嗚呼! 骨肉有時而土, 命也. 後之人, 尙無以耕犁加焉.

2　…… 其明年, 居士從議政公還京師九年, 而遭己巳之禍, 復入永平山中, 時
女年十一矣. 始同弟崇謙, 受書十數板, 文理輒通, 能自讀朱子綱目無所礙.
日閉戶手卷, 兀然潛玩, 幾不省寢飯. 居士憐而奇之, 故不禁曰, "是女性靜而
拙, 雖識書無害也." 因略授論語尙書, 亦不竟. 然其識解明徹, 雖徧讀六藝經
傳者, 不能絶也. 居士旣窮居, 崇謙尙幼, 其所朝夕左右從容, 論古今治亂聖
賢言行, 以爲閨門之樂者, 惟女而已. 居六年, 國家更化, 會吳氏亦來求親,
居士遂以女之, 楊州先墓下, 以禮送之, 而因居于三洲之上 ……

3　…… 嗚呼, 汝又死乎, 汝又死乎. 汝妹汝弟之相繼棄父母死者幾時, 而汝又
死乎. 汝之得疾, 已五年矣, 前後易醫數十, 用藥以百數, 而卒無一效. 然余
尙意汝之或不死也, 而汝今竟死乎. 汝生質甚美, 淸明洞澈, 表裏無瑕, 警敏
聰慧, 絶出倫類. 至其孝順友悌, 則自幼及長, 無一毫咈親意仵同氣, 其正
直通達, 則凡世俗婦女一切偏私暖妹之態, 絶無有焉, 若是者, 可謂難矣. 然
而氣之淸者, 其數多不長, 才之秀者, 其蓄或不厚, 而仁心善行, 類不獲見祐
於天. 此吾所已驗於汝妹汝弟者也, 豈謂汝之獨不然, 而猶意其或不死者,
何也 ……

4　…… 嗚呼! 十九年前此月之晦, 卽汝降生之辰也. 其墮地喤喤, 寢床而弄璋
者, 自今追憶, 宛如昨日, 而乃遽化爲異物, 戢于一木, 號呼求覓, 不可復覿,
此何爲也, 此何爲也. 余老無他子, 汝又無子而死, 孑然白首, 遂爲天下窮獨
人, 此固人理之至痛. 而乃余之刻骨深慟, 愈往而愈酷者, 尤以汝才質之可
惜, 豈獨爲父子之私也. 汝生而岐嶷英特, 絶異凡兒, 及長, 風標秀偉, 巋如
玉山, 古所謂階庭芝蘭者, 殆不足以比擬. 而若其心事之正直, 胸懷之灑落,
氣象之開豁, 志節之慷慨, 尤不類叔末人物, 余生世五十年, 閱人亦多, 而目
中罕見有如汝者. 常謂天之生汝, 當不偶然. 必將大有樹立, 以爲王國之需,
不止爲一家門戶光而已, 豈謂其一無所成而遽死於今日耶 ……

5　…… 嗚呼崇謙, 已乎已乎. 豐才薄祿, 長算短造, 抱此恨者, 世豈無之, 而如

그렇게 아버지가 된다

汝可哀, 終古所罕. 俊偉之資, 英邁之氣, 敏達之識, 遠大之志, 百不一見, 埋
之厚壤, 其將與俗子庸夫同歸於泯滅而已耶? 抑古之才人志士, 雖或不試而
死, 所賴而不朽者, 以其著述傳於後耳. 汝於詞章, 用力不甚久, 而奇健駸長,
駸駸乎古作者氣格, 散軼之餘, 尚可得數三百篇. 然世無具眼者, 類以年位
爲重輕. 汝以一布衣, 死於弱冠, 其詩雖可錄, 又孰探而孰傳之耶? 且使得傳
於後, 後之人, 不過與子安, 長吉之徒, 一例視之, 則是汝之所存, 終無以表
見於千載之下矣, 豈不悲哉, 豈不悲哉. 余自哭吳妻, 精神都喪, 疾病益深,
而及夫哭汝, 則忽忽茫茫, 如癡如狂, 無復有生人意思矣. 今又李妻之病, 日
益殊殊, 朝夕待盡, 心非木石, 何以堪此. 玆當送汝, 言不能盡意, 汝母以是
缺然, 而尚歆余之一觴也. 嗚呼哀哉, 嗚呼痛哉, 尚饗.

6 維歲次辛巳十月甲寅朔二十日癸酉, 卽亡兒初朞之日也. 以國喪在殯, 不得
行殷祭, 略陳一獻之奠, 而其老父力疾爲文以侑之曰. 嗚呼, 汝之棄我而不
返, 我之喪汝而獨存, 忽已三百五旬有四日矣. 何汝之若是忍而吾之甚頑也.
吾年過三十, 始得汝, 而汝英達夙成, 自其五六歲時, 已能從我周旋於外. 及
余禍釁屛廢, 窮居幽獨十數年中, 唯與汝相依爲命, 其出入起居, 惟汝, 疾病
憂患, 惟汝, 登山臨水, 漁釣上下, 惟汝, 良辰暇日, 飮酒賦詩, 陶寫閒燕, 亦
惟汝, 治園圃, 築臺榭, 穿池沼, 種花栽樹, 亦惟汝, 講論古今人物, 文章高下,
事是非得失, 亦惟汝, 以至賓客門生, 出入往來應對接遇, 亦惟汝. 而汝之風
度格韻, 言論識趣, 又鮮有不可於吾意者, 蓋相與泯然而會, 怡然而適, 不復
知窮約之爲戚而千駟萬鍾之可慕矣. 父子之愛, 人孰無之, 而其相得之樂,
又豈有如吾與汝者哉. 然汝曾不以是爲可懷, 而決然長逝, 獨留余在世間,
無所憑恃而爲生. 嗚呼何其忍也. 始吾哭汝, 惝怳冥迷, 不知汝之果死而身
之爲孤獨矣. 及其旣葬而歸, 客散門空, 戶庭闃然, 內則惟汝母汝妻汝妹, 外
則唯二三門生, 時來時往, 而始覺汝不在矣. 吾處而侍坐者誰歟, 吾出而從
行者誰歟, 吾言而聽者誰歟, 吾吟而和者誰歟, 吾歸自外而迎拜於馬首者誰
歟. 兀兀踽踽, 忽忽悵悵, 如壞木之無枝, 如死灰之不然, 人生如此, 寧有可
樂. 然猶飢而求食, 寒而求衣, 疾病而求藥, 以苟延歲月之壽, 甚矣, 吾之頑
也. 人以余久病未瘳, 意其過哀致傷, 輒戒以棄置勿思. 夫過哀, 吾固無之.
思則安能勿思. 開卷則思, 有酒食則思, 見古人好詩文則思, 遇事有可議則

思, 出入見後生年歲與汝相近者則思, 遇山水則思, 草生花發則思, 風淸月
朗則思, 聞鸎啼蟬吟, 鴈鳴鶴唳則思, 事有所感, 物有所觸, 夫何往而不汝思.
思之而不可見, 哀固從之. 然哀猶可制, 而不至於已甚, 思之發於邂逅而循
環於無窮者, 吾又安能已之耶. 須是此心如墻壁而後可也, 吾雖頑, 其能然
乎. 要之一息未泯, 無非思汝之日, 而凡世間日用事物生人之所共娛樂, 無
一而非感傷之端矣. 以吾衰病, 其將何以堪此, 而汝之孝心, 亦豈欲以此遺
父母耶. 然而汝往而不復返, 吾生而不能死, 以至今日, 則天時周矣. 汝之諸
父諸兄與朋友之親密者, 咸來赴期, 若將復見汝, 而汝終不可見, 吾則衰麻
旣除, 遂同平人矣, 信乎汝之恝然而吾之甚頑耶. 將天命人事, 固有不容已
者, 而非吾與汝之所能爲耶? 嗚呼冤矣, 嗚呼酷矣. 言止於此矣, 汝其聞乎,
不聞乎? 抑有悲乎, 無悲乎? 嗚呼哀哉尙饗.

7　김창협,《農巖別集》,〈附錄〉: 선생은 아들을 잃은 뒤로는 전혀 시를 짓지 않았
다. 만시나 증별시(贈別詩: 친구와의 이별을 노래한 시) 따위를 짓는 일에도 일
절 응하지 않았다.[先生自哭子後, 絶不作詩. 如挽別之屬, 一切不應.]

얼음처럼 사라지고 눈길처럼 지워지다

1　[2] …… 婉婉戲我膝, 時時挽我髭. 或散書畵帙, 又復亂奕棋 ……

2　[4] …… 筐箕有扇墨, 牀笫有佩觿. 曳履跡留庭, 懸衣塵有椸. 遺物故依然,
爾獨去何之. 燒却心不忍, 留之摧肝脾 ……

3　維痘之神, 赫赫厥靈. 風兮肅然, 奄降于庭, 護我子女, 終始順經. 廼顧廼佑,
而色而康. 維酒維肴, 旣潔且馨. 曷以報之. 淨席燒香. 霜露旣降, 黃花有芳.
辰良日吉, 送神于山之陽.

4　졸고,〈천연두, 그 아픔과 상실의 기억─장혼(張混)의〈기척(記慽)〉을 중심으
로─〉,《우리어문연구》52집, 2015. 이 논문에 천연두에 대한 상세한 기록들을
정리해두어서 참고가 된다.

5　…… 汝兄之夭也, 余之痛惜誠不能一日之耐. 而旋又得汝, 移其情鍾其愛,

그렇게 아버지가 된다

不知前日之悲. 而今又失汝則安得不悲舊而悼今. 腸斷而眼枯也. 汝姿性穎悟, 學語而知數, 知數而知文字, 每余讀書時, 在傍而指一五人三字曰, "此某字也, 此某字也." 輒索筆而效書, 至於言語之際, 遊戲之時, 亦多超出於諸兒者. 嗚呼! 以其明慧之性, 苗而不秀, 則爲其父母者, 豈不冤且惜矣. 而四年之間, 遽失寧馨之四兒, 則雖路人之不知者, 必慘愕而垂涕. 況其父母之心, 顧何如也. 冤矣痛矣. 余與汝爲父子廑四載. 然過去短未來長, 又奚爲而作無益之悲耶. 然在余則三四年鞠養之勞, 如鏤氷而氷已銷矣, 在汝則三四年生世之跡, 如印雪而雪無痕矣, 將使後之人何由知余以汝爲子, 汝以余爲父耶. 此皆余之冤而汝之悲也. 余之冤汝之悲, 欲操筆而盡言, 則咽不成文, 呑不復吐. 然若不記錄則何以知汝之悲余之冤乎. 遂以一五人三字爲韻, 以記生卒之日月焉.

6 庚申歲癸未月己巳日立秋節, 卽我亡兒之生朝也. 略具果品, 將奠于墓. 父病不能躬薦, 使乳媼替行, 文以告之曰, 烏虖! 汝之別我而去者, 于今四易月而日且十五矣. 凡人之相別, 至於一月則尙有思戀, 況父子之情乎. 一月如此, 又況四易月之久乎. 前日送汝于外宅, 汝慈將往, 乳媼隨之, 余猶戀戀, 日問安否, 五日一往. 今忽委汝于荒山之側, 所與居者螻蟻也, 所與隣者藤蔓也. 歷日而不問, 踰月而不往者何哉. 以余平日之心, 雖一日不得按住, 若至日而積月, 月而至屢則必將焦躁狂奔而不此之爲, 食息自如, 無乃人事不得如是而然耶. 抑焦操狂奔, 無益於紓悲而然耶. 西河之喪明, 昌黎之悼咏, 人所不堪之境, 而比余今日, 長幼雖殊, 情則一也. 古人之思, 至於喪明, 今我之思, 漸至於忘情, 思戀之心, 不及於古人而然耶. 抑末如之何而然耶. 然見汝同庚之兒則思, 見汝同遊之兒則思, 見紙扇筆墨則思, 見奇珍彩畫則思, 當食而思, 當寢而思, 雨則思風則思, 思於月下, 思於花下, 此皆古人思子者之懷, 而不惟古人之思如此. 今我之思亦如此, 不惟今我之思如此而已. 雖十百千萬億兆人之處是境當是時者則皆如此, 不獨十百千萬億兆人之思如此, 又天下萬世之人如此, 則夫天下萬世十百千萬億兆人此時之思, 烏可已乎. 若吾不思則已, 若吾有思則悠悠我思, 何時可已, 烏虖痛哉. 今日何日, 卽汝生朝也. 去歲今日之設饌而食汝者, 胡爲乎牛邱之阡耶. 汝慈思汝, 眦血成碧, 乳媼哭汝, 啜泣咿嚶, 我將何以爲心. 烏虖! 爾命之窮耶. 爾門之禍

耶. 爾病之不善醫耶. 此心此恨, 何時可已. 烏虖. 有盡者辭, 無窮者思. 余口
茹藥, 余腹剚刀. 聲盡血枯, 腸裂以寸. 天乎寃哉. 天乎寃哉. 汝其有知耶不
知耶. 烏虖痛哉.

7 維歲甲午二月, 余以進賀正使, 受命如燕, 兒子翼周, 爲護父行, 願從之, 余
許以偕作. 粵三月初七, 渡鴨江, 涉遼野, 穿山海關, 行三十有一日, 入燕, 京
舍于玉河館, 卽四月初七日也. 翼周夕飡如常, 與人對話, 話未了, 而忽焉氣
窒, 仍未回甦. 慘矣慟矣. 旣殯而木, 殯于館中之北炕, 五月初旬, 還路東歸,
以兩騾載櫬而行, 六月十二渡龍灣, 七月初八, 抵京城. 停柩於南門外, 遂加
殮而改棺, 將以九月初四, 引向于天安龍谷先塋之下. 老父漬淚爲文, 擬於朔
日癸亥, 瀝酒長嘷, 而親與之訣, 病淹牀玆無以自力, 使從侄健周讀文而替
告曰.

8 渡江而稚兒拚擗而至, 入門而孀婦叩叫而號. 雖是鐵石之腸, 亦當鎖折, 况
吾衰齡弱懷, 何以堪耐, 汝亦能瞑目而逝乎, 吾不忍葬汝於嬴博之間, 扶櫬
而歸, 姑寓于此, 此卽漢陽城南門外, 權察訪家也. 吾在於斯, 孀婦在於斯,
汝之二子與婦在於斯, 親知族黨在於斯, 門生故吏, 咸在於斯, 猶或冀其見
汝而及至也, 顧冥然漠然, 終不可見汝, 汝果不知乎, 汝其知之乎. 人之遭逆
理之慽者何限, 而豈有如我此時之情境. 使燕而率子弟行者亦何限, 而豈有
如我此時之變故乎. 歷數前古, 殆無其倫, 豈余積惡在躬, 獲罪神明, 當此前
古罕有之事乎. 慟矣慟矣, 寃矣寃矣.

9 洪良浩, 〈哭亡兒文〉.

10 汝之死, 雖歸之以時運, 而實係於家運之不幸也. 吾之命道奇窮也, 汝之命
數止斯也. 尙誰尤哉. 昔我曾王考棄世, 春秋加汝一齡, 先考捐背, 纔踰弱冠,
今又汝妙年夭折, 以其歲, 則未滿百年也, 以其世, 則纔爲五代也. 百年之內,
五世之間, 三有此喪, 天於我家, 何若是荼毒之荐, 降慘酷之變乎. 嗚呼, 先
考之下世也, 時我王考已臻衰齡, 吾則生未二朞. 零丁孤苦, 幸而成立, 又幸
而得汝, 爲父子三十有八年, 今遽失之, 禍變之酷, 人事之不可常, 而於吾身
若偏之者, 何耶. 王考之祭先考文曰, "幼而哭長, 理之順也, 老而哭少, 理之
逆也. 使之處逆境, 而求順理, 則有不可得矣." 又曰, "十指雖多, 割之皆痛
者, 血氣之性也. 隻眼獨明, 護之尤甚者, 輕重之分也. 四世之宗, 於汝是托,

　　　　　　　　그렇게 아버지가 된다

百口之衆, 惟汝是依, 其於輕重之分, 何如也." 又曰, "汝不葬我, 而使我葬
汝, 斬衰苴杖, 纍然而哭, 此豈夢想之所及, 而人理之所堪耶." 慟矣慟矣. 冤
矣冤矣.

아프지 않은 손가락은 없다

1　兒, 樊巖蔡濟恭伯規六十所得者也. 兒有異母兄名弘謹. 翁名兒曰弘愼, 盖
願其謹愼無貽翁之羞也. 兒母金姓, 平壤人也. 兒甫離乳, 貞敬夫人權氏懷
抱鞠育, 寢食不暫捨. 兒以夫人爲母, 不知有所生母也. 稍有省, 每自道曰,
"吾平康蔡弘愼也." 人或問汝姓爲何, 卽對曰, "蔡權" 其意合父母姓, 欲幷持
之也. 夫人益奇愛之. 兒頭骨大, 目睛深而瑩, 聲甚弘. 笑則兩睫相承若不見
物者, 此祖先所自云. 兒雖幼, 中多智, 發言有人不及慮者. 方五歲, 隨我留
明德山第. 履弊出遊不得. 婢囑入京奴, 以其狀告夫人, 兒聞之, 乃曰, "毋庸
告, 吾知母氏錢乏恐貽慮, 雖無履吾自當耐也." 七歲, 爲見翁, 初出鷺梁寓亭
出門遊, 迷失巷所在. 泣問坐市者曰, "吾爺歷兵曹戶曹判書, 鬢髮白, 其家安
在?" 市人知其爲吾兒, 提挈以來, 兒言動擧止一類翁. 翁鍾愛甚, 兒輒開口
笑, 不見雖一日悄然如失也. 八歲, 以唐疹死于明德第, 丙午二月十七日也.
方病爲勸藥, 翁賜之筆墨紙, 兒摩挲久, 仰語夫人曰, "善藏, 他日可習字." 病
轉㞃, 謂翁曰, "何以則可得生?" 翁答曰, "不厭藥可生" 嗚呼! 兒或意其可生
之道在翁, 問之翁, 翁至不仁, 命又奇窮, 竟不使兒生, 翁負兒矣. 死之翌, 入
于棺, 遲曉送竹山栗峴村, 擇淨處以瘞, 栗峴, 翁所擬身後者. 他日父子遊,
果能如人世否耶. 兒學唐音小詩幾半卷. 以其册及所賜筆墨紙藏之棺以去,
其事絶可悲也. 越四日乙未, 父六十七歲翁, 痛哭書. 尙冀後之人哀憐之, 無
或穿毀暴露之也.

2　…… 吾念汝吾死之後, 無以資生, 嘗以洪州庄土之可收百斛左右者, 付之
汝, 因以券授之, 汝潛謂汝母曰, "大爺恩至矣. 但念他日嫡兄家形勢, 難保其
必如今日, 則人將謂大爺偏厚庶子以致如此. 若然則以吾而不免貽累大爺,

吾何以安於食乎. 今雖不敢辭, 異日必以此還納嫡兄, 願母謹藏券."…… 昨臘, 汝之嫡兄, 承儒生應製命, 曉赴闕庭, 汝隨後以往, 終日企待於禁門之側. 日向黑, 聞汝兄唱第之名聞於外, 遂策馬自執鞚, 躍越衢路層氷, 屨未及中門, 大聲呼曰, "嫡兄登第!"余驚喜乍定, 謂汝曰, "報慶雖急, 黑夜躍馬, 馬若跌, 豈不折股折臂耶."汝曰, "喜不能勝, 臂股有未暇自恤也."……

3 維歲癸丑三月初九日壬寅, 父在京師之美洞本第, 涕泣具數行文, 使兒子弘遠賷往朵露軒, 讀告于亡庶子弘謹之靈. 嗚呼! 今日卽汝死之日也. 汝死之初, 吾之心如不欲生以食息. 朝而夕昨而今, 恬如嬉如, 白首無恙, 一歲之中, 經得許多世故, 坐見汝死之日, 冉冉回薄, 吾眞忘汝而然歟.忘固我所欲也, 纔欲忘, 汝之身, 已立於吾前, 汝之聲, 已及於吾耳, 其有意欲忘者, 適所以助成不忘者也. 吾將何以處此. 歲除之夜, 夢汝笑語來侍, 一如平昔, 余覺而愴甚, 枕上有詩曰, 書架荒荒筆几顚. 人間父子短因緣. 此生重見知何日, 汝死今將爲二年. 地下歲時能有記, 夢中言笑不勝憐. 氣衰未哭靑山土, 吾恨應須爾舅傳. 嗚呼! 汝於潛寐冥漠之中, 根性之孝, 不忘我如此, 而吾反以忘汝爲自護之妙詮, 吾眞忍人也歟 ……

4 癸丑四月之十日壬申, 老父自水原留營, 蒙由省掃於竹州南山村考妣墓所, 轉而及栗峴, 以餠酒果肉, 痛哭洩哀于亡庶子弘謹之墓. 曰嗚呼! 余自昨年三月以後, 神精忽忽如癡, 不省汝所在, 今來見之, 汝在此矣. 嗚呼! 汝在矣. 吾來矣, 汝何不踴躍歡欣. 與弘愼迎我於荒首, 漠然無動於荒草一抔之中耶. 旣知汝在而終不得見汝面. 反不如前日之不省汝所在之爲愈也, 吾何以堪之. 吾何以堪之. 吾精已荒, 吾膓已蝕, 言不可文矣. 情在一杯懷瀉數行, 汝必欲慰我之心, 收淚而饗之也.

두 개의 구슬은 어디로 흩어졌을까

1 이 제문의 해석은 이승수의 〈옥 같은 너를 어이 묻으랴〉(태학사, 2001)를 참고하여 필자가 가감했다. 又二年壬午, 汝弟鳳錫生. 其多汝母携往懷川省親, 癸

그렇게 아버지가 된다

未春, 始團會于金溪之丙舍. 鳳錫已扶床立, 意氣巖然, 汝之言語容止, 益復
婉變可愛, 父母朝夕弄玩, 若雙珠之在前. 汝母常曰, "有女如汝, 有男如鳳
錫, 吾無羨人者矣."

2 〈哭鳳惠文〉: 月明之夜, 花開之朝, 或登山或臨水, 或步平臺, 或掉小舟, 或投
壺博奕, 或飲酒歌笑.

3 鳳錫旣死之三日, 其父鷄林李夏坤垂涕而言曰. 吾何忍銘汝也. 吾何忍銘汝
也. 余年二十六始得汝, 汝生而有異質, 至今年甲申, 汝年堇三歲矣, 沉厚凝
重, 宛如長者. 父母有所訓誨, 汝必曲意聽受. 余嘗奇汝之爲, 以語汝母, 汝
母曰, "生子如汝, 雖一男足矣." 豈獨汝父母之心爲然. 人亦莫不以汝爲遠
器. 以吾爲有子如是, 汝之爲人可知矣. 五月絜汝從大人來江都, 海島中風
氣乖異, 今夏毒暑, 又非人所堪. 汝患滯下月餘羸悴, 甚以爲余憂. 八月余以
試事就京都, 九月歸視汝, 神氣膚體. 完好腴澤, 若初不病者. 余亟喜其健之
易也, 至二十二日, 猝患風搐症, 經宿不救. 嗚呼! 汝豈早夭者哉. 此殆由於
汝父積惡在躬, 獲罪于天, 不滅其身而反勤其嗣, 將使之後死而抱無涯之痛
毒也. 嗚呼! 其何可忍耶. 其同月某日, 瘞于陽智新倉里先夫人墓傍, 使汝魂
魄, 有所依故也. 銘曰, 我述斯文, 徇汝而藏之. 庶乎使來者, 知我之悲.

4 박완서, 《한 말씀만 하소서》, 세계사, 2004.

5 〈悼亡兒鳳錫〉(7): 極知悲無益, 此慟己銘骨. 悲來若抽緖, 綿綿不可絶. 强笑
他人前, 反謂汝翁達.

6 〈悼亡兒鳳錫〉(9): 學語雖未了, 已知愛讀書. 效爺伊吾聲, 一笑賴有渠. 默默
散秩間, 今已三旬餘.

7 이석표(李錫杓, 1704~?): 본관은 경주(慶州). 자는 운원(運元), 호는 남록(南
麓). 학문이 뛰어나서 성균관대사성, 홍문관부제학 등을 여러 차례 역임하였고
전라도관찰사를 끝으로 일생을 마쳤다. 문집으로 《잡저문고(雜著文藁)》6책이
있다.

8 明年甲申, 大人留守江都, 吾與汝輩皆從往, 秋鳳錫猝患風搐死. 父母之慘
慟哀憐, 固不可言, 而汝尤悼念. 每曰, "嗟乎鳳錫, 尒何捐父母之愛而死乎?
爾何獨無怖而棄擲空山乎?" 其言凄切有不忍聞者. 而汝又悶父母之過哀,
以好言寬慰, 又爲雜戲輒得父母之一笑. 父母之心雖不忍於逝者, 猶以汝在

前, 盡誠盡孝, 故庶得少慰其悲慟之思, 孰謂一朝汝又棄父母而長逝也哉?
噫嘻. 向汝之所以怨鳳錫者, 吾將以怨汝矣, 向汝之所以悲鳳錫者, 吾又以
悲汝矣. 汝其知耶, 其不知耶? 嗚呼慟矣. 嗚呼慟矣.

9 汝母自鳳錫死, 每願速死. 汝聞其言, 輒愀然曰, "母無死, 毋令我作無母兒."
汝母悲汝之意, 累擧以語余. 又從老婢聞先夫人育吾時事, 心甚感動. 汝獨
入廟拜謁, 汝事吾大人, 誠愛出天, 大人或往鄕廬, 數月不返, 汝思慕殊切.
見茱果魚蛤之新鮮者, 告其母曰, "此物可口, 安得大爺一嘗耶?" 汝母戲問
之, 汝又曰, "吾獨怜大爺鬢髮已皤然矣." 聞者莫不奇.

10 是歲都下痘疾大行, 意謂汝未經痘, 遠避鄕曲, 亦甚便宜, 遂挈汝登途. 至竹
山迦葉里, 其日大風以寒. 汝從軒車中出, 面色如凍梨, 瑟縮不能語者良久.
汝母急以酒溫汝, 爐火煖汝, 汝始稍有人色且言. 明日之晨, 汝急患肚疼而
嘔, 謂觸風寒, 致此無恠, 又不可久滯中途. 遂行午飯植松村, 汝又吐蚘, 又
能飯, 見汝神精已奪, 五色無主. 余惶懼趣駕, 行抵雲亭, 夜已數皷矣. 雜試
藥物不效, 二宿而痘點見. 邀柳醫瑞診之, 曰, "血從溺道中下, 雖兪扁無可爲
也." 汝果八日而不起, 乃十月之晦也, 汝自朝至昏, 泄數十下, 腹大如皷, 喘
聲作急以促如拽鉅. 余抱汝足而坐, 汝母又坐余側. 時燈火熒然, 風聲獵獵
吹窓紙, 夫婦二人, 但以涕淚相視而已. 汝忽開眼視余作數聲, 哽咽而止, 若
與父母訣者. 當此之際, 汝父母方寸將如何哉? 嗚呼慟矣, 嗚呼慟矣.

11 졸고, 〈천연두, 그 아픔과 상실의 기억—장혼(張混)의 〈기척(記慽)〉을 중심으
로—〉, 《우리어문연구》 52집, 우리어문학회, 2015. 이 논문에 천연두에 대한 상
세한 기록들을 정리해두어서 참고가 된다.

12 〈亡女鳳惠壙誌〉: 을유년(1705) 겨울에 우리 온 가족이 금계(金溪)의 옛 집으
로 돌아가게 되었다. 딸아이가 도중에 많이 피곤해 있던 차에 감기에 걸려 있었
는데, 마마를 앓고서 8일 만에 병이 더욱 심해졌다. 밤 9시가 되어갈 무렵, 등불
그림자 아래로 내다보니 '하아, 하아' 하고 숨 쉬는 소리가 더욱 급해졌다. 그 얼
굴을 감싸 안고 아이의 이름을 부르며 "네가 어찌하여 이리 되었느냐?"라고 했
지만 딸아이는 이미 말도 못하고 다만 눈을 깜박이며 한 번 바라보고는 훌쩍훌
쩍 슬프게 울기만 했다. 아아! 고달프게 죽어가는 순간에도 오히려 부모를 걱정
하여 아쉬워하고 차마 이별하지 못하는 마음을 가졌으니 더욱 애통할 뿐이

그렇게 아버지가 된다

다.[乙酉冬, 余盡室南故金溪之舊廬. 女中途撼頓, 冒觸風寒, 患毒痘八日而病愈亟. 夜將二皷, 燈影下見喘聲噓噓益促急. 抱持其面, 呼其名曰, "爾何爲此狀?" 女已不能言, 但開睫一視, 嗚咽悲泣而已. 嗚呼! 困篤垂絶之際, 猶且睠顧父母, 有戀不忍訣之意, 尤可哀也已.]

13 양숙자(羊叔子)는 후한(後漢) 때의 양호(羊祜)이다. 그가 다섯 살 때 유모에게 가지고 놀던 금반지를 갖다달라고 했다. 유모는 그런 반지가 없다고 하자, 양호는 이웃 이씨네 집 뽕나무 아래서 금반지를 찾았다. 그러자 주인이 놀라 '그것은 죽은 우리 아이가 가지고 놀던 것'이라고 하여, 유모가 사정을 말해주자 이씨는 슬퍼 눈물을 흘렸다. 이후 탐환(探環)은 전생(轉生)을 가리키는 말로 쓰여왔다. 《신수대장경(新修大藏經)》참고.

14 방차율(房次律)은 당나라의 방관(房琯)이다. 방관이 동려(桐廬: 현재 절강성)에서 재상으로 있었는데 형진인(形眞人), 박수(璞手)와 더불어 산보를 하다가 하구촌(夏口村)에 이르러 어떤 허물어진 절에 들어갔다. 박수는 소나무 아래에 앉아 땅을 짚으면서 모시는 사람에게 깊이 몇 척을 파라고 하여 질그릇 항아리 하나를 얻었는데, 안에는 전부 누사덕(婁師德)과 영선사(永禪師)의 글이 들어 있었다. 박수가 살펴보라고 하자 방차율은 문득 전생에 영선사였던 것이 기억났다. 중수(仲殊)가 시를 지어 세속에 떨어져 본래의 뜻을 잃었던 방차율을 기롱했다.《당명황잡록(唐明皇雜錄)》참고.

15 吾自汝之逝, 塊處一室, 終日面壁, 昏昏悶悶, 如癡如醉. 坐不知其所爲, 行不知其所之. 或臨卷而嘆, 或對飯而吁, 或對影而語. 見山則思汝, 觀水則思汝, 聽平臺之松風則思汝, 看小舟之明月則思汝, 盖無時而不思, 無往而不思. 而汝之蹤跡已化而爲冷烟爲飛灰, 尋之無見, 求之無得. 嘻噫吾與汝, 不過爲六歲之父子, 而又不知何時可相從於地下. 然則自今至吾之死, 無非思汝而悲汝之日也. 嗚呼! 其曷可忍邪. 佛氏輪回之說, 雖非吾儒者所道, 然如羊叔子之探環, 房次律之發甕, 其事甚神, 果如傳者之說, 則亦不可全誣其無是理矣. 吾從今只願世世生生, 與汝爲父子, 以續今生未了之債, 亦可以少紓余無窮之悲矣. 嗚呼慟矣. 嗚呼慟矣!

16 〈夜夢亡女鳳惠誦六如偈 覺來不勝悲痛 以詩記之〉: 夢中顏面覺來疑, 滿院松風落月時. 分明誦與金剛偈, 似慰阿翁到骨悲.

날마다 숨 쉬는 순간마다

1 〈恭陵奉審 路逢吳留守光運返虞 停轝一慟〉,《歸鹿集》: 氛昏界裏雙眸逈, 厭見群龍野血塵. 密啓天心垂大訓, 能將隻手障洪濤. 他時黨籍名應重, 當世文章價不高. 奉讀哀綸忠志泣, 丹旌粉字捻恩褒.

2 姜樸,〈次吳狀元大觀進退詩 奉賀其王大夫座下 狀元之大人藥圃君 亦十四年前狀元也〉.

3 〈玄溪遺稿序〉.

4 每歲新凉入墟, 簡編在案, 父子共一燈而坐. 一日兒命從者韓景屋, 削筠裁紙以爲簀. 要以遠烟煤而護阿睹. 用之未浹旬, 而兒病作. 此物遂屛閑處矣. 兒亡數月, 霜氣凄淸, 書齋寥落, 圖書如昨, 凝塵滿目. 余遂起立彷徨於廊廡之間, 遇簀焉. 乃長號曰: 簀乎簀乎! 汝尙在於人間耶. 何其人命之不如紙也. 遂題詩以志感.

5 정민 외,《호걸이 되는 것은 바라지 않는다》(김영사, 2008) 번역을 참고하여 가감했다.

6 昔汝道中有吟曰,"停鞭莫恠頻回顧, 三日離親耿耿心." 方汝之耿耿也. 余則倚門而望, 思今汝軸車旣駕. 往欲何之. 使余倚門, 曷日其歸. 天漠漠而無極, 地幽幽而無期, 萬古長訣, 非三日離. 昔耿耿之如彼, 今邁邁之若玆. 以汝出天之孝. 胡昔隆而今衰. 豈其眞遊之已迫而汝莫之廻耶. 抑汝回顧於冥冥而余莫之知耶. 肆陳遺禮, 願少遲遲. 尙饗.

그렇게 아버지가 된다

그렇게 아버지가 된다

지금처럼 평범하고 서툴렀던 조선시대 아버지들이 붓끝으로 전하는 이야기

지은이 | 박동욱

초판 1쇄 발행일 2017년 10월 23일

발행인 | 김학원
편집주간 | 김민기 황서현
기획 | 문성환 박상경 임은선 김보희 최윤영 조은화 전두현 최인영 이보람 김진주 정민애 이효온
디자인 | 김태형 유주현 구현석 박인규 한예슬
마케팅 | 이한주 김창규 김한밀 윤민영 김규빈
저자·독자서비스 | 조다영 윤경희 이현주(humanist@humanistbooks.com)
조판 | 홍영사
스캔·출력 | 이희수 com.
용지 | 화인페이퍼
인쇄 | 청아문화사
제본 | 정민문화사

발행처 | (주) 휴머니스트 출판그룹
출판등록 | 제313-2007-000007호(2007년 1월 5일)
주소 | (03991) 서울시 마포구 동교로23길 76(연남동)
전화 | 02-335-4422 팩스 | 02-334-3427
홈페이지 | www.humanistbooks.com

ⓒ 박동욱, 2017

ISBN 979-11-6080-085-2 03810

* 이 도서의 국립중앙도서관 출판시도서목록(CIP)은 e-CIP홈페이지(http://www.nl.go.kr/ecip)와 국
  가자료공동목록시스템(http://www.nl.go.kr/kolisnet)에서 이용하실 수 있습니다.(CIP제어번호:
  CIP2017025457)

만든 사람들
편집주간 | 황서현
기획 | 이효온(lho2001@humanistbooks.com) 박상경 전두현
디자인 | 민진기디자인

* 이 책은 2015년 정부(교육부)의 재원으로 한국연구재단의 지원을 받아 수행된 연구를 바탕으로 했습
  니다(NRF-2015S1A6A4A01011040).